KB211027

나를 찾아가는
문화 여행

나를 찾아가는 문화 여행

ⓒ 최순규, 2024

초판 1쇄 발행 2024년 10월 4일

지은이   최순규
펴낸이   이기봉
편집   좋은땅 편집팀
펴낸곳   도서출판 좋은땅
주소   서울특별시 마포구 양화로12길 26 지월드빌딩 (서교동 395-7)
전화   02)374-8616~7
팩스   02)374-8614
이메일   gworldbook@naver.com
홈페이지   www.g-world.co.kr

ISBN   979-11-388-3525-1 (03810)

최순규 지음

사진, 한국화, 미술사, 실크로드에 숨겨진

나를 찾아가는 여정

나를 찾아가는
문화 여행

좋은땅

이 책은 그동안 살아오면서 틈틈이 메모한 것을 정리한 것이다. 교사 발령 이후 자가용 시대가 열리면서 전국적으로 많이 다녀 보았다. 결혼 초기 부부 여행에서 아들, 딸이 합류하면서 여행의 범위는 넓어지고, 해외까지 나서게 됨은 가장으로서 즐거움으로 다가왔다. 이러한 내용들을 모아 한 권의 책으로 출판함은 모든 가족의 덕분이라 생각한다.

1990년 전방에서 소대장으로 군 복무를 마치자마자 충남 부여로 교사 발령을 받은 것은 이제 생각하니 축복이었다. 그것은 문화에 대해서는 전혀 문외한이었던 본인이 지역 문화원에서 추진하였던 '교사 백제 문화 답사회'에 열심히 참여하여 역사, 문화재에 대해 인식하는 계기가 되었고, 더욱 지평을 넓혀 대학원 논문을 백제시대 연화문에 대한 연구로 발전시키기에 이르렀다.

이에 대한 자신감으로 회화, 건축, 공예, 고고 미술사 등과 관련한 전공 영역을 꾸준히 접하게 되었으며, 한국화 작품에도 영향을 끼쳐 사실적인 풍경화에서 문화재가 중심이 되는 추상 작품으로 점차 변하게 되었다.

전국에 산재한 국립박물관과 국보들을 중심으로 답사를 다니다 보니 전국의 시·군은 거의 여행하게 되었고, 덕분으로 인터넷이 활성화되기 전에는 '테마 최'라는 별명으로 지인들에게 여행지를 선정해 주거나 여행 정보를 공유하는 등 여행작가의 역할을 담당하였다.

문화재와 관련한 인생의 터닝 포인트는 2015년 학습연구년을 한국전통문화대학교에서 청강하며 보낸 사실이다. 적당하게 안식년 차원으로 보낼 수도 있었지만, 수준 높게 공부하는 고고학과 학생들을 보며 정확하고 깊이 있게 배우는 모습에 많은 것을 배우면서도 부끄럽기도 하였다. 무엇보다 전공이 다른 현직 교사를 전공 수업 청강생으로 기꺼이 받아 주셨던 한국전통문화대학교 고고학과 교수님들께 감사함을 표한다.

미술 교사로 살아오면서 나의 전공인 미술교육에서 한국 미술사와 고고학으로 영역이 넓혀지면서 지역사회 자치센터에서 한국 미술사를 일반인 대상으로 강의하고 있는 것은 참으로 감사할 일이다. 강의 시간마다 경청해 주시는 수강생들을 위해 현장 답사로 보답하는 봉사는 문화재 해설사로 탄생하는 과정일 것이다.

특히, 사진 작품에서 '탑과 별'이라는 주제로 3년째 씨름하고 있는 것은 문화재를 향한 발걸음이라 사료된다. 이러한 경험과 이론이 쌓여 책을 써보라는 지인들의 권고에도 교사의 임무에만 충실하였는데, 이제 퇴직하여 여유로운 삶이 되었기에 용기를 내어 출판하게 되었다. 오래된 숙제를 마치는 마음에서 참으로 기쁘게 생각한다.

이 책의 순서는 시간이 흐르는 순서대로 정리한 것이다. 다양한 내용이 들어 있어 일종의 일기체 형식을 띤 기행문으로 봐 주었으면 좋겠다. 간혹 전문적인 용어를 써 가며 심도 있는 내용으로 접근하고자 하였으나, 배움이 부족하여 잘못 사용한 어휘가 있다면 넓은 아량으로 이해해 주면 좋겠다.

끝으로 여행을 좋아하는 집사람을 만나 나의 숨었던 기질을 발견하게 되어 무척 고맙고 아들, 딸까지 가족여행의 일원으로 빠짐없이 동행해 주어서 거듭 감사함을 표한다. 결혼 초기 텐트 생활에서 시작한 여행이 오토캠핑으로 옮겨 가고, 최근에는 캠핑카를 이용하여 시간과 공간을 극복하니, 더욱 문화의 폭은 넓어지고, 깊이를 더해 가기를 기대해 본다.

아무쪼록 문화 선진형의 삶을 지향하는 현대인에게 조금이나마 도움이 되었으면 하는 마음으로 인사에 대신하고자 한다.

감사합니다.

2024년 8월
최순규

목차

III. 캠핑카로 여행을 떠나다

IV. 실크로드 장정을 마치다

I.

세상을 향해 나가다

정선 레일바이크 - 2023.11.2.

1. 처남과 떠나는 설악산 단풍 구경

2013.10.12.(토)~10.13.(일)

전국의 바윗덩어리들이 금강산으로 모일 때 지각한 바윗덩어리가 미시령 근처에서 주저앉아 설악산의 막내가 되어 버린 울산바위!

울산바위가 제법 웅장한 자태로 사람들에게 사랑을 받자 원소유자임을 자처하는 울산 현감이 세금을 요구하였는데, 이에 바위를 되가져 가라고 하자 그 배짱에 눌려 풀로 만든 끈으로 거대한 바위를 묶었다는 전설이 이름으로 되어 버린 속초이다.

속초! 1년에 한 번 정도 방문하는 여행지지만 단풍이 든 시월 초순이면 더욱 가슴이 뛴다. 한여름의 북적북적한 동해 바다 말고 설악산의 오색찬란한 단풍을 기대한다면 새벽에 출발하는 수고를 감내하여야 한다.

설악산의 단풍 포인트가 여러 군데 있지만 한계령 아래 흘림골 입구에서 시작하여 주전골까지의 4시간 등산 코스는 남녀노소 모두에게 무난한 명소이다.

흘림골 입구에서 가파르게 올라 땀이 살짝 비칠 때 수줍게 보여 주는 여심폭포의 기묘한 형상은 새벽에 떠난 수고로움에 보답해 주는 듯하고, 폭포에 대해 한마디씩 농을 보태며 앞 사람의 엉덩이만 바라보면서 산길을 올라치면 신선이 하늘로 올랐다는 등선대가 세속의 때를 씻겨 준다.

아! 시원하다. 한계령이 발아래라! 세상이 모두 내 것이라. 속이 뻥 뚫린다.

등선대에서 바라본 한계령 휴게소

이후 계속된 내리막길에서 등산 내내 역광의 단풍잎을 바라보며 한발 한발 내딛다 보면, 눈앞의 풍광이 설악의 웅장한 암벽과 조화되어 마치 신선이 되어 가는 기분이다. 앞서가는 알록달록한 인파들의 재잘거림도 한 폭의 수채화가 되어 다가오는 곳. 이곳이 흘림골 속살이다.

간혹 산은 산인지라 줄을 타야만 지날 수 있는 곳은 병목현상이 발생하여 교통경찰이 출동할 태세이다. 이쯤 되면 각 산악회 간의 언성이 높아 간다.

"새치기하지 마이소.", "끼워 주지 마라카이?"

세상 어디를 가든 성질 급한 부류는 꼭 있는 법. 기다릴 줄 모른다. 어쩌면 물이라는 것이 내리치다 평지가 있으면 모여 있다가 넘치는 곳이 생기면 옆으로 슬며시 흘러가는데 하물며 인간의 행동은 산에 온들 쉽게 바뀌겠는가! 그래도 단풍 든 자연 속에서는 지나가는 농담이려니 하며 어느덧 발걸음은 중간 지점의 12폭포 근처에서 멈추게 된다. 주변 시선에 마음을 빼앗긴다. 천하절경! 올해도 색이 참 곱다!

단풍 구경도 좋지만 사람 구경도 즐겁다

예약된 콘도 숙소를 지인에게 양보하고 처남과 함께 숙소 구하기는 만만치 않다. 한 가정의 가장이며, 직장인이며, 남편이지만 모처럼 찾아온 속초는 해방구처럼 다가온다. 그러나 네온사인이 반짝이는 유흥지를 마다하고 속초해수욕장의 허름한 민박촌으로 스며들었다.

속초에 가면 대포항이나 동명항에서 회를 먹고 온천로 먹거리촌에서 기분을 냈지만 오늘은 그저 발길 닿는 대로 흘러온 안식처이다. 해수욕장은 10월이지만 관광객들이 제법 눈에 띄었고, 저녁을 마치고 삼삼오오 해변을 거니는 모습들이 지나간 여름을 아쉬워하는 듯했다. 그중에서도 연인들의 영화 촬영은 중년인 나에게도 설렘의 대상이다.

부럽다! 해수욕장에서 바다로 쭉 나간 방파제 끝에는 조각상이 오붓하게 설치되었는데 제법 미적이다. 입구에서 물고기의 안내에 따라 걷다 보면 브론즈로 제작된 맹세의 나무가 서 있는데 자세히 보니 나뭇잎이 온통 하트 모양이다. 여기에 LED 전구의 형형색색의 조명 불빛이 일정한 간격으로 색이 변화하니 바뀔 때마다 하트 모양이 흡사 밤의 단풍처럼 한 잎씩 피어나는 듯하다.

이런 분위기에 편승하여 집에 있는 아내에게 맹세의 나무를 찍어 상냥한 문구로 메시지를 보내니 금세 답장이 온다.

"뿅뿅뿅. 나도 사랑해." 달빛으로 밝은 가을 바다를 보니 내 마음에도 중후한 단풍이 들고 있었다.

아침에 다시 찾은 맹세의 나무의 하트들이 저마다 인사를 하는 듯하다

2. 신안 섬에 갑자기 가고 싶다

2014.1.3.(금)~1.4.(토)

혼자 있고 싶다!

훌훌 벗어나 나그네처럼 살고 싶다. 사십 대 중반부터 슬슬 일렁이더니 오십이 되어서는 눈물이 나고 남들이 말하는 갱년기의 시작인가! 내 나이 50살! 무엇이 무서우랴! 아직까지는 힘이 있고 경제력이 있고, 시간도 있는데 하고 싶은 것을 못 하면 병이 된다지? 몇 해 전 서유럽에 갔을 때 가이드의 말이 새삼 떠오른다.

"여기에 오신 분들은 정말로 행복한 사람들입니다. 아무나 올 수 있는 곳이 아니지 않습니까? 우선 금전적으로 여유가 있어야 하고 강행군의 일정을 소화해 낼 건강이 따라 줘야 하며 시간도 도와줘야겠지요. 하지만 이것이 있어야 합니다. 그것은 마음의 여유입니다. 그래서 여기 오신 한국분들은 세상에서 가장 행복한 사람들입니다." 사람이 살아가는데 마냥 좋은 일만 있겠는가! 가끔은 삶의 무게를 내려놓고 자기에게 투자하는 것이 힐링의 실천이다.

11년 된 RV 차량은 고속도로에서는 조용하다. 오늘 차량 실내도 한산하다. 시시때때로 가족들과 여행하면서 차내 공간이 밀폐될 정도로 온갖 짐으로 꽉 찼었다. 룸 미러가 무용지물이 되도록 말이다. 과연 이 많은 짐들을 실을 수 있을까 하는 의구심 속에서도 끝내는 싣고야 마는 이삿짐센터 달인의 경지에 스스로를 대견해하기도 했었다.

차령터널을 지날 때 왠지 모를 울음이 터져 나와 눈물을 닦으며 거우 터널을 벗어날 수 있었고 감정을 추스르며, 어느덧 목포 IC 부근을 달리고 있었다. 잠시 후 압해대교를 건너자 신안군 섬 투어가 시작되었다.

기분이 묘하다. 가족여행을 하다 보면 조수석을 두고 집사람과 큰아들이 자리 쟁탈전을 벌인다. 가끔은 딸까지 가세하여 신경전을 벌이지만 끝내 고3이 되는 아들 차지가 되어 버렸다. 그런 좌석이 오늘은 텅 비어 있다.

압해대교를 지나면서 교량의 규모에 놀랐고 압해도를 육지로 바꾼 일등 공신의 모습을 카메라에 담고자 촬영 포인트를 찾아본다. 그러나 높은 주탑의 높이에 맞추어 토성 같은 높은 길에는 주차할 만한 갓길이 없다. 쌩하게 다리를 건너왔으니 낭패다. 할 수 없이 다리 밑으로 내려가 그 웅장함을 담고자 마을로 차를 몰았다.

지나쳐 온 방향을 되짚어 마을 길을 찾았으나 여러 갈래의 소로가 엉켜져 있다. 그러나 내가 누구냐? 독도법의 귀재 아니던가? 초행길이지만 노면을 보면 어느 것이 주로 이용하는 도로인지 분간하는 경지를 터득한 지

오래다. 길을 잘 찾는 인디언이 내 몸 안에 들어온 것 같다. 한때는 움직이는 내비게이션이라는 별명을 듣기도 하였다.

다리 밑에는 조그마한 배 몇 척이 거친 뻘밭에 내동댕이쳐져 있고 때마침 들어오는 물때에 맞춰 낚시에 여념이 없는 사람들에게 친근감이 느껴진다. 이 기분을 살려 카메라 셔터를 눌러 본다.

압해대교 아래에서 민생고를 해결하다

가스레인지, 코펠, 식수, 컵라면을 챙겨 평평한 해변가에 만찬장을 꾸민다. 홀가분한 마음으로 라면이 퍼지기 전에 한 젓가락질 한다. 면발의 꼬들거림이 서양미술사 인상파 화가 중의 한 명인 모네의 〈풀밭 위의 점심 식사〉를 능가하는 아저씨의 일탈된 식사 모습이다. 머물렀던 자리는 흔적을 남기지 않는다는 스카우트 정신을 실천하며 본격적으로 압해도 탐험에 나선다. 무안반도 쪽으로 진행하는데 도로변의 풍광은 별다른 섬의 특징 없이 식상하다. 얼마나 달렸을까. 분재 축제를 알리는 현수막이 곳곳에 설치된 것이 꽤나 큰 행사인 모양이다. 5만분의 1 지도를 살펴보니 서쪽 송공여객선터미널과 접한 행사장이다. 지체 없이 달려갔다. 과연 산자락에는 천사섬분재정원을 알리는 건물과 한눈에 보아도 잘 정리된 정원이 보인다. 그런데 나의 눈은 부채살처럼 쫙 펼쳐진 바다가 우선순위다.

주차장이 매우 넓은 송공항 선창가에는 여러 척의 배와 많은 사람들이 분주히 움직인다. 가까이 가 보니 김을 수확해서 들어온 배들이 열을 지어 대기하고 있고 햇빛을 받은 김들이 물빛보다 더 반짝이고 있었다. 그리고 보니 앞 바다부터 수평선까지 수없는 장대들이 바다를 뒤덮고 있었다.

1월 초 한창 맛이 오른 물김을 경매하고자 선착장에 모여 있는 것이란다. 흡사 VJ가 되어 경매의 현장을 취재하고 싶은 마음이 있었으나 괜히 쑥스럽기만 하다. 각 배에서는 이러한 나의 마음과는 관계없이 싣고 온 물김을 큰 포대에 담느라 정신이 없다. 삽으로 담는 사람과 포대 입구를 벌려 잘 들어가게 조력하는 사람 간의 손발이 척척 맞아 이방인이 구경하기에 재미도 있지만 노동의 강도는 대단해 보인다. 검게 탄 얼굴, 알아들을 수 없는 섬사람들의 말투지만, 물김이 덕지덕지 묻은 작업복이 귀하게 보여 몇 커트 촬영하였다.

김은 조석 간만의 차이가 심한 곳이 맛이 있다. 썰물이 되어 햇볕에 노출

물김 경매를 기다리고 있는 선주들과 어선들

되어 검은색이 강할수록 상품가치가 높아진다. 이곳의 노출 양식 방법은 수중식보다 월등한 품질을 보이는데, 특히 12월에서 1월 수확 기간에 추울수록 명품 김이 탄생한다. 그래서 그런지 아까 보았던 배에 실린 물김들이 미묘하지만 명도의 톤이 다른 것은 각 양식장의 환경 차이를 보여 주는 증거들이다.

송공항 옆에는 신안군 특산물 판매장이 보인다. 뒤편의 천사섬분재정원 관객들을 겨냥한 듯 손님들이 꽤 보인다. 김, 미역, 다시마, 고구마 등을 판매하고 있는데 주인으로 보이는 아저씨 왈 "이 김은 보름 정도만 생산되는 신안 특산 김으로 굽지 않고 그냥 먹어도 맛이 있다."는 말에 시식해 본다. 달짝지근하면서 김 향내가 좋다. 점심때 먹은 컵라면의 아쉬움을 보상받는 듯하다. 전반적으로 부드러우며 돌김의 오도독하는 식감이 살아 있어 한 톳을 구입하였다. 값은 비싼 편이지만 제대로 산 모양이다.

사실 집의 냉동실에는 섣불리 샀다가 남아도는 김 뭉치들이 여러 개나 쌓여 있어 집사람에게 지청구를 듣는다. 그래도 맛이 있으면 김만큼은 충동구매다.

천사섬분재정원은 송공산 남쪽 기슭에 위치한다. 잘 가꾸어진 관람 코스마다 지극정성으로 가꾼 작품들이 묘기에 가깝다. 시가 2억이 넘는 분재들은 예술품이다. 꽃피는 봄날에는 천국이 따로 없겠다.

무안반도로 통하는 연륙교를 지나니 새로 포장한 4차선의 도로가 깨끗하기 그지없다. 다시 육지로 들어온 것이다. 이것도 잠시 무안 시내 방향을 버리고 좌회전하면 100여 리의 해제반도가 나를 반긴다. 해제를 지나 지도로 들어서는 곳에 튤립 아치가 설치되어 있는데 그냥 예쁘다는 생각으로만 지나쳤다. 해제반도는 길쭉한 지형으로 때로는 양쪽으로 바다가 나타났다 사라지기를 반복하며 지도읍 소재지에 도착하였다. 왼쪽으로 가면 사옥도와 증도이고 직진하면 임자도행 선착장이다. 그냥 임자도에서 하루를 머물 작정을 하고 배에 차를 실었다. 농협에서 운행하는 큰 배에는 딸랑 차량 10대와 여행객 10명만이 무표정하게 서성이며 바다만 바라보고 있다.

20여 분 만에 도착한 임자도 진리선착장을 나와 북서쪽 끝에 있는 대광해수욕장을 향해 달리기 시작했다. 별다른 풍광 없이 진행하다 보니 대파밭이 눈에 들어온다. 그런데 싱싱함이 그대로다. 더군다나 스프링클러까지 작동하고 있으니, 엄동설한에 드문 현상이다. 이래서 해양성 기후인가 보다. 육지에선 살아 있는 생명체는 동면하는 기간으로 노지의 채소들은 이미 자취를 감춘 지 오래다. 생뚱맞은 조형물이 대파밭 한가운데 멋있게 서 있다. 주황, 하얀색의 풍차다. 이국적이며 이질적이다. 대파밭 옆 소로에 주차하고 카메라를 챙겨 밭고랑 사이로 들어가 본다. 대파의 청록색과 어우러지는 풍차의 원색은 혼자만의 여행을 보답이나 하듯 묘한 기분을 연출해 준다. 여러 대의 스프링클러가 흰 물줄기를 사방팔방으로 뿜어대는 모습과 풍차를 연결하여 한 커트 촬영하였다.

대파밭에 설치된 풍차 모습, 봄철에 열리는 튤립축제의 마스코트이다

오던 길로 해서 대광해수욕장에 도착하니 광활함이 굉장하다. 작은 섬에

도 대규모 해변이 발달됨에 놀라웠고, 힘차게 달리는 말들의 조형물이 방문객을 환영하는 듯하였다.

이 섬의 주인공은 너희 같다

몇 군데의 모텔과 시설들이 을씨년스럽게 퇴색되어 가고 있다. 해변가에는 임자도를 알리는 안내판이 튤립 모양으로 설치되어 있고 튤립 축제장을 알렸던 철 지난 현수막이 외로이 임무를 수행하고 있다. 매스컴에서 본 임자도 튤립 축제장이었다. 그래서 지도읍 입구에 튤립 아치와 대파밭에 풍차가 있었나 보다. 그러면 내년 봄에는 대파밭이 원색의 튤립밭으로 변하는 장관을 연출하겠구나. '지금은 혼자 왔으나 축제 기간에는 가족과 함께 오겠지?'라는 생각에 순간 눈물이 핑 돌았다.

철 지난 축제장 또한 적막하다. 지금은 모두 폐쇄되어 있고 모형 튤립들이 활짝 피어 자리를 지키고 있지만 그 모습이 애처롭다.

임자도는 봄에는 숭어와 새우, 여름철에는 새우와 민어가 많이 나는 곳으로 알고 있다. 그래서 북동쪽에 있는 전장포를 향해 또 달린다. 혹시 지나가면서 괜찮은 숙소가 있으면 더욱 좋겠다는 소망을 가지고 탐험에 나선다. 여전히 여기저기 대파밭은 펼쳐져 있고 염전도 자리 잡고 있었다. 전장포에 다다르니 만조가 되어 바닷물이 선창까지 올라와 출렁이고 있다. 해산물이 나오는 시기에는 제법 흥청거리겠지만 몇몇 젓갈을 판매하는 가게도 인기척이 없고 간판의 불빛도 보이지 않는다. 더군다나 민박집도 없다. 새우토굴을 알리는 이정표가 있어 눈길을 주나 야산으로 이어지는 소로다. 신안군의 새우가 이곳으로 모여 숙성된 다음 전국 각지의 시장으로 팔려나가는 모양이다.

어느덧 해는 넘어가고 있고 자가용 미등을 켤 시간이다. 슬슬 배도 고프고 잠자리도 해결 안 된 딸랑 혼자임을 절실히 느끼는 순간이다. 사람들은 이때쯤엔 집에 가고 싶은 귀가 본능이 있는 모양이다.

마음이 급해진다. 일단은 임자도 진리선착장에 오니 육지로 나가는 마지막 배가 차량을 싣고 있었다. 어떻게든 임자도에서 하루를 정리하고 싶었으나 다리로 연결된 증도에 가면 여건이 좋을 듯하여 선표를 끊었다. 운임료는 지도에서 입도할 때는 무료로 왔으니 여기서 나갈 때는 무조건 더블이다. 계산법이 참으로 쉽다.

지도에 도착하니 해는 지고 한겨울의 냉랭함이 엄습해 있다. 라이트를 켜고 사옥도를 지나 중도에 도착하기까지는 많은 시간이 걸리지 않았다. 중도대교를 거치자마자 초소를 지나는데 차단선은 올려져 있고 초소 안의 사람은 별 반응이 없다. 중도의 모습은 내일 보기로 하고 중도면 소재지로 스며들었다. 조그마한 동네이지만 제법 규모를 자랑하는 민박집, 펜션, 식당들이 모여 있었다. 그러나 펜션들은 모두 불이 꺼져 있었고 농협 근처에만 사람들이 보인다. 우선 지근거리의 식당에 들어가 간장게장을 주문하였다. 혼자라는 말이 싸하다. 공깃밥을 추가하며 나온 반찬을 거의 비우다시피 하였다. 배가 불끈 나와 이젠 살 만하다. 물론 식사 전 휴대폰으로 상차림을 찍어 집사람에게 보내는 센스는 기본이다.

이제 밥을 먹었으니 잠을 자야겠다. 식당 아주머니에게 숙소를 추천받아 간 곳은 근처의 펜션인데 사무실에 사람이 없다. 다시 면 소재지로 돌아와 식당 옆집 2층 민박을 문의하니 오만 원을 달란다. 혼자지만 보일러를 돌리려면 깎아 줄 수 없다 한다. 괜한 고집으로 다른 민박집을 알아보니 삼만 원이라는 말에 주저 없이 오늘 숙소로 정했다. 이날 밤 낯설고 생소한 민박집 이불 속에서 혼자만의 울음은 한동안 계속되었다.

다음 날 일출 무렵의 중도대교는 귀가 시릴 만큼 추웠다. 오가는 차량 없이 혼자만이 해를 맞이한다. 중도대교 아래는 썰물로 갯벌이 광활하게 드러나 있고, 이따금 새들이 날아다닌다. 갯벌 너머 산 위로 봉긋이 해가 솟아 어슴푸레한 갯벌 위에 생명을 뿌린다. 1월 1일은 아니지만 새해 소망을 담아 기원해 본다.

민박집을 나와 증도 답사 첫 번째 도착지는 태평염전이다. 6.25 때 섬으로 유입된 사람들이 중심이 되어 만들어졌다는 이곳은 증도의 슬로시티를 대변하고 있다. 한겨울이라 소금 생산은 잠시 멈추고 있지만 소금창고와 소금밭의 규모가 매우 큰 것을 알 수 있다. 염전 초입의 소금박물관은 소금창고를 개조하여 개관하였다고 하는데 규모는 작으나 아기자기한 소금 관련 이야기들을 담아내고 있어 인상이 깊다.

태평염전의 휴업기 모습, 염전 뒤로 증도대교가 보인다

증도 끝에는 엘도라도라는 숙박단지 마을이 있고 동쪽으로는 마을에서 운영하는 갯벌 체험 장소가 있어 진입해 보았다. 갯벌 위로 놓은 탐방로는 입구가 막혀 있고, 썰물 때 나가는 물고기를 가두어 놓는 긴 그물은 그 역할을 잠시 내려놓은 듯 개점휴업 상태다. 저 멀리 섬이 보이는데 몇몇 사람이

다가가고 있다. 나도 따라갈 모양으로 갯벌로 들어갔으나 몇 발자국 지나지 않아 신발이 푹 들어가고 만다. 장화가 필수다. 이렇게 썰물 때 찾아볼 수 있는 섬을 육계도라 하는데 손에 망태기를 들고 해산물을 채취하는 현지인들의 삶의 현장이다.

고기압의 영향으로 하늘이 파랗다. 구름 한 점 없다. 지나가는 여객기의 꼬리가 긴 칼날이다. 얼굴 볼때기가 시리다. 갯벌 탐방로 끝 전망 좋은 공터에 자동차로 바람을 막고 가스레인지를 꺼내 컵라면용 물을 끓인다. 차 안에서 컵라면 먹는 모습은 보기에 따라 천차만별일 것이다. 먹을 것이 없어서 한 끼 때우기 위한 처절함도 있을 것이고, 추억을 먹기 위한 행위일 수도 있지만, 지금 나에게는 살기 위해 몸부림치는 추억을 쌓기 위해 머릿속에 저장하고 있는 행위이다. 창밖으로 보이는 육계도에는 몇몇 사람들이 해산물을 채취하고 있었고, 나도 삶을 위해 남쪽 끝에서 북쪽 다리까지 살펴보기로 하고 시동을 걸었다.

엘도라도 숙박단지가 있는 동네에는 한옥 민박집도 있어 숙박의 다양성을 지니고 있다. 재작년에 영암 구림마을로 가족 답사를 갔을 때 한옥 민박집을 알아보니 가격이 만만하질 않아 모텔로 간 기억이 떠오른다. 전국 어디에나 한옥단지가 들어서고 있어 시각적인 즐거움을 주나 운영적인 면에서 유지가 되는지는 모르겠다.

엘도라도 숙박단지는 좋은 자리에 위치해 있다. 바다를 바라보는 현대화된 시설물 아래로 모래사장의 우전해수욕장이 펼쳐지고 오솔길도 송림으로 연결되어 있으며 간간이 야영 장소도 눈에 띈다. 가족 단위의 휴양지로는 최상의 장소이다. 다시 큰길로 나오면서 화도를 알리는 이정표가 눈에 들어온다. 급히 우회전하니 세상에나 시커멓고 드넓은 갯벌이 펼쳐져 있고 한가운데 길이 나 있질 않은가! 순간 직감했다. 썰물 시에만 운행할 수 있다는 제부도와 같은 바닷속 길이다. 잘못하면 물이 들어와 무리하게 운행하다 큰 사고가 난다는 바로 노둣길이다. 바닷물은 전혀 보이질 않고 다시 민물로 바뀌기에는 많은 시간이 남아 있는 것 같아 섬으로 들어가는 노둣길을 건넜다.

화도는 낮은 지형으로 특별한 시설은 없고 몇몇 민가와 한산한 선착장만 있을 뿐이다. 작은 섬에도 불구하고 수로에는 겨울 민물낚시를 즐기는 강태공들이 자리를 잡고 있었다. 한결같이 차를 수로 옆에 정차하고 낚싯대 대여섯 대로 세월을 낚고 있는 듯하다. 노둣길을 되돌아 나오면서 예전에 TV에서 증도를 소개할 때 보았던 짱뚱어 서식지를 못 본 것이 아쉽기도 하였다. 어쩔까 하는 생각에 잠겨 있던 찰나 짱뚱어 서식지를 알리는 이정표가 눈에 띄어 찾아가 보았다.

어젯밤에 증도에 들어온 까닭에 섬 전체 지형을 간과한 사유이겠다. 증도에서 제일 긴 우전해수욕장은 겨울철에도 관광객들이 제법 있었다. 해수욕장 끝과 증도면을 잇는 바다 탐방로를 설치하였는데 관광객들은 모두 탐방로를 걷고 있었다. 연인끼리 손잡고 가는 모습, 가족 단위로 산책하는 모습, 그중에서도 젊은 부모가 유치원생 아이를 예쁘게 사진 찍어 주고자 애를 쓰는 모습이 제일 행복하게 다가온다. 그러나 발아래의 갯벌에는 짱뚱어는 보이질 않고 거칠 것 없는 찬바람만 쌩쌩 몰아치고 있다.

이제 증도의 마지막 답사지를 남겨 놓고 있다. 1004의 섬 신안군은 리아스식 해변으로 해안선이 복잡하기 짝이 없다. 들고 나는 물로 인해 항해하는 선박들의 무덤이기도 하였단다. 과거의 문화가 고스란히 남아 있는 유적지가 바로 해저 유물이다. 증도의 서쪽 끝 방축리를 가기 위해서는 아스팔트 길이 끝나고 왕복 1차선 콘크리트 길 끝부분에 있는 '사적 274호 신안 해저유물매장 해역'을 알리는 안내판을 따라가면 된다. 1980년 전후로 발견된 유물들은 14세기의 유물로 청자와 백자 등이 주류를 이루며 우리에게 당시의 세계를 이야기해 주고 있다. 해안선에서 육안으로 바다만 바라보고 나왔다. 발굴 유품을 전시하는 전시장이 없는 것에 좀 서운한 마음을 가지고 이제 증도를 떠날 때가 다가왔다.

간밤에 숙박한 면 소재지와 증도대교를 뒤로하고 사옥도를 지나 지도대교를 지날 무렵 다리 난간 사이로 왼쪽 솔섬 선착장이 보인다. 곧이어 어젯밤에 보이지 않았던 수산물 경매장 안내판도 보인다. 지체할 것 없이 선착장으로 내려가니 경매장은 텅 비어 있었고 건어물 가게에 사람들이 모여 있다. 가게 옆 길게 늘어선 건조장에는 물메기, 가재미 등 여러 가지 생선들이 대롱대롱 매달려 있었고, 낯선 생선들도 꼽사리 껴 있었다. 눈길을 가게로 돌리니 70cm 정도의 큰 생선이 배를 가른 채 처마에 줄지어 매달려 있고 주변에는 사람들과 주인이 홍정하는 것 같아 다가섰다.

말로만 듣던 민어란다. 한여름에 임자도를 중심으로 잡힌다는 그 민어! 부레는 국궁을 만들 때 대나무와 물소 뿔을 접착하는 데 사용하고, 고려 말 조선 초기에 만들어진 분청사기에는 어김없이 표면에 그려졌던 귀한 생선

민어의 건정 모습

이 건정으로 태어나기 위해 눈앞에 펼쳐져 있는 것이다.

　가게 앞 한쪽에서는 아주머니들이 냉동된 민어를 녹이고, 할복하여 건조 준비를 하고 있었으며 배 속에서 나온 알들은 어란을 만들기 위해 따로 모으고 있었다. 흥정이 끝난 민어는 작두를 이용하여 먹기 좋은 크기로 주인과 아들이 자르고 있었다. 먼저 구매한 사람에게 가격을 살짝 물어보았다. 큰 것은 십오만 원이란다. 과연 비쌌다. 그러나 한번은 사고 싶어 그보다 아래 등급인 십만 원짜리를 사고는 기분이 좋았다. 이곳 민어는 성수기에 경매사인 주인이 구입하여 바로 급랭을 시키고, 한겨울에 꺼내 소금물에 염장하고 건조하기에 시장에서 파는 신선도가 떨어진 것과는 차원이 다르다고 재차 강조하신다. 아까 보았던 어란에 대해서도 한마디 물어본다. 한

3개월에 걸쳐 만든다는 짧은 대답이 돌아온다. 제주도 대정으로 귀향을 떠난 추사 선생이 서울 집에 서찰을 보내 받아 드셨다던 그 어란이 여기서 만들어지고 있는 것이다.

민어가게 주인 안내대로 찜통에 쪄 먹는 민어는 처음에는 좀 짠맛이지만 쫄깃한 육질은 그만이다. 찐 다음에 바로 먹지 말고 하룻밤을 식힌 후에 결대로 찢어 먹는 식감은 바로 이 맛이었다.

얼마 후 직장에서 외할머니 댁이 목포라는 동료와 여행 후일담을 나누는데 한마디 거든다.
"할머니 댁에서는 민어 껍질로 만두피도 한대요."
먹고 싶은 것도 많고 가고 싶은 곳도 많은 우리나라이다.

이렇게 나의 갱년기 절정기는 지나가고 있었다.

3. 청산도에 갔다 왔어라

2014.1.7.(화)

완도연안여객선터미널에서 오전 8시 20분에 출항한 청산도행 슬로시티 청산호 3등 선실은 한산하였다. 연초, 그것도 엄동설한이지만 허전한 마음을 달래고자 연말부터 계획한 여행을 실행에 옮기고 있는 것이다.

새벽 3시에 천안에서 자가용으로 출발하여 무려 4시간 30분을 운전한 피로를 보상받는 듯 청산도로 가는 내내 뜨거운 선실 바닥에 몸을 지지고 있었다. 시골집의 뜨뜻한 온돌 이후 최고로 누렸던 호사였다. 요즈음 아파트가 보편화된 생활에서는 느낄 수 없는 경험! 지금 가고 있는 청산도에서 좋은 일이 생길 것 같은 느낌이 확 느껴졌다. 한 시간 운항 끝에 이름도 예쁜 청산도 포구에 닿았다. 연초라 그런지 배의 규모에 비해 차량과 승객이 별로 없어 금방 하선할 수 있었다.

자가용에 승차한 채 여객선에서 내린 부부는 잠시 선착장에서 머뭇거렸다. 멋있는 섬이라는 기대감으로 이것저것 선수학습을 하였지만 지금은 외지인으로 반겨 주는 사람도 없고 가이드도 없다. 1박 2일을 계획하고 왔기에 좋은 숙소, 맛있는 음식, 훌륭한 경치 등 욕심이 많았지만, 우선은 섬 전체를 드라이브한 후에 볼만한 것은 자세히 살펴보기로 의견 일치를 보고 동쪽으로 출발하였다.

쾌청한 날씨는 아니지만, 새털구름이 발생하여 늦가을을 연상시켜 주었고 창문을 열고 달려도 바람이 차지 않을 정도로 여행하기 좋은 날씨였다.

포구를 벗어나 언덕을 넘어서니 당리가 나오고, 누가 보아도 영화 〈서편제〉에서 인상 깊었던 돌담길과 주변에 드라마 〈봄의 왈츠〉 세트 건물이 선명하게 보인다. 돌담과 낮은 언덕을 정겹게 스쳐 간다. 지금 내려 임권택 감독의 영화 〈서편제〉 중에서 6분을 풀 숏으로 촬영한 돌담길을 걷고 싶었지만 뒤로 미루고 계속 동쪽으로 전진하였다. 청산도의 첫인상은 민가들이 많다는 사실이다. 인근의 보길도, 신지도 등지를 갔었지만 그 섬들보다 옹기종기한 집들이 다정하게 분포되어 있었다. 이것은 살기 좋다는 것인지 물산이 풍부한 연유인지 살펴보기로 하였다.

읍리를 벗어날 즈음 고인돌과 하마비를 알리는 안내판이 위용을 자랑한다. 고인돌이라니 순간 중요한 것을 발견이나 한 듯 흥분되는 기분이 들었다. 일단은 정차하여 안내문을 읽어 보았다.

이곳 읍리 13기의 고인돌은 점차로 섬이 개발되어 원형을 잃어 가는 것을 막기 위해 한곳에 모아 놓은 것인데 형식은 남방식이다. 덮개돌이 특히 앙증맞고 귀엽다. 고인돌의 고장 강화도, 고창, 화순은 세계문화유산으로 등재될 만큼 규모나, 형식적 측면에서 대단한 지역으로, 보통 고인돌은 청동기시대 벼농사 지역을 중심으로 발생하는데 지배계층뿐만 아니라 일반인까지 유행한 장묘 풍습이다. 특히, 어린이까지 사용했던 부장 풍습이 여러 곳에서 증명되고 있다.

　고인돌이 청산도의 역사를 증명하듯 예나 지금이나 살기 좋은 곳은 분명한 모양이다. 이곳의 덮개돌 규모로 볼 때 조성 시에는 수백 명이 동원되지는 않았겠지만 어림잡아 오십여 명은 될 것으로 상상도 해 본다. 하마비는 삼각형 모양인데 언뜻 보면 영락없는 자연석이다. 왕릉이나 사원 앞을 지날 때 예를 표하기 위해 말에서 내리라는 경고석으로 알고 있는데 혹시 이곳에 권력의 손길이 있었다는 이야기인지 의구심도 든다. 안내판을 자세히

남방식 고인돌과 하마비는 청산도의 역사를 말해 주고 있다

보니 이곳 읍리 하마비는 민중 신앙적인 면도 있었다고 다른 해석을 내놓는다. 아마도 도서지방에서는 자연의 힘에 인간의 미약함을 보전하기 위해 만들었다는 민중 신앙물로 잠시 이해를 하고 지나간다.

고인돌을 뒤로하고 섬의 중간 지점의 보적산 고개를 지나면 청계리가 나타나는데 동시에 동쪽 바다도 한눈에 들어온다. 곧이어 휘어지는 고갯길을 내려오면 청산도의 중요한 여행지를 알리는 이정표가 나타난다. 투구봉, 구들장 논, 슬로푸드 체험관, 돌담 마을 등으로 예상하지 못한 여행지가 늘어만 간다.

차로 이동하니 순식간에 동쪽 끝 신흥리 풀등해수욕장에 접어든다. 이곳의 해수욕장은 KBS 〈1박 2일〉 팀이 캠핑하면서 복불복 게임을 하였던 장소였다. 해송도 훌륭하고 모래 백사장도 간간이 펼쳐져 있어 밀물 때 해수욕하기에는 그만인 장소이다. 식수대와 화장실도 있어 캠핑에 도움을 준다. 그런데 지금은 사람은 물론 돌아다니는 개들도 안 보인다. 적막강산이 따로 없다. 여객선이 들어오는 서쪽을 중심으로는 사람들이 있지만 동쪽은 사정이 다르다. 구들장 논과 다랑논이 있을 만큼 삶의 무게를 느끼게 만드는 곳이다.

신흥리 풀등해수욕장을 뒤로하고 북쪽으로 방향을 틀면서 주마간산 여행은 계속된다. 햇살이 좋은 날씨로 바다의 물빛이 순하게 느껴진다. 바다에 농사짓는 모습이 눈에 들어온다. 간간이 기중기 달린 배들이 운항을 한다. 아마도 주변에 양식되는 전복과 관련이 있는 듯싶다.

바다 위에 일렬로 줄을 지어 머리통만 내놓은 것은 미역이나 다시마를 양식하는 부표일 것이다. 전복 양식장에 들어가는 사료용이라 대규모로 조성되어 있다. 대나무를 꽂아 놓은 곳은 김이나 매생이 양식장일 것이다. 그리고 4각형 모양의 기하학적 군락지는 전복 양식장이다. 기중기 달린 배들이 미역이나 다시마를 채취하여 전복 양식장에 먹이를 주고 있는 모습이 이곳에서는 일상적인 풍광이다.

섬의 북쪽 지역은 산지로 형성되어 민가들이 별로 없어 그야말로 섬 중의 섬이다. 그저 한산하다. 곧이어 서쪽의 지리청송해변에 도착하였다. 산에서 내려온 물이 바다로 흘러가기 위해 잠시 모여 있는 배수지에 갈대가 무성하다. 이곳의 갈대는 키가 작고 꽃도 앙증맞다. 육지의 갈대는 길이도 길고 꽃도 크고 하여 흡사 껑충한 칠면조로 본다면 이곳은 어미 닭을 쫓아다니는 병아리처럼 정겹고 특히, 솜털은 고와서 역광으로 비출 때면 솜사탕 같은 질감을 보여 준다.

'텐트 5,000원, 입장료 500원, 지리청년회'라고 적힌 퇴색한 간판이 우리를 맞이한다. 해수욕장 끝에 위치한 포구에는 서너 척의 배들이 정박하고 있는데 어업활동은 잠시 쉬는 듯 사람들도 보이질 않는다. 펜션, 민박을 알리는 안내판만이 손님을 기다리고 있다.

지리청송해수욕장에서는 아침에 도착했던 청산항이 보인다. 자가용으로 30분이면 섬 일주가 대략 끝나는 모양이다. 좀 싱거운 느낌이 들면서 시장기가 발동한다. 새벽 3시에 기상하여 밥 한 덩이 입에 물고 이곳까지 왔으니 아침 겸 점심을 먹어야겠다. 해변은 한적한 곳이라 식당은 전혀 없고 믿을 건 자급자족이다. 아침에 청산항에 도착하여 항구 주변 식당들을 살폈지만 겨울철이라 전혀 손님의 온기가 보이질 않았었다. 그러면 풍광만큼은 최고인 해수욕장에서 해결하자. 100여 년 된 해송들이 무리를 지어 서 있고 남해안에서는 보기 힘든 모래 백사장이 햇볕을 받아 새하얗게 눈에 들어오는 레스토랑이 어디 있을까!

적당히 해수욕장 가장자리에 주차하고 가스버너와 코펠 그리고 라면을 챙겨 평평한 곳에 자리를 잡았다. 한갓진 곳에서 라면을 먹는 부부의 모습이 어떻게 비칠지 모르나 오늘만큼은 누리고 싶다. 라면을 먹은 후 국물에 햇반을 불려 먹는 맛도 괜찮다. 간간이 김장 김치를 얹어 먹으면 회 정식이 부럽지 않다. 사실 그렇게 믿고 싶다!

섬을 주마간산으로 한 바퀴 돌아 다시 찾은 청산항은 여전히 정겹고 고요하다. 이제는 오후의 일정을 세부적으로 정립하고 숙소도 알아볼 겸 항구 주변을 둘러보기로 하였다. 4월이면 섬 주민의 2배인 하루 4,000명 이상의 방문객으로 섬이 북적거리겠지만 지금은 평범한 어촌이다. 진실로 슬로시티다. 건어물 가게를 기웃거려도 좀처럼 호객 행위도 없다. 항구 중심지인 농협 뒷골목에 가니 해상국립공원사무실이 보인다. 반가운 마음으로 출입문을 여니 2명의 근무자가 먼저 인사하며 부부를 반겨 준다. 선임 근무자로 보이는 분이 관광 리플릿과 친절한 말씨로 자세히 섬에 대해 알려 주신다. 처음 방문하여 전혀 모르는 것처럼 안내를 듣기만 하였고 민박이나 펜션 등의 숙박비는 5만 원 정도라는 정보를 챙겼다. 괜히 속이는 마음도 들었다. 하여튼 간에 계획했던 대표 행선지와 안내 설명이 크게 다르지 않았고, 친절하여 나오면서는 정중히 인사를 하였다.

이제는 본격적인 여행 시작으로 우선 차를 몰아 지근거리인 〈서편제〉영화 촬영장 입구 주차장에 도착하여 등산화와 장갑, 사진기, 수첩 등을 챙겨 본격적인 슬로시티 탐험을 시작하였다. 부부만의 호젓한 여행은 얼마 만인가. 새벽에 도망치듯 출발한 것이 마음에 남아 찝찝하기도 하지만 고3, 고1이면 지들도 알아서 하겠지? 그런 면에서는 고1 딸의 마음이 시원한 때도 있다. "엄마? 아빠랑 놀다 와."라고 허락을 해 준다.

작은 밭의 경계를 따라 나지막이 쌓아 올린 긴 돌담이 정겹다. 언덕 끝의 펜션 건물이 눈에 들어오고 〈서편제〉를 촬영했던 장소도 어림잡아 본다.

자연스런 곡선이 살아 있는 청산도의 돌담길

우측으로는 화랑포의 시원한 백사장과 송림 숲도 손에 잡힐 듯 가깝게 보이고 여기저기로 난 소로들이 자기 쪽으로 먼저 오라 손짓을 하는 듯하다. 그 소로 사이에 이엉으로 둥글게 만든 초분이 전시물이 아닌 실물이 보인다. 청산도에는 아직 남아 있다던 그 초분인가 보다. 초분은 시신을 땅에 바로 묻지 않고 관을 땅 위에 올려놓은 뒤 짚, 풀 등으로 엮은 이엉을 덮어두었다가 2~3년 후 유골을 수습하여 매장하는 풍습을 말한다. 어떤 곳에서는 풍장이라고도 한단다. 그러고 보니 청산도는 무덤에 많은 정성을 들이는 것 같다. 섬에서는 수장이나 매장을 하는데 매장을 하여도 최소한의 규모로 하여 지나가는 여행객들은 인식을 못 하는 경우가 종종 있다. 그러나 여기는 봉분의 규모가 육지보다 더 크고 석물도 대단하다. 무엇보다 봉분들이 정리가 잘되어 있어 조상을 모시는 정성이 대단하다.

청산도 슬로길 제1코스를 접어들어서는 집사람과 손 붙잡고 걸어도 봐 주

생전의 생활 터전을 바라보는 듯한 초분

는 사람 없고, 지나가는 사람도 없어 흡사 무인도 같다. 슬로길 제1코스 바닥에는 거리를 알려 주는 표시가 있는데, 여러 번 지나면서 연애 바위에 당도하였다. 입구에는 초분 모형을 만들어 놓았는데 썩 마음이 가질 않았다. 지금은 젊은데 굳이 뒷날을 미루어 걱정할 이유가 있을까 하는 자만심으로 눈길만 주고 지나쳐 왔다. 연애 바위 일대는 사랑길이라 하여 좁은 바윗길을 걸어야만 한다. 박아 놓은 말뚝을 지탱하며 한 사람이 겨우 지날 정도의 애로다. 생명줄 역할을 하는 밧줄마다 주렁주렁 달린 사랑의 맹세 푯말들을 구경하면서 걷는 맛도 괜찮았다. 어느덧 〈서편제〉 길의 펜션이 보이고 주차장까지 오는 한 시간 내내 중년 부부의 사랑도 더욱 성숙되어 갔다.

　이어서 동쪽의 투구처럼 생긴 범바위로 차를 몰았다. 범바위는 산 아래에 주차장이 설치되어 있어 쉽게 접근할 수 있었다. 주차장에는 오전에 뵈었던 해상국립공원 직원들이 나와 쓰레기 줍기에 한창이다. 그런데 그 모습이 선하게 느껴진다. 저분들은 운동도 하고 돈도 벌고 좋은 공기도 마시니 마냥 부럽기만 하였다. 범바위는 산 정상이 차별 침식을 받아 뾰족한 바위만 남아 신령스럽게도 보인다. 아마도 이런 모습에 투구봉이라는 별명이 붙었을 것이다. 정상에 기어 올라가 보니 권덕리 일대와 남해 바다가 광활하게 들어온다. 빼어난 경관이다. 주변에 전망대와 안락의자를 배치하여 품격을 더욱 높여 놓았다. 따스한 봄날 멍하니 바다를 바라보기에는 딱 좋은 장소다. 현대인들은 일을 하지 않으면 왠지 소외되고 허전한 마음이 든다. 쉬지 않고 일하는 기계로 전락하여 항상 스트레스성 과민 증세로 시달린다. 중요한 것은 쉬지 않고 일만 하는 것이 성인병의 원인이라는 사실이다. 중년쯤 되면 비우는 연습을 하고 사색을 통해 머리도 쉬어야 한다. 뒹

굴뚱굴해야 창조성이 발휘된다. 세상은 묘한 구석이 있다. 버려야 얻는다는 사실이다.

　청산도의 대표 문화유산인 양지리 구들장 논과 상서리 돌담을 찾아 출발하였다. 우선 구들장 논 초입에 있는 느린 섬 여행학교에 들렀다. 슬로푸드 등을 체험할 수 있는데 단체만 받는다. 우리는 해당이 안 된다. 숙박은 할 수 있는데 7만 원이라는 말에 인사만 하고 급히 나왔다. 여행 경험상 비수기인 이맘때에는 가격이 절충되는데 여기선 어림없단다.

　청산도 슬로길 제6코스 양지리에 자리한 논들은 크기가 고만고만하다. 안내판에는 "구들장 논은 경사가 심한 지역에 논바닥에 돌을 구들처럼 깔고 그위에 흙을 부어 만든 논으로 자투리땅도 놀리지 않았던 섬사람들의 지혜를 엿볼 수 있다."라고 하여 실제 모습을 확인하러 올라가는 참이다. 마을 골목길이나 농로까지 콘크리트 포장이 되어 있어 차로 통행하는 데 불편이 없으나 왠지 미안한 마음도 든다. 논의 경사면 곳곳에 아궁이처럼 생긴 구멍들이 설치되어 있고 그 속을 들여다보면 넓은 구들이 설치되어 있었다. 그런데 한 가지 의구심이 든다. 왜 어렵게 구들을 놓았을까? 굳이 구들을 놓지 않고도 땅을 만들 수 있는데 말이다. 농업에 무지한 사람을 위해 이렇게 덧붙이면 이해가 빠를 것 같아 보완해 본다. '이곳 암석은 물이 빠지는 특징으로 진흙 등으로 보완하였고, 이는 천수답으로 물이 귀해 지하에 스며든 물을 수구로 모아 사용하기 위한 아이디어다.'라는 설명인데 나의 생각이 맞는지 모르겠다. 그래서 전문가의 신문 기고문을 인용해 본다.

구들장 논을 나타내는 구멍이 보인다

청산도 구들장 논(전남대 학술연구교수 기고문 – 부분)

구들장 논은 비탈진 산자락에 돌담을 쌓고, 평평한 구들 모양의 돌을
놓고 위에 흙을 올려 만든다. 그래서 주민들은 '방독논'이라고도 한다.
농사를 지으려면 1년에 예닐곱 번 쟁기질을 해야 하고, 써레질도 두어
차례 해야 한다. 일반 벼농사 쟁기질 횟수의 두 배다. 농사를 지을 때
도, 주변 산에서 풀과 나뭇가지를 베어 축분이나 인분을 섞어 발효시킨
퇴비를 사용했다. 매년 이렇게 반복해야 귀한 물을 붙잡고 양분을 공급
해 농사를 지을 수 있었다.

구들장 논은 산림, 논, 주거지, 갯벌, 바다로 이어지는 자연 지형에 순
응한 전형적인 섬마을의 경관을 보여 준다. 또 통수로를 이용해 위 논

과 아래 논을 잇는 관개 시스템과 수로에 서식하는 긴꼬리투구새우, 절지동물, 양서파충류 등 생물 다양성과 생태적 기능을 한다. 그 가치를 인정받아 2013년 국가중요농업유산에, 이듬해 국내 최초로 세계중요농업유산에 등재되었다. 구들장 논은 청산도의 상서리와 부흥리에 많이 분포해 있으며, 청계리와 도청리와 양지리 등에도 다수 남아 있다.

양지리 건너편은 청산도 슬로길 제7코스 상서리 마을이다. 30여 채의 농가들을 연결시켜 주는 돌담길이 청산도다운 면모를 보여 준다. 청산항을 중심으로 서쪽 지역은 개발되어 인위적인 면이 강하다. 과연 슬로시티인지 의구심이 든다. 그래서 국제슬로시티연맹에서 공식 인정에 재고의 생각을 가지고 있다는 소식이 들린다. 하여간 상서리 돌담길은 제대로다. 집마다 쌓아 올린 돌에서 정겨움이 묻어나고, 돌담은 집과 집 사이를 갈라놓는 것이 아닌 서로를 잇는 거멀못 역할을 하여 마을을 한 덩어리로 묶은 듯하다. 요즈음 세상에서는 상대방의 다름을 인정하는 것이 아닌 틀림으로 치부하여 소통의 부재 시대를 살아가고 있다. 세상살이가 뻑뻑하고 맛이 안 난다고 푸념만 하지 말고 봄날에 창가에는 작은 화분 걸어 놓고 돌담에는 담쟁이 넝쿨이나 마삭 줄기를 올린다면 이곳 상서리가 최적의 장소라 칭하고 싶다.

골목길 바닥에는 이곳에서 발견된 투구새우 모습이 그려져 여행자의 방향을 잡아 주고 있다. 안내 방향을 따라 걷다가 포토존에서 사진을 찍고 나니 얼추 청산도의 중요 지역은 모두 다닌 것 같다. 다리도 슬슬 아프고 농

돌담 골목길에서 환호하는 집사람

가에서 군불 때는 연기가 마을 아래쪽으로 깔리는 모습을 보니 갑자기 집이 그리워진다. 또한 서쪽 하늘을 보니 해는 서서히 넘어가고 구름으로 가득 차 있었다. 내일 남해안 지역에 비가 온다는 일기예보가 곧이어 들려온다. 집에 있는 자식들 생각이 난다. 마지막 완도 나가는 배 시간을 살피니 30분이 남았다. 일단은 청산항으로 가 보기로 하였다. 완도항 가는 청산아일랜드호가 입을 벌리고 동동거리고 있었다. 바로 출항한다는 소식에 지체 없이 승선하여 당일치기 여행은 끝나가고 있었다. '자식을 가진 부모가 연초부터 역마살도 아닌데 한데서 자면 되나. 갈 수 있으면 집에 가야지.'라는 생각과 숙박비 핑계도 합리화하면서 3등 선실 바닥에 몸을 뉘었다.

들어올 때보다 선실 바닥은 더욱 가열 차다. 차에 있는 침낭을 가져와 바닥에 깔고 누우니 호텔이 부럽지 않다. 새벽부터 온 수고를 보답받는 듯하다. 출항을 앞두고 썰렁한 선실로 아줌마 부대가 쏟아져 들어온다. 흡사 폭풍우 같다. 금세 선실은 차고 선실 바닥에는 눕는 사람, 먹을거리를 놓고 시끌벅적 떠드는 사람 등등이 엉켜져 장바닥이 되어 버렸다. 여유 있게 잡았던 자리로 아주머니들의 다리, 등짝들이 밀려와 이웃이 되어 버렸다. 꼼짝할 수 없을 지경이다. 그러고 보니 양지리 구들장 마을을 둘러볼 때 인근 밭에서 봄동을 수확하였던 인부들인가 싶다. 주위로부터 점차 쪼여져 들어오는 자리 쟁탈전에 위협을 느낀 집사람이 깔았던 침낭을 접고 일어나 앉는다. 옆자리에서 계시던 아줌마가 미안했는지 먼저 말을 걸어온다.

"젊은이, 여행 왔는가벼."

"예~."

"아줌마들이 왜 이리 많아유?"

"일하고 가는지라."

남해안의 섬 지역은 하늘에서 내리는 눈을 보기가 어려울 만큼 따뜻한 해양성 기후이다. 그래서 가을에 파종한 배추나 파도 월동하며 육지로 실려 갈 날을 기다린다. 지면에 바짝 붙어 성장하는 꽃 같은 배추는 일명 '봄동'이라 불리며 한겨울 육지 사람들의 입맛을 북돋운다. 바로 이때쯤 봄동을 수확하는 일손이 부족하여 유통업자는 완도와 해남, 멀리서는 진도까지 아주머니 부대를 창설한단다. 추운 날씨에 얼마나 고생들 하실까? 같은 완도행 여객선에 있지만 누구는 여행으로 누구는 생계를 위해 여기에 있는 것이다. 한편으로 행복하기도 하다. 그렇지만 그분들을 동정할 이유는 없다. 맡은 일에 충실하면 그것 또한 행복이지 않겠는가!

잠시 주위를 살펴보니 수많은 아주머니 무리 속에 유독 이십 대 후반으로 보이는 젊은 여자가 부지런히 음식을 나르는 모습을 발견할 수 있었다. 순간 직감했다. 아니나 다를까 베트남 출신의 젊은 색시란다. 한국 도시의 부잣집으로 시집와서 고국의 가족들에게 당당하면 좋으련만 이곳 동네 아줌마들은 활발한 어린 타국의 색시를 마치 동네북인 양 잡일 등을 시켜 안타깝다는 옆자리 아줌마의 푸념이다. 베트남 색시는 동네 아줌마들의 음식을 나누어 주려 좁은 선실을 종횡무진하고 있다. 우리 부부에게도 굳은 인절미 하나씩을 가져왔다. 괜히 미안한 마음이 든다. 그러나 웃으면서 인사를 나누었다. 완전히 어두워진 완도항에 도착한 부부는 340km를 달려 무사히 집에 도착하였다.

4. 영산강 물길을 찾아서

2014.1.19.(일)

친구와 놀겠다는 딸내미를 데리고 우리 부부는 영산강으로 내달렸다. 그 동안 영산강 주변의 목포, 나주, 영암 지역의 웬만한 지역은 여행을 하였으나 영산강을 보러 온 것은 이번이 처음이다.

천안에서 경부고속도로, 천안·논산고속도로, 공주·서천고속도로, 서해 안고속도로를 경유하여 무안군의 무안항공박물관에 도착하였다. 이곳 출신의 공군참모총장이 퇴역한 항공기체와 자료 등으로 박물관을 조성하였는데 고즈넉한 시골 풍경과는 사뭇 이국적이었다. 비교적 잘 정비된 야외 전시장은 수송기와 전투기, 폭격기, 헬기, 미사일 등이 시대별로 전시되어 있다. 그중에서 C123 수송기는 내부가 공개되어 일반인의 호기심을 자극하기에는 충분했다. 아직까지 툴툴거리는 딸도 여기저기를 기웃거린다. 알량한 지식을 총동원하여 설명도 해 본다. 그중에서도 F4 팬텀기에 애착이 간다. 1968년도 이후 북한의 대남 침략이 고조될 무렵 전 국민의 방위성금으로 구입한 비행기가 아닌가? 본인도 국민학생 때 오십 원 정도를 납부한 기억이 생생하다. 서울 용산전쟁기념관, 사천 항공우주관 등 전국적으로

무안항공박물관 T-33 슈팅스타 훈련기 앞의 두 모녀

이러한 전시관은 여러 군데 소재하고 있지만 고향에 전시된 곳은 흔치 않다. 시골에서 큰 인물이 탄생했다. 여기에서 F4 팬텀기에 대해 부언 설명을 하고자 한다.

1970년대까지만 해도 북한의 군사력은 우리보다 앞선 것으로 알고 있으며, 특히 우리보다 2배 많은 전투기를 보유하고 미그기로 중무장한 상태였다. 1964년 베트남 파병을 계기로 미국으로부터 군사원조 1억 달러를 받은 한국 정부는 F4 팬텀기 18대를 도입하였다.

F4 팬텀기는 도깨비란 애칭으로 미그기를 능가하는 엄청난 양의 폭탄을 장착할 수 있었고, 소리보다 2배 빠른 속도로 날았으며, 공대공 미사일로 미그기를 제압하는 전투 폭격기였다. 당시 미국, 영국, 이란만

이 보유하였으며, 1975년 방위성금으로 5대를 구입하여 국민들의 사랑을 받았다. 무엇보다 팬텀기의 도입으로 남북의 공군력 차이가 역전되며 이후 50년 가까이 우리의 영공을 지키다 2024년 영구 퇴역하는 기종이다.

이어서 영산강의 경치를 정자 안으로 끌어들인 식영정으로 이동하였다. 여행객이 전혀 없는 적막한 강변에는 근처 민가의 개들만 애처롭게 짖어 댄다. 그것도 잠깐 짖더니 바로 잠잠해진다. 살아 있다는 방증인지, 밥값을 하는 건지, 살갑기만 하다. 정자 가운데에 온돌이 깔려 있는 전형적인 남도형 구조로 영산강을 굽어보기에는 최적의 장소이다. 1630년 한호 임연 선생이 학문을 연구하고 토론하기 위해 지은 정자는 푸조나무와 팽나무와 함께 뛰어난 경관을 자랑하고 있었다.

식영정에서 바라본 영산강의 모습

무안 화산백련서식지로 향한다. 낮은 구릉지와 넓은 논이 펼쳐진 이곳의 풍광은 평안하게 다가온다. 연꽃 관련 식당이 나타나는 것을 보니 지근거리에 있는 모양이다. 지금까지 연꽃지는 부여 궁남지가 최고인 줄 알았는데 그 규모로 볼 때는 비교 대상이 아니다.

이곳은 연꽃이 만개한 여름철에는 서식지 사이사이를 보트를 타고 다니면서 풍류를 읊는 모양이다. 그 물길이 오목하게 남아 있어 햇빛을 받아 제법 그림 같다. 물이 빠진 뻘에는 고개 숙인 연밥과 줄기들이 지평선 끝까지 펼쳐져 있어 그 자태가 사뭇 고졸하다. 한가운데에 자리 잡은 전망대 또한 만개한 연꽃 모양으로 조성되어 무안군의 섬세한 행정력에 찬사를 보낸다.

이제 무안군에서 영산강을 건너 영암군, 나주시로 이동할 때다. 영산강 하면 장어와 낙지가 유명하지만, 지금의 현실은 밥을 먹을 만한 식당을 찾기가 어렵다. 더군다나 한겨울의 일요일이다. 영산강을 건너 공산면에 도착하여 식당을 찾았으나 모두 휴업이다. 가까스로 찾아낸 허름한 횟집에서 추어탕을 시켰다. 제육볶음은 서비스란다. 거친 듯한 추어탕은 된장의 기운이 숨어 있어 친근하였고, 가격 대비 만족한 식사에 뿌듯한 마음이 들었다.

국립나주박물관이 지난 10월에 오픈하여 영산강 문화를 대변한다는 뉴스를 시청하고 고대하던 중 오늘에야 찾아가는 것이다. 그동안 신촌리, 덕촌리 일대의 마한시대 고분들은 여러 번 다녀갔었고, 오늘 함께하지 못한 고3이 되는 아들이 한창 개구쟁이였던 초등학교 때에는 봉분에 올라가 미끄럼도 타던 추억의 장소가 이제는 박물관의 야외 전시장으로 변모한 것에 격세지감을 느낀다.

내비게이션 아가씨의 안내에 따라 박물관을 찾아가는 길은 시골길, 동네 길로 연결되어 있었다. 그동안 다닌 길이 아닌 생소한 길에서 처음 접하는 소규모의 고분들 모습에 애착도 가져 본다. 알지도 못하는 남의 무덤이 무엇이 좋은지 카메라도 들이댄다.

국립나주박물관은 자연 친화적으로 건축되어 옥상에는 봉분처럼 잔디를 덮었다. 또한 지하 수장고의 벽면 일부를 유리창으로 개방하여 관람객의 이해를 높이려는 시도는 국내 최초일 것이다. 그동안 전국의 국립박물관은 모두 섭렵하였기에 전시의 차별성에 관심이 간다. 특히 천안 직산의 목지

개방된 수장고 덕에 발굴, 복원된 옹관을 들여다본다.
2개를 합하면 성인 2명의 묘도 충분할 크기다

국과 익산 입점리의 금동신발, 이곳 신촌리의 금동신발 등에서 역사의 흐름을 설명해 주었으면 하고, 무엇보다 마한의 꿈을 제대로 전시하여 백제에게 복속된 역사가 아닌 일본과 중국까지 교류하며 성장하였던 유물들을 전시하여 지역 주민의 자긍심을 세워 주었으면 하는 바람이다.

이어서 도착한 영산강 홍어촌 거리는 그야말로 홍어 간판 물결로 넘친다. 홍어처럼 호불호가 심한 음식도 없을 것이다. 많은 사람들이 홍어 생산지를 흑산도로 알고 있지만 생산량으로 보면 연평도가 으뜸이란다. 그곳에서는 회나 매운탕으로 즐기는 반면 이곳 나주 홍어는 흑산도에서 영산강을 거쳐 오는 동안 자연스레 삭혀져 독특한 음식으로 발달하였다. 그 값이 암놈 같은 경우엔 수십만 원을 호가한단다. 하여튼 삭힌 정도에 따라 마니아

언젠가는 도전해 보고 싶은 음식이다

도 등급이 정해지고 겨울철에는 홍어애탕이 주가를 높여 애주가들 사이엔 최고의 술안주로 통한다. 그렇지만 최고의 조합은 삼합이다. 묵은지와 삼겹살과 함께하는 입맛은 남도 음식의 백미로 손꼽힌다. 그러나 애석하게도 금번의 여행에서는 수많은 간판만 구경하고 강변에 정박한 관광 황포돛배만 쳐다보는 것으로 해서 마감을 지었다.

5. 초보 사진작가의 동해 추암 출사 기억

2014.4.20.(일)

새벽 1시에 천안을 출발한 15인승 승합차는 동해안으로 달렸다. 상명대학교 평생교육원 사진작가반 지도 선생님과 수강생들은 천안을 벗어나면서 결전의 마음으로 어둠 속을 응시하였다. 신갈 JC를 경유하여 영동고속도로로 접어든다. 평소에는 상습적인 정체 구간인데 새벽의 한가함을 누린다. 강릉 휴게소에서 아침으로 우동을 마시다시피 하면서 일출 명소인 동해시 추암해수욕장엔 4시 30분에 도착하였다.

촛대바위로 유명한 이곳은 여행객으로 서너 번 와 본 곳이지만 출사로는 처음이다. 여명의 미동조차 없는 컴컴한 바닷가에서 무엇을 한단 말인가라는 의심으로 가로등 빛이 미치는 백사장과 바다의 경계선만 쳐다보았다.

오늘 첫 수업은 일출이다. 검푸른 바다에 불덩이 같은 태양이 오메가 모습으로 떠오르는 상상은 일찌감치 포기하고 구름 사이 일출이라도 기원을 하면서 실기수업은 시작되었다.

가로등 불빛이 물속의 바위를 어렴풋하게 비추고 파도가 해변에 살짝살짝 오가는 장면이 수업 목표다. 너무 어두워 사진기가 작동이나 하려나 하는 의구심이 든다. 핸드폰으로 찍어 보니 깜깜한 배경에 바위 모습만 희미하게 남는다. 감도 100, 색온도 5,200, 조리개 F11, A모드로 하여 셔터를 누르니 카메라가 거부한다. 작동을 안 한다. 다시 감도 800, 조리개 5.6으로 수정하고 누르니 조리개가 바로 닫히질 않는다. 기다려 본다. 20초 정도 지나자 조리개가 닫히는 소리가 들린다. 화면을 확인해 보니 찍혔다. 그것도 몽롱하면서 산호색조로 환생되어서 말이다. 이쁘다. 예측한 색상이 아닌 것이다.

이어서 다양한 구도와 위치를 변환해 가며 열심히 촬영하다 보니 여명이 밝아 오고 화면에 보이는 색조는 회색 톤으로 변하며 밋밋한 화질로 바뀌어 가고 있었다. 촬영의 골든타임이 끝난 것이다. 장엄한 일출은 어림없는 흐린 날씨는 계속되었지만, 초보 사진작가는 촬영의 기쁨으로 의욕이 넘치고 있었다.

삼척 쪽으로 구 7번 국도를 타고 내려가 본다. 날이 밝았다. 조개사 입구에서 해를 마주하니 제법 풍광이 괜찮다. 구름 사이로 보이는 빛으로 바위와 물빛이 황금색으로 변해 이것을 찍고자, 도로 아래의 촬영 포인트로 개척하며 내려가려는 것이다. 망개나무, 아카시아나무, 찔레꽃으로 우거진 수풀은 인내를 요한다. 아마추어에게는 쉽지 않은 행동이다. 새벽에 보였던 산호색의 잔상이 남아 있어, 즐거운 마음으로 황금색 물빛을 마주한다.

초소를 밝히는 가로등 빛으로 촬영한 여명 이전 추암의 풍경

햇살이 퍼진 갈남항은 조용하다. 갈매기만 간간이 다닌다. 서너 척의 1톤 정도의 어선만 정박해 있다. '여기서는 또 무엇을 찍지'라는 의구심이 발동한다. 그러나 지나온 세월이 헛되지 않듯 진리는 가까운 곳에 있으며 작은 것에 숨겨져 있다고 주장한 지신이기에 부지런히 찾아봐야 한다. 갯바위에 갈매기가 앉은 모습을 300mm 렌즈로 심도 있게 촬영하여도 별로다. 500mm 단렌즈에의 애착만 생긴다.

지도 선생님의 현장 소재 연출은 대단하시다. 정박한 배에 추돌하는 파도가 배의 페인트칠 모양을 다양하게 왜곡시키는 현상을 잡아내셨다. 추상화다. 나는 어선만 보았지 반영의 변화무쌍함은 간과한 것이다. 이래서 겸손하게 배워야 한다. 스승의 위대함을 모방하며 파도의 흐름을 관찰한다.

반영의 아름다움

정박한 배는 파도가 잔잔하면 잔무늬로 연출되고 반복적으로 밀려오는 큰 너울은 뜨거운 추상으로 변한다. 빨간색, 파란색이 하얀 바탕에 줄무늬로 칠해진 문양이 파도에 의해 불규칙적으로 환생했다 사라진다. 요것도 재미 있다.

새벽에 보였던 먹구름은 간데없고 잔 구름만 군데군데 남아 있다. 봄 햇살의 나른함이 밀려온다. 피곤도 밀려온다. 이제부터는 ND 필터의 사용법 시간이다.

ND400 필터를 구입 이후 처음으로 사용해 본다. 바위에서 자라는 파래 주변으로 밀려오는 파도를 긴 시간을 부여하여 촬영하면 파도가 흡사 안개처럼 나타난다. 이것은 이론이다. 그러나 여러 번 촬영해도 새벽녘에 보여 주셨던 교수님의 팸플릿과 비교하기엔 어림없는 형상이다. 오늘은 열심히 흉내 내는 것으로 만족을 해 본다. 약간의 응용력이 생겨 차후 과제로 남겨 놓아야 할 영역이다.

서서히 배가 고파 온다. 식당도 보이질 않는 어촌이다. 밥을 먹기 위해 옆 동네인 신남항으로 이동하였다. 신남항에는 관광버스가 주차되어 있고 행락객들로 제법 떠들썩하다.

해신당이 있는 곳이다. 사람들은 해신당보다 남근 공원에 열광한다. 그 놈의 물건이 크기별, 색깔별로 주변에 넘쳐난다. 다들 좋아하신다. 해신당을 지날 때 문득 소녀 영정이 떠오른다. 얼마 전 가족여행 때에는 영정을 흘렸지만 오늘은 찍어 보았다. 빨간 치마에 연두색 저고리를 입고 서 있는 모습이 관동 지방의 감성을 표현하듯 수줍기 그지없다. 얼굴은 전형적인 촌색시 모습 그대로다.

해신당을 뒤로하고 벼랑을 내려와 해변에 자리 잡으며 파도가 밀려오기를 기다린다. 하얀 포말이 바위를 감싸야 몽롱한 작품이 나올 것으로 기대하지만 생각보다 잔잔하다. 놀이 삼아 쉬엄쉬엄하는 작업인 듯싶다. ND 필터의 장노출 수업은 재미를 보지 못하고 싱겁게 끝났다.

11시가 되어서야 점심을 해결하고자 항구를 기웃거려 본다. 서너 집의 횟집이 있으나 사전 예약된 관광객으로 자리가 없단다. 가까스로 한 집을 섭외하여 자리를 잡았다. 가자미와 광어회, 매운탕, 그리고 감질날 만큼의 문어숙회가 전부이다. 가격 대비 서운한 음식량이다. 아쉬운 식사를 마칠 무렵 주인 할머니가 커피 한잔씩을 후식으로 내놓으신다. 이런저런 이야기를 나누면서 사진 가방을 보시더니 오늘은 파도가 없어 별 재미가 없을 거라고 너스레를 떠신다. 출사팀들이 자주 오는 식당인가 보다.

태백으로 오는 길에 삼척시 원덕읍 노경리 소나무를 촬영했다. 성황당 마당에 향나무와 같이 서 있는데 주변이 온통 호밀밭이다. 산속의 평화로운 풍광이 이어진다. 소나무가 웅장한데 솔방울이 많이 매달려 있는 것으로 보아 이제 자연의 품으로 돌아갈 때가 된 듯하다. 전국의 소나무는 스승님의 촬영 소재이다. 필름 원판 카메라로 작업하시며 이따금 수강생들에게 파인더 속의 피사체를 보라고 채근하신다. 나는 호밀밭과 연결된 시골길과 역광으로 다가오는 잎사귀의 향연에 더 마음이 간다. 그래도 배우는 입장이라 소나무를 다양한 각도와 앵글로 촬영해 보았다.

배우는 입장에서 성황당과 신목이란 제목으로 촬영해 보았다

태백산맥을 넘는 차량은 숨이 가쁘다. 고개를 넘고 골짜기들을 돌고 돌아 신리 너와집을 지나니 이제 태백시가 근처이다. 삼수령의 자작나무를 만나러 가는 길이다. 태백은 충청도보다 봄이 열흘 정도는 늦는가 보다. 벌써 져 버린 진달래꽃이 이곳에서는 자작나무 숲을 분홍색으로 물들이고 있었다. 자작나무는 새잎은 아직 어리고, 뽀얀 기둥만이 즐비한 가운데 진달래꽃과 어울려 봄날의 산을 장식하고 있었다.

길가의 자작나무는 수령이 제법 되어서 다양한 소재거리가 된다. 나뭇가지가 나왔던 자리에는 사람 눈동자 같은 옹이 자국이 남아 사람 얼굴 같은 형상으로 다가온다. 나무 밑은 하얀 껍질은 퇴화되면서 우둘투둘한 질감으로 변해 수묵화를 연상시키기에 충분하다. 하얀 껍질에 거무스름한 산의

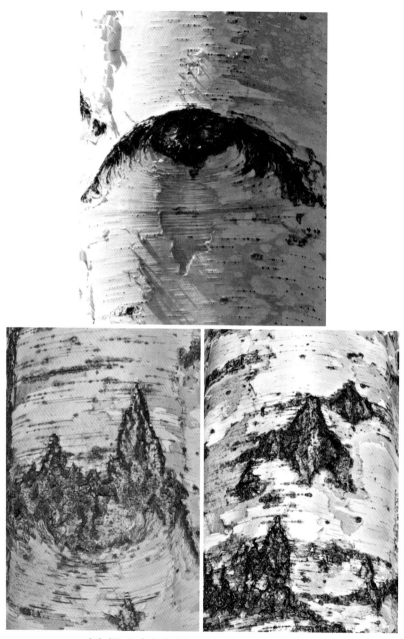

자작나무 수피의 다양한 문양은 상상력을 느끼게 한다

고봉 모습이 셔터를 누르게 만든다.

오후 3시가 되어서야 자작나무 숲에서 천안으로 향한다. 서쪽으로 달리는 차 안으로 비치는 역광은 나뭇잎을 마법에 걸리게 만든다. 5월의 신록을 앞두고 나날이 변해 가는 녹색 톤의 색감은 가을의 단풍보다 매력적으로 다가온다. 태백을 뒤로하고 사북, 제천, 충주, 장호원, 안성의 36번 국도를 달려왔다.

안성 초입의 '옛날장터국밥'은 오늘의 피로를 보상할 만큼 깊고 시원했다. 모두들 맛있다고 소개한 나에게 인사를 건넨다. 적절한 시기에 선택된 먹거리도 예술이 될 수 있었다.

6. 진정한 일출의 명소 하조대 출사기

2014.10.19.(일)

토요일 자정에 천안박물관 주차장에 모인 상명대학교 평생교육원 사진작가반 수강생들은 승차 후 바로 잠이 들었다. 38번 국도와 일죽 IC, 호법 JC를 거쳐 영동고속도로를 경유한 지도 선생님의 승합차는 동해고속도로를 빠져나왔다. 하조대로 흘러가는 현북면 하천에는 일요일 새벽 3시 30분에 도착하였다.

동네를 연결하는 다리 난간에는 조명만이 규칙적으로 불빛을 바꿔 가며 살아 있음을 표시할 뿐 개마저 잠든 고요한 한밤중이다.

예술 시작이다. 이번 주제는 그림 그리기다. 카메라를 흔들어 고정된 불빛에 움직임을 주는 기법이다. A모드를 기본으로 하여 M모드까지 다양하게 실습해 본다. 보정 수치도 플러스와 마이너스를 오가며 최상의 상태를 실험해 본다. 생각보다 예쁘게 촬영되어 응용력까지 생긴다. 이내 새벽 공기의 한기를 느낀다.

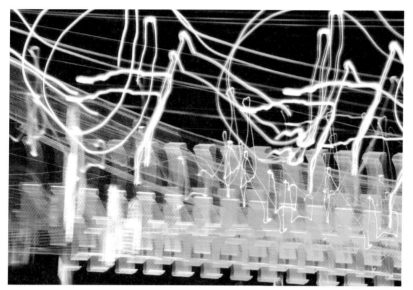

난간 불빛을 이용한 그림 그리기 습작품

다시 차량은 이동하여 하조대 입구에 주차하였다. 일출의 장엄함을 한껏 기대하면서 잠시 대기 중인데 곧이어 들어오는 차량 불빛을 보고 황급히 장비를 챙겨 하조대 계단 길을 올라갔다. 이게 무슨 한밤중의 선착순인지 지척 분간도 어려운 가운데 가로등에 의지하며 철조망 통문 앞에 줄을 지어 섰다.

이곳은 군 작전 지역으로 해 뜨기 30분 전에 문이 열린단다. 해상박명초(BMNT), 해상박명종(EENT)이란 용어를 초급 장교 OBC 교육 때 배운 기억은 나는데 여기에서 그 개념을 마주하게 될 줄은 몰랐다. 군의 경계근무는 일몰 30분 후, 일출 30분 전에 이동한다. 금일 동해안 일출 시간이 6시 40분이니 6시 10분에 초병은 문을 열 것이다. 아직도 시간은 30여 분 남았지만 계속 올라오는 사진가들로 제법 북적거린다.

어느 곳이나 고수는 있는 법이다. 귀동냥으로 소나무와 바위 사이를 조망하는 일출 포인트는 이해하였는데 초행길인 관계로 정확한 위치는 현장에서 찾아야 할 듯하다. 이윽고 초병에 의해 열어진 통문 한쪽으로 일시에 사람들이 몰렸고 선착순 같은 분위기에서 맨 앞에서 뛰게 되어 하조대 정자 부근의 가장 좋은 자리 같은 곳을 선점하려는 순간, 뒤이어 온 사람들이 경계석을 넘어 급경사 아래 지역으로 내려가는 것이 목격되었다.

포인트가 아래인 것 같아 나도 불법으로 넘음과 동시에 그들과 몸싸움이 시작되었고 아깝게 국민 포인트 뒤편의 2선 자리를 차지하게 되었다. 삼각대를 거치한 그 아래는 낭떠러지이다. 해마다 인명 사고가 발생하는 곳이란다. 욕심을 부리면 그럴 수 있는 포인트다. 그도 그럴 것이 비탈진 바위가 마사토 알갱이로 되어 있어 미끄럽기가 빙판과 다름없었다.

역시 남쪽 지방 말투를 쓰는 사람들의 목소리는 시끄럽다. 또한 말이 많고 허풍이 세다. 자리싸움이 대단하다. 자리가 매우 협소한 관계로 바위 꼭대기에 우람한 낙락장송을 바라보는 포인트는 한 사람에게만 허락되어 그렇게 뛰었나 보다. 그런데 조용한 충청도 천안 사람들이 포인트 부근을 모두 점령하여 결전의 순간을 기다리고 있다. 실속적이다. 군사 지역에서 촬영하고 있지만 군대 문화하고 비슷하게 전개되고 있어 씁쓸한 웃음만 나온다.

여명의 푸르스름한 기운이 벗어지면서 수평선의 가스층 위로 태양이 얌전히 올라온다. 사선에 선 초병이 가용한 모든 화력을 집중사격 하는 것처럼 서터는 연속으로 터지고 좀 더 커진 태양이 소나무 밑에 살짝 걸친 찰나에는 최고의 전성기를 맞이한다. 그리고 촬영 끝이다. 한순간을 잡기 위해 그렇게 달려온 것이다. 소나무와 바위의 실루엣과 붉은 하늘은 근자에 보기 드문 풍경이란다. 오늘 함께한 사진가들은 복 받은 날이란다.

하조대에서 복 받은 일출 풍경

7. 생거진천 여행의 추억

2014.10.26.(일)

진천 초평저수지 둘레길이 멋있다는 집사람의 TV 시청 소감을 듣고 만사 제쳐 놓고 그냥 향하였다. 농다리로 유명한 진천 지역은 가족 및 동호회원들과의 방문으로 여러 번 다녀왔지만 부부가 호젓하게 걷기 위해 나선 둘레길은 오늘이 처음이다. 일요일마다 모임으로 집에 붙어 있지 않은 남편을 오늘은 소유했다고 쾌재를 부르겠지만 다음 주말도 출사로 먼 곳으로 떠나야 한다. 하나의 배려 차원인가! 백신인가!

농다리 주변이 천지개벽을 하였다. 중부고속도로 밑을 관통하는 좁다란 통로가 2차로로 넓혀진 것이며 강변의 광활한 주차장은 그 위상을 짐작할 만하다. 상인들이 농다리 입구에 좌판을 펴 놓고 있는 것을 보니 관광객이 많은 모양이다. 10년 전 한적한 이곳을 우리만 알고 있다는 자부심은 이젠 옛 추억거리로 지나가고 온갖 강아지들의 집합소인 양 인간들 속에 끼어 활기차게 뛰어다닌다.

생거진천! 그만큼 살기 좋은 곳임은 틀림없다. 삼국을 통일한 김유신의 출생지와 백제시대 야철지가 즐비하게 발견되어 인접 지역에 철 박물관이 자리 잡은 것으로 보아 이곳은 삼국시대에도 중요한 곳이었다. 또한 우리나라 범종의 우수성을 대변하는 종 박물관을 보유하고 있는 곳이니 풍부한 물산과 역사성까지 두루 갖춘 고장이다. 오늘 재방문한 농다리도 이러한 역사적인 기반 위에 설치되어 천 년이 지난 지금도 세월의 풍파를 이겨내니 전국의 관람객들이 찾는 명소로 발전한 것이다.

오늘의 목적지인 초평저수지를 가기 위해서는 농다리를 건너야 한다. 농다리는 교각에 해당하는 하부를 흡사 지네 다리처럼 설치하였고, 물의 압력을 최소화하기 위해 상류 방향에는 뾰쪽한 돌을 배치하여 물의 압력을 이겨내고 있으며, 사람이 건너는 상판은 정교하게 설치하여 들뜸이 없이 안정적이었다. 그 원형이 천 년이나 지난 지금까지 유지되고 있으니 선조들의 지혜가 돋보인다. 자색 빛깔의 다릿돌은 주변의 바위와 일치하여 지역 주민의 편리에 의해 조성된 것을 알 수 있었다.

농다리를 지나 잘 정비된 고갯마루에서는 성황당 터를 만날 수 있는데 건물은 없고 오색 천과 돌무더기가 길손을 맞는다. 눈길을 더 주려고 하니 전방에 보이는 초평저수지가 어서 오라고 손짓을 한다. ㄹ자 모양의 저수지 주변에는 등산로와 임도, 그리고 수변의 나무 데크 산책로가 조성되어 있어 방문객은 선택적으로 이용할 수 있다. 전국을 여행하다 보면 특색적인 설치물들이 경쟁적으로 만들어져 상춘객들은 고마울 따름이다. 수면과 일정한 높이로 조성된 멋진 데크길을 거닐며 하늘다리 쪽으로 향하였다. 부부간 손도 잡고 중간에 의자에서 쉬면서 간식도 먹어 본다. 간간이 오가

지네 다리를 닮았다는 농다리의 모습

농다리를 배경으로 다양한 이벤트 공연이 펼쳐진다

　　나를 찾아가는 문화 여행

는 낚싯배들은 한가함과 저수지에 생명을 심어 주는 연출도 하는 듯하다. 깊어 가는 가을 이곳의 참나무들은 단풍처럼 화려하지는 않지만, 갈색 톤 속에 간간이 개옻나무의 붉은색이 더해져 나름대로 계절의 풍미를 느끼게 한다.

초평저수지의 하이라이트 하늘다리에는 오만 가지 인상들이 뒤섞여 움직인다. 흔들리는 상판에서 장난치고, 사진 찍고, 무서워 비명 지르면서도 얼굴은 즐거운 표정이다. 하늘다리를 건너니 데크로 만든 넓은 무대가 나온다. 가족 단위나 동호회 단위의 모임들이 자리를 잡고 제법 시끌벅적하다. 그리고 준비한 음식으로 여유로운 시간을 보내고 있다. 이러한 틈 사이로 70대로 보이는 할아버지가 열심히 설명을 하고 다니신다. 가슴에는 명찰이 없지만 진천의 자랑거리를 예를 들어가면서 설명하시는데 주변의 반응이 괜찮다. 미래의 나의 모습을 보는 듯하다.

우리도 앉아 쉬다 보니 점심때다. 초평붕어마을을 알리는 이정표가 1.3km를 가리킨다. 그래. 좀 더 걷고 붕어찜을 먹자고 정한 부부는 다시 길을 나섰다. 이제 길은 지금까지의 럭셔리한 데크길이 아닌 산길이다. 곧이어 진천군청소년수련원 울타리 길을 지나니 아스팔트 길이 이어진다. 계속해서 저수지의 풍광은 펼쳐지고 기분 좋은 산책은 계속되었다.

길가에 쥐꼬리명당을 알리는 현수막이 설치되어 있는데 아무 생각 없이 쳐다만 보았다. 별생각 없이 지나치려는데 '배를 타려면 빵빵 울리세요.'라는 글귀가 나오고 하얀 통 속의 나팔을 찾는 집사람의 모습 너머로 한 무리가 길 아래 계단 끝에서 배를 타고 있었다. 나룻배 선장 같은 사람이 우리를 향해 같은 일행으로 아셨는지 얼른 타란다. 일행 중에 어느 사람인지는 모르지만 "맛있어요!"란다. 순간 저 배는 뭐지? 왜 타라는 거지? 가던 길을 갈까! 짧은 시간이 흐른다. 이때 나도 모르게 "같이 가요!"라고 소리를 쳤다. 무엇이 무서우랴! 많은 경우의 수 중에서 딱 들어맞는 필연이리라. 출발하였다가 우리들의 소리를 듣고 되돌아오는 배를 향해 황급히 계단 밑으로 뛰어 내려가 나룻배에 몸을 실었다. 이때까지는 이것이 불행의 시작이라는 것을 아직 모르고 있었다.

배 안에는 동네 계모임에서 오셨다는 아저씨, 아줌마들의 얼굴이 한껏 상기되어 있었고 유명한 식당이라고 칭찬하며 예약 없이는 갈 수도 없다고

쥐꼬리명당 식당으로 가는 나룻배에서

너스레를 떠신다. 아! 배를 부를 때는 자동차 경적을 울려야 하는 것이고 그러면 배가 온다는 사실을 이제야 알게 되었다.

배를 타는가 싶었는데 금세 저수지를 가로질러 반대편 간이 선착장에 내렸다. 식당으로 보이는 건물과 허름한 살림집이 눈에 들어온다. 먼저 온 손님들이 원두막에서 식사를 하고 있었고 같이 온 일행들은 예약 시간이 남았다며 뒷산으로 도토리를 주우러 우르르 몰려 올라간다.

우리도 붕어찜 2인분을 주문하고 강태공이나 된 양 한적하게 주변을 어슬렁거려 본다. 워낙 좁은 곳이니 보고 말고 할 것도 없어 식당으로 들어와 자리를 잡으려니 빈 식탁이 없다. 주인 할머니한테 이야기하니 야외에 있는 상을 가져와 자리를 잡아 보란다. 선장인 할아버지는 연신 손님들을 모시고 오신다. 아마도 유명한 맛집인 모양이다. 얼마나 지났을까. 방 안에 있던 먼저 온 손님들도 나가고 방 안은 조용해졌다. 주방에 가서 재촉을 하니 지금 끓이고 있다고 한다. 그래. 유명한 집이니 조금만 기다리면 되겠지. 허나 함흥차사다. 집사람이 가서 재촉하니 상을 보고 있는 중이란다. 그리고 아무 소식이 없다. 우리가 행주로 상을 닦으려고 하니 행주조차 줄 시간도 없다고 한다.

어느덧 주문한 지 1시간 30분이 지나간다. 주방에서는 언성이 높아만 간다. 주방 일을 하시는 할머니의 목소리가 이상하다. 분명 충청도는 아니다. 기다리고만 있으라는 답변에 언제 되느냐! 안 되면 헤엄쳐 가겠다고 농담을 던져도 그저 기다리라고 한다. 끝내 나의 언성도 폭발하여 주문한 지 1

시간 30분이 지났다고 하니 그제서야 서두른다. 씩씩거리는 할머니가 붕어찜을 들고 오셨다.

이곳 초평저수지 붕어찜은 강태공들에 의해 전국 최초로 만들어졌다고 한다. 시래기를 넣어 만든 붕어찜은 전국 저수지 매운탕 집마다 단골 메뉴이다. 봄철에 맛보는 붕어들의 배 속에는 알이 꽉 차 있어 입맛을 자극하기도 한다. 도시 식당에서의 상냥하고 격식 있는 서빙 문화하고는 거리감 있게 붕어 두 마리는 식탁에 내동댕이쳐져 있었다.

신기할 따름이다! 불편한 마음속에서도 왕성한 식성으로 한 마리를 뚝딱 해치운다. 평소 민물 요리를 안 좋아하는 집사람은 민물 특유의 냄새가 싫다며 등짝 부위를 한 젓가락 먹고서는 내 접시에 덜어 놓는다. 고마울 따름이다.

이곳 음식을 강평하자면 푹 삶지 않아 심이 살아 있는 시래기와 붕어의 강한 뼈는 이북에서 오신 할머니의 억셈을, 익다 만 감자수제비는 늘그막에 할머니 때문에 기를 펴지 못하는 할아버지를, 전반적으로 맵기만 한 양념 맛은 얼떨결에 알바로 투입된 동네 아주머니와의 불협화음을 보는 듯하다.

식사 후 이곳을 관조해 본다. 쥐꼬리명당 식당은 배를 통해서만 오갈 수 있는 천혜의 오지다. 넓지 않은 식당 풍광이지만 쥐꼬리처럼 뾰족하게 나온 지형이 사람들에게 재미를 유발하여 찾아오게 만드는 마술이 있는 모양이다.

식사 후 요금을 지불하는 것도 불만이다. 바쁜 주인은 찾을 길 없어 급히 투입된 아주머니한테 계산하면서 농을 건네 본다. "여사장님은 충청도 분이 아니시죠?", "이북에서 내려오셨대요. 나 같으면 여기 안 와. 내지르는 말투로 소리만 치지 상냥하지도 않아. 그래도 사람들은 엄청 와!"

다시 배를 타고 나오는 짧은 시간 내내 할아버지는 연신 죄송하다면서 고개를 조아리신다. 아들 두 녀석과 함께 식당 일을 하는데 오늘따라 예고 없이 친구 돌잔치에 갔다나! 착하고 일을 잘 거든다고 강조하신다. 여기서도 인간 만사 살아가는 사연이 내포됨을 역력히 유추해 본다.

즉흥적인 판단으로 두 시간을 허비한 저수지 건너편이 아련하게 느껴지면서 배에서 내렸다. 또 다른 손님을 태우고 출발하시는 할아버지의 영업은 계속된다. 이제는 추억으로 남기고 고3 아들의 학원이 끝나는 시간에 맞춰 돌아갈 일만 남았다.

되돌아 나오는 하늘다리는 오전보다 더 많은 인파로 북적인다. 색소폰 연주회가 무르익어 호응이 좋다. 모두 행복한 표정들이다.

저수지 건너편에 와도 연주 소리는 쟁쟁하다. 데크길 대신 선택한 능선 길에 접어들어도 여전히 소리는 들린다. 때론 자연의 소리를 듣고 싶고 한적함을 찾을 때가 있는데 오나가나 시끌벅적하다. 농다리와 저수지 모두를 조망할 수 있는 농암정에 올라 집사람에게 시선을 건네 본다. 휴일, 남편과 함께하고픈 지극히 평범함을 올해에는 많이 그르쳤다. 돌아가는 농다리에서는 손을 꼭 잡고 건너가련다.

10년이 흐른 2024년 4월 어느 날 지인들과 쥐꼬리명당 식당을 재방문하였다.

배 타는 방법이 소리로 보내는 신호에서 핸드폰으로 바뀌었고, 이번에는 할머니가 마중을 나오셨다. 원두막 식탁에서 고추장 닭볶음탕을 먹었는데 동행한 지인들이 풍광과 풍미가 최고라고 다들 칭찬이다.

나오는 배편은 아들이 운전하며, 고추장은 1년에 2번씩 담그고 고추장 요리가 메인으로 등극하였다고 은근히 자랑이다.

돌아가신 아버지를 대신하여 어머니와 운전을 번갈아 하는데 본인은 면허증을 땄단다. 그러면 오늘 들어올 때 운전하신 어머니는 면허증이 있었을까?

II.
해외로 지평을 넓히다

그리스 파르테논 신전 - 2013.1.26.

8. 신장 위구르 실크로드를 가다

2015.4.4.(토)~4.12.(일)

책이나 화면으로 접한 지역을 실제로 찾아간다는 것은 인생의 즐거움이다. 미술사에 관심이 많은 나에게 실크로드 답사는 머나먼 신기루인 줄 알았다. 여행 경비적인 측면이나 여행사의 모객 어려움 등으로 비수기에 출발함은 그만큼 어려운 실정이었기 때문이다.

때마침 학습연구년 기간을 통해 감행한 여행은 남다른 의미가 있었고, 신학기의 번잡함에서 벗어나 신장 위구르 자치구의 성도 우루무치로 떠날 수 있었던 것은 삶의 축복이었다. 비행기 창문 밖으로 보이는 만년설이 천산산맥 줄기라는 것을 직감하면서 실크로드는 그렇게 나에게 다가왔다. 그곳에 가면 사막을 횡단하며 물건을 나르는 소그드인의 대상과 불법을 전하는 승려들의 모습을 느낄 줄 알았다. 그러나 9일 동안 본 것은 지평선과 돌산 같은 사막뿐이었고, 이런 황량함에서 과연 실크로드 문명이 탄생하였을까 하는 의구심이 들었다.

실크로드는 중국 장안에서 시작하여 육로로는 튀르키예를 거치고 해상을 건너 로마까지 이어지는 광대한 동서교역로로 천산북로, 천산남로, 오아시스로 등으로 구분된다.

  본격적인 답사는 우루무치에서 돈황 지역까지 2,500km를 철도로 이동한 다음 처음 도착지인 우루무치 지역으로 되돌아오는 코스다. 4월 초순의 이곳 날씨는 천산산맥의 만년설이 여전히 위용을 자랑하고 있었고, 지역 특산물인 포도나무를 땅속에서 캐내어 나무 시렁에 거는 작업들이 한창 진행되고 있었다. 넓게 펼쳐진 포도밭 사이로는 건조장이 자리 잡고 있는데 벽면에 구멍 뚫린 모습으로 끝없이 펼쳐진 광경은 흡사 설치 미술을 보는 것 같은 강한 인상을 남겼다.

  중국 한나라 서쪽 국경은 양관과 옥문관이었다. 돈황에서 지척에 있다. 왕명으로 서역 2차 여행을 위해 떠난 장건 행렬도 이곳을 지났고, 서역에서 들어오는 소그드 상인들에게 세금을 받고 장사를 허락한 국경시장도 이곳이었다. 이때까지만 해도 타클라마칸 사막의 한 도시인 호탄에서 들어오는 옥에다 세금을 매기는 세관 정도였다.

  허허벌판에 세워진 양관은 흡사 영화 세트장 같았다. 양관 유물관 마당에 있는 말을 탄 장수의 조각상은 위풍당당하게 서역을 향해 달려 나갈 듯하고, 허름한 건물 안에는 당시의 유물들이 전시되어 있었다. 가이드의 설명이 너무나 짧아 여행객들이 알아서 살펴보아야 하였다. 벽면에 걸려 있는 초상화가 눈에 들어온다. 순간 주인공의 어깨 부분에 삼족오가 시문 되어 있는 것이 눈에 띄었다. 아니, 고구려의 삼족오가 여기에도 있다니! 대단한 발견인 양 홍분되었다. 귀국 후 자료를 찾아보니 옷을 걸친 이는 당시 이 지역의 토호였다고 한다. 또한 삼족오는 고구려뿐만 아니라 인도, 일본, 중국에서도 사용했다는 내용이 검색되었다. 그럼에도 태양과 고구려의 왕을 상징하는 삼족오는 나의 그림에 여러 번 등장하고 있다.

그러나 세월의 발길에 새로운 세상이 다가오고 있었다. 그것은 바로 불교 전래였다. 인도에서 발원한 불교가 파키스탄, 아프가니스탄, 타지키스탄, 키르기스스탄을 지나 투루판, 돈황을 거치고 하서회랑을 지나 장안까지 들어왔으니 불교는 실크로드에 신세를 진 셈이다. 이곳을 거쳐 지나간 불교는 동북아시아의 맨 끝자리 고구려와 백제에까지 뻗어 나간 것이다.

천산북로 실크로드의 백미는 단연 돈황석굴이다. 일명 천불동이라 칭한다. 청나라 말기 어수선한 중국 역사 속에 숱한 이방인들이 탐험대라는 이름 아래 무수히 많은 불상과 벽화를 떼어내 그들의 박물관 수장고에 가두는 만행을 저질렀다. 그중에 신라의 혜초스님이 기록한 두루마리 형태의 《왕오천축국전》도 포함된 것을 불행 중 다행이라 여겨야 하는지 모르겠다. 이역만리에서 스님의 행적을 생각하니 뭉클하기 짝이 없다. 절대자를 향한 4년 동안의 수행 기간은 목숨을 담보로 진행되었을 것이고 불후의 여행기를 담은 《왕오천축국전》이 이곳 16호굴 안 곁간굴에서 프랑스 동양학자 펠리오에게 발견되었다고 하니 묵묵히 서 있는 이곳의 사암 절벽에게 정감이 확 느껴진다.

돈황석굴은 사암의 절벽을 파고 들어가 불상을 설치하고 벽화를 그려 넣었다. 벽화는 대부분 프레스코 기법으로 제작되었는데 여기에 광물 안료를 이용하여 절대자의 행적과 당시의 풍습적인 내용을 파노라마처럼 전개하고 있다. 전진시대를 거쳐 원대까지 이어진 석굴 조성은 거대한 불교 타운으로 변모하기에 충분하였다. 현재 남은 석굴은 550개이며, 불상과 벽화가 있는 굴은 474개다. 각각의 석굴은 사원이었고 여기에 표현된 불단과 불상 그리고 벽화는 각 시대를 대표하는 갤러리로 손색이 없었다. 하지만 여행객에게는 석굴 전체를 개방하는 것이 아니라 10개만 개방하고 있으며 문화재 관리 차원에서 사진 촬영을 금하고 있어 못내 아쉬웠다. 그러나, 고대 불교를 전공하고 한국말까지 구사하는 한족 안내인을 만나 심도 있는 학문적인 이야기는 어려웠어도 개론적인 안내를 받은 것은 내게는 큰 수확이었다.

돈황석굴 앞에서 환호하는 모습

다음 유적지는 투루판 지역의 막고굴이다. 이곳은 돈황 지역보다 서쪽에 위치해 있으며 우리에게는 삼장법사가 구도길에서 만난 '화염산' 지역으로 알려져 있다. 과연 산세가 온통 붉은색 일색이고 연중 강수량이 매우 적은 탓으로 생명체는 찾기 어렵고 해수면보다 낮은 지형의 특성으로 온갖 괴물들이 출현할 만한 괴기스런 풍경이다. 그러나 현재에는 풍력발전기가 온 세상을 하얗게 뒤덮을 정도로 설치되어 있고 한족의 전략적인 개발로 석탄과 석유의 보고 지역으로 급부상하고 있다.

막고굴은 돈황보다는 규모는 작으나 비교적 정교하게 석굴을 조성하였는데 고운 황토와 천연섬유를 섞어 벽체를 만들었다. 여기에 불상을 조성하고 벽화를 그려 넣었는데 주로 선재로 표현하였다. 어두운 굴방에서 보이는 희미한 선에서 당시 화공의 종교적 승화가 느껴지는데 군데군데 파인 흔적들은 서양의 고고학자들의 만행이라 한다. 더군다나 일부 고고학자들은 불화 장면 전체를 떼어 갔다고 한다. 특히 일본의 오타니는 15호굴 벽화를 떼어내 당시의 한성 조선총독부에 보관하였는데 한국의 해방으로 현재는 국립중앙박물관에서 보관 중이며 그 일부가 중앙아시아관에 전시 중이다. 참으로 기구한 문화재의 역경을 보고 있다.

금번 실크로드 여행은 한국 미술사에 영향을 끼친 원류를 찾아 떠난 시간이었다. 그중 대표적인 것이 불교 전래이며 역사 속에 켜켜이 녹아 있는 사연들은 지면 관계상 이만 줄이고 차후에 그림으로 대신하고자 한다.

길을 따라 전래된 불교와 다양한 풍습, 그리고 온갖 문양들이 동쪽 끝에서 꽃을 피웠고 그 실크로드의 연장선에서 고구려 벽화가 탄생한 것이다. 그러나 우리의 고구려 벽화는 중국 집안현에 있는 5호묘 외에는 실물로 볼 수 없다는 상실감은 비단 필자만 느끼는 게 아닐 것이다. 지금도 중국 집안현과 평양 주변에 산재한 백여 개의 벽화를 온전히 만나는 날이 실크로드 문화가 완성되는 것으로 믿고 싶다. 그날이 속히 왔으면 하는 소망이다.

돈황석굴 북대불전 앞에서 한족 안내원과 함께

돈황 명사산 사막 낙타 투어를 앞두고

실크로드의 추억, 60×40cm, 사진 프린트 위에 채색, 2019년 작

실크로드를 그리며, 60×50cm, 화선지에 채색, 2020년 작

우리는 그리고 그들은, 60×40cm, 화선지에 채색, 2021년 작

실크로드의 추억, 60×40cm, 화선지에 채색, 2022년 작

9. 라오스에서 눈물을 흘리다

2015.8.17.(월)

한국스카우트 중앙연맹에서 주관하는 전국 명예 대장 선발에 선정이 되어 무척 기뻤다. 22년간 한국스카우트에서 지도자로 활동한 공로를 인정받은 것이다. 이에 명예 대장들이 모여 라오스로 해외 봉사를 하러 떠나게 되어 공항으로 가게 되었다.

천안에서 인천공항행 버스에 올랐다. 즐거워야 할 여행이지만 다양한 걱정이 밀려온다. 우선 라오스의 더위에 대한 두려움과, 그곳의 초등학교 어린이들에게 진심으로 다가설 수 있는가와 무엇보다 준비해 가는 기부 물품이 효과적일지 궁금하기도 하였다. 그러나 최고의 걱정은 가고 싶은 대학을 위해 지금 다니는 대학을 자퇴하고 기숙학원에서 공부하고 있을 아들이다. 어두운 터널을 벗어나 광명의 출구로 나아가길 빈다. 아들의 선택을 응원한다.

인천공항에서 전국의 명예 대장 23명이 모였다. 모두 대장으로서의 포스가 남다르다. 중앙연맹에서도 사무총장과 해당 부서 직원들이 동행하여 원활한 행정을 돕는다. 라오스행 항공편은 중저가 진에어다. 150명이 탑승하는 중형 비행기는 여타 항공사와 별반 다름이 없으나 석식으로 제공되는 기내식은 스낵이다. 달랑 슬라이스 햄 1조각, 빵 1개, 그리고 샐러드 한 젓가락 정도만 제공되었고 음료와 컵라면은 유료란다.

여행 중 겪었던 컵라면에 대한 추억을 잠시 회상해 본다. 15년 전 한국스카우트 충남연맹에서 추진한 '일본 속의 백제 문화를 찾아서'라는 행사에 참여하여 일본행 여객선에 승선하였는데, 휴게실에 비치된 자판기에서 한국의 컵라면을 250엔(당시 한국 돈 2,500원 정도)에 판매하고 있었는데, 일부 대원들이 너무나도 자연스럽게 사 먹는 것이었다. 나는 차마 비싸서 쳐다만 보았던 사실과, 5년 전 서유럽으로 떠난 가족 여행지인 스위스 융프라우 휴게실에서 한국의 컵라면(신라면)이 7,000원 할 때도 처자식 것만 샀던 기억이 생생하다. 그때나 지금이나 나를 위한 컵라면은 이다지도 인색한지 나도 모르겠다.

라오스에는 밤 10시 40분에 비엔티안 공항에 도착하였다. 끈적거리는 공기가 훅 밀려와 가슴이 답답하다. 염려가 현실이 되었다. 공항의 첫인상은 시골스러우며 사회주의 분위기가 엄습해 온다. 세관원들의 복장이 군복 차림으로 별 모양의 견장과 여러 개의 마크, 까무잡잡한 얼굴과 권위적인 표정 등에서 여행객을 주눅 들게 만들고 있었다.

호텔로 향하는 10분간의 차창 밖 풍경은 3G 광고가 대세다. 대한민국의 IT 수준을 알리는 대형 전광판이 위용을 자랑하고 있는 가운데 현지의 슬

럼화된 민낯들도 찾아볼 수 있었다. 우리 일행을 태운 버스는 중고 현대 자동차로 에어컨이 나오는 것만으로도 최고로 쳐준단다. 차창 밖에 보이는 차량 30% 정도는 현대, 기아 중고차들로 친근하게 다가온다. 가이드는 남성인데 씩씩하면서도 쾌활하여 즐거운 여행이 기대된다.

2015.8.18.(화)

일찍 일어나는 습관이 있어 새벽 5시에 거리로 나섰다. 비싼 DSLR 카메라를 모시고 왔으니, 현지 모습을 촬영하겠다는 마음으로 나온 것이다. 전봇대에 전선이 거미줄처럼 칭칭 감겨 있다. 간밤에 정전된 이유를 조금이나마 알 듯하다. 길 건너편에는 탁발 나가는 승려들의 발걸음이 무척 빠르고 민첩해 보인다. 차마 찍지는 못하였다. 대신 공원에서 달리기하는 중학생 정도의 여학생들 모습을 역광으로 찍어 본다. 얼굴이 까맣다. 얼굴을 밝게 하고자 플러스로 수정하여 다시 촬영하니 아침의 붉은 햇살과 짙푸른 열대 나무 잎사귀 색깔이 옅어진다. 별 소득 없이 몇몇 골목을 헤매다 호텔로 돌아왔다.

어젯밤 기내식의 허기짐을 채우기 위해 호텔 레스토랑에 30분 빨리 갔지만 입장할 수 있었다. 정원 옆에 딸린 1층 식당은 테이블마다 짙은 붉은색 식탁보가 씌어져 있었고, 위에는 식사 도구, 양념 그릇들이 가지런하게 정렬되어 있었다. 종업원들도 20대 초반의 여성으로 질서 있는 모습이 굉장히 신선하게 느껴졌다. 음식은 정갈하면서 필요한 메뉴만 선정한 것처럼 품격이 있어 보였다. 라오스 수도에서 좋은 호텔이란다. 가난하지만 추하지 않고, 화려하지 않지만 명예가 깃든 모습이다. 함께한 충남 서산의 대장 선생님도 같은 생각이란다.

이제 본격적인 여행이다. 오늘은 호텔이 위치한 수도 비엔티안에서 사원들을 보고 저녁 무렵에 방비엥으로 이동하는 일정이다. 기대가 크고 설렌다.

첫 번째 여행지는 호 파 깨우 사원이다. 그러나 수리 공사로 출입 금지다. 외벽에 세워진 골조만으로 전체적인 크기를 판단할 뿐 내부의 모습은 볼 수 없었다. 대신 길 건너편의 왓 시사켓 사원으로 이동하였다.

왓 시사켓 사원은 500년의 역사를 지닌, 원형이 잘 보존된 사원으로 사각형의 회랑 안에 부처들을 배치한 특이한 형태다. 부처의 숫자가 총 6,843개라고 가이드가 이야기한다. 한국의 유학생이 날을 잡아 세어 보았단다. 많은 부처는 좌상의 모습으로 줄을 지어 배치되었고, 수인은 시무인상이다. 이는 부처에게 기원하면 모두 들어주겠다는 의미란다. 이 나라도 주변국으로부터 수많은 외침을 받아 온전한 불상이 많지 않단다. 그래서 이곳의 중요성이 높은가 보다. 불상의 표현 방식은 힌두교와 결합하여 다분히 토착 신앙처럼 보인다. 대중을 구제하는 대승불교보다는 개인의 해탈에 먼저 다가서는 소승불교의 특징을 잘 나타내고 있다. 사원의 구조는 우리와 크게 다르지 않았다.

일주문 같은 대문을 지나면 중문이 나오고 부처님이 계신 금당이 자리 잡고 있다. 중문 근처에는 사물인 법고와 금고가 자리 잡고 있는데 이곳의 특이한 점은 회랑에 수많은 부처님을 배치한 것과 영향력 있는 개인의 무덤이 함께 있다는 것이다. 아마도 사회주의의 지체 높으신 당원일 것이다. 사원을 나오는 도중에 서양인 한 분이 눈에 보인다. 사원의 복원을 위해 일을 한다는 프랑스 여자 학자란다. 1948년 프랑스로부터 독립한 라오스의 역사는 우리나라와 별반 다르지 않게 보인다. 우리의 자유민주주의가 아닌 1964년까지의 사회주의와 왕권 간의 내전으로 전국은 혼란에 빠지게 되고 끝내 사회주의 정치체제가 수립되었다. 그 결과로 지금까지 모든 건물과 깃발을 꽂을 수 있는 곳이라면 볼셰비키 혁명 깃발과 라오스 국기가 나란히 꽂혀 있다. 하물며 시골의 원두막과 폐가의 대문에도 깃발들은 그대로 꽂혀 있었다.

같은 모양의 불상들이 배치된 모습

불상 공원으로 이동하는 내내 가이드의 설명은 계속된다. 라오스는 17개 주(비엔티안 특별주 1곳과 지방의 16개 주)로 구성되었으며 69개 다민족 국가에 이 중 절반을 차지하는 라오룸족이 기름진 메콩강 유역에 기거한단다. 한국과의 관계는 농·축산, 임업 등이 진출하고 있으며 4년째 국제결혼 업체를 인신매매로 단정할 만큼 내국인 유출을 금지하고 있다. 한국의 다민족 순위에서 베트남, 필리핀, 중국 등은 많지만 라오스가 없었던 이유를 이제야 알았다. 이어서 이곳에 진출한 한국인들의 활약상으로 동남아시아에서 유일하게 자포니카 쌀을 생산하는 것에 착안하여 현지인도 1년에 2기 작에 불과한 것을 3.5기작을 한다고 한다. 다만 그것은 대규모 기계화가 큰 영향을 끼쳤고, 무엇보다 건기 때 필요한 수리시설은 완비되었다고 한다. 현재 교민은 1,500명이 진출하여 5년 전부터 열리기 시작한 관광업에 많은 수가 종사하고 있다고 한다.

주차장에 도착하니 가게가 줄지어 있는 끝부분에 불상 공원이 있었다. 평지에 조성한 불상들의 숫자가 굉장하고 입구에 있는 3층짜리 탑에 올라갈 수 있는 점은 나를 뛰게 만든다. 불두와 탑의 꼭대기에는 어김없이 긴 꼬리가 달려 있다. 아마도 이곳 사람들의 머리를 묶는 머리띠를 형상화하여 이런 모양이 나왔을 거라고 한다. 다양한 불상들이 노천에서 자기 영역을 지키고 있지만 와불의 규모는 거대하다. 입구를 향해 드러누운 부처의 머리는 흡사 코뿔소 뿔처럼 매우 도전적이다. 다신교의 상징인 힌두교와 토착 신앙과 결합된 신상들은 괴기하고 이국적이다. 특히 얼굴 표정은 남원 실상사 석인상이나 제주 하르방은 명함도 못 내밀 만큼 개성 있고 볼륨감이 넘친다.

불상 공원의 모습으로 와불이 이색적이다

태국과의 국경선에 위치한 다리를 잠시 보고 소금 마을로 이동하였다. 한낮이라 인부들은 휴식 시간으로 인적은 없고, 장작불로 가열하여 소금이 되는 과정을 살펴보았다. 지하 50m에서 퍼 올린 암염수를 나무로 가열하여 소금 결정체를 채취하는 방식으로 라오스 국민이 소비할 만큼 생산한단다. 경제적으로 소금 마을 주민들은 상대적으로 살 만하단다. 소금을 만드는 가열판을 둘러보는 내내 꼬마들이 연신 따라다닌다. 개중에는 살짝 미소도 띠며 손가락을 V자 모양을 하며 다가오는 아이도 있다. 변변한 놀이 시설이 없기에 관광객 구경이 유일한 낙이란다.

결정체로 변한 소금은 바구니에 담겨 창고로 이동한다. 여기서 간수를 빼는 모양이다. 가마 입구에는 소금 결정체가 흐르고 굳어 하얀 바위를 만들고 있었다. 소금을 집어 맛을 보니 생각보다 짜지 않고 단맛이 남는다. 여행사에서 기념으로 1kg 소금을 선물로 주었다. 공짜는 기분이 좋다.

지하에서 끌어 올린 짠물로 생산한 소금의 모습

점심은 선상 식당이다. 흔들리는 식당 옆으로 제초기같이 생긴 엔진으로 움직이는 기다란 배들이 물결을 넘나들며 한껏 호기를 부린다. 식당 내부는 올해 2월에 여행한 뉴질랜드 호화 유람선과는 격이 한참 다르다. 알록달록한 색으로 칠한 낮은 천장을 조심하면서 겨우 앉은 식탁에는 돼지고기, 닭고기, 새우튀김, 찰밥, 그리고 몇 가지 반찬류 등이 세팅되어 있었다. 힘찬 건배사가 오간 뒤에 앳된 아가씨가 연신 병맥주를 건넨다. 얼음과 함께 제공되는 이곳의 맥주 맛은 순하다. 일명 쌀 맥주다. 옆자리의 일행들과 잔을 비웠더니 취기가 올라온다.

방비엥까지는 4시간 정도 걸린다. 비포장길로 군데군데 웅덩이도 많다. 길거리의 구멍가게조차 뜸한 전형적인 시골 마을 풍경이 펼쳐진다. 전봇대도 없고 다랑논만 다가서다 뒤로 물러난다. 집의 형태도 벽돌집에서 나무판잣집, 그리고 원두막 모양의 초가집 형태로 바뀐다. 여기서 가이드의 입담이 시작된다.

우리가 그랬던 것처럼 이곳도 발전의 과정을 거치고 있다. 6.25전쟁 이후 양공주라는 이유로 질시와 배척을 받아 온 누나들의 이야기가 이곳에도 재현되어 화제가 되었단다.

라오스에 여행 온 환갑 지난 한국 남자가 가이드에게 연락한 것은 5년 전이란다. 사별하고 두 아들을 출가시키니 적적한 마음에 동남아시아 여자와 인생 후반을 보내고 싶어 참한 혼처 자리를 부탁하였고 이에 가이드는 라오스 시골에 사는 이십 대 아가씨를 소개하기에 이르렀다. 이곳 아가씨의 결혼 조건은 고향은 떠날 수 없으며 길가에 가게를 내주는 것과 매달 한국 돈 30만 원을 요구했단다. 이에 즉각 수용하고 새로운 삶이 시작되었다. 가게는 친척들이 달려들어 번창하였고 수익금으로 비만 오면 진흙탕으로 변하는 산길에 자갈을 깔았고, 초가집들은 점차적으로 벽돌집으로 변해 갔다.

어느 날 가이드가 초대받아 동네 사람들에게 한국 사람한테 시집간 여자에 대해 물으니 자랑스럽게 대답을 하더란다. 그분으로 인해 동네가 발전하고 있어 고맙단다. 우리도 한때는 식구의 입을 덜기 위해 자식을 양자로 보내고 생이별을 한 사례가 있지 않던가! 이제는 남의 나라 이야기지만 우리의 할아버지, 할머니들은 이러한 역경을 딛고 살아낸 것을 우리는 알아야 한다.

가이드는 한층 상기된 목소리로 후일담을 이어 나간다. 얼마 전에 자식 부부들이 이곳에 와서 동네잔치를 하였는데 두 며느리의 얼굴이 그렇게 밝았단다. 어린 시어머니에게 한국에서 가져온 화장품을 발라 주고, 가져온 옷을 정성을 다해 입혀 주었단다. 그리고 그들은 돌아갔고 가이드가 어머니에게 한국의 나이 많은 남편을 좋아하냐고 물었단다. "좋아해서 결혼했나요? 나로 인하여 우리 식구와 친척들이 잘산다면 나 하나 고생하는 것은 상관없어요"라는 대답에 먹먹했고, 이어 한국의 남편은 그날 밤 가이드에게 속내를 비쳤단다. "내가 한국에서 올 때 여기서 죽으려고 왔고 조카 같은 아내를 위해 1억 원을 가지고 왔다. 내가 죽으면 아내에게 주고자 하니 비밀로 해 달라"고 하였단다. 이야기가 어디까지 진실인지는 모르지만 인간 만사 세상에 이런 일도 있다.

방비엥으로 가는 버스는 힘겹게 비포장도로를 달린다. 고갯길과 구불거리는 길로 속도는 못 내고 앞서가는 화물차, 소달구지를 만나면 더욱 느려진다. 불교 국가이지만 도로에선 소들이 왕이다. 아침부터 끈적이던 날씨가 저녁 무렵이 되니 검은 구름으로 변해 비엔티안 쪽에서 따라온다. 이윽고 비가 내리니 달구지 짐칸에 탄 촌로들은 비닐을 뒤집어쓰고 털털거리며 버스 뒤로 사라진다. 하루에 한 번씩 온다는 스콜이 끝나자, 길가의 풍경이 선명해진다. 병아리를 이끌고 다니는 암탉, 대문 옆에서 딸내미 머리를 만져 주는 어머니 모습, 대나무 망태기를 어깨에 메고 어디론가 가는 사내아

이의 모습이 정겹다. 그러나 한편으론 골짜기 입구의 시신을 화장하는 간이 화장터의 모습과 화장한 인골을 보관하는 화려한 탑들이 발견될 때마다 인간의 허무함이 밀려오기도 하였다.

방비엥 호텔에 도착할 즈음에는 다시 세찬 소나기가 우리를 환영하듯 퍼붓고 있었다. 버스에서 트럭(탁송) 짐칸에 옮겨 탄 우리 일행들의 모습은 원주민과 별반 다름없이 보였고 한국 사람이 경영하는 식당에서 저녁으로 먹은 삼겹살과 상추쌈, 된장찌개는 세계 각국에 뻗은 한국인의 저력을 보는 듯하였다.

2015.8.19.(수)

새벽의 호텔 주변 풍경은 예술이다. 간밤의 소나기 탓인 듯 운해의 행렬이 카르스트 지형의 오묘함과 잘 어울려 봐 달라고 안달이다. 삼각대를 가져왔다면 ND 필터를 착용하고 장노출로 운해의 흐름을 표현하고 싶었지만, 이 정도의 풍경도 감사할 따름이다. 황토물로 변한 강변을 따라 수상 방갈로들이 들어섰고 때 묻지 않은 초원을 마당 삼아 배치된 산들은 청명하다. 여기에 산등성이를 넘나들며 조용히 움직이는 운해의 자락들은 이상향을 연상케 한다. 이래서 라오스가 지구상에 하나 남은 청정 여행지라고 하는 모양이다. 시시때때로 변화하는 풍광들을 여한 없이 찍고 또 찍었다. 남들은 아직 잠자는 시간인지라 이곳 풍경을 나 혼자 모두 가지고 싶은 마음으로 분주히 돌아다녔다. 핸드폰으로 파노라마로 찍은 풍경은 사진작가 반 밴드에 올려도 본다. 참으로 행복한 순간들이다.

새벽 호텔에서 바라본 강변의 모습

호텔 조식 후 몬도가네 시장을 살짝 구경하고 어린이 학교를 방문하였다. 한국스카우트에서 도움을 주고 있는 학교는 길가에서 조금 들어간 곳에 있으며, 150명의 소수 민족 어린이들이 다니는 곳이다. 각 대장들과 중앙연맹에서 준비해 간 물건들이 운동장 한편에 쌓이는 동안 교실에서는 어린이들이 방학이지만 모두 나와 앉아 있었다. 이윽고 양국 대표자들의 인사와 환영사가 이어지고 운동장에서는 아이들에게 나누어 줄 헌 옷, 학용품, 과자류들이 분류되어 진열되고 있었다.

이곳 학교는 교실이 5곳, 창고 1곳, 그리고 교무실로 구성되어 있다. 벽체 사이로 빛이 들어올 만큼 열악한 환경에 책상은 2인 1조이다. 1970년대 국민학교 다닐 때 사용하였던 책상과 똑같았다. 가운데에 금을 그어 38선이라 칭하고 넘어오는 짝꿍과 얼마나 싸웠던가! 여기서 옛 추억을 소환하였다.

뙤약볕에서 전달되는 선물들은 16개 시도 대표로 오신 명예 대장들이 준비해 온 것들이다. 나도 처자식이 입지 않은 옷가지 40점과 10만 원이 넘는 학용품을 준비해 왔다. 그리고 메고 있는 가방 안에는 막대 사탕과 과자 등이 들어 있다.

유년부부터 길게 선 모습은 학교라는 공교육의 힘을 보여 주고 있었고 눈만 반짝이는 어린이들의 모습 저편 울타리에는 학교에 다니지 못하는 어린이들을 앞세우고 촌로들이 포진하고 있었다. 이윽고 정해진 순서대로 선물들이 나누어지자 초대받지 못한 무리들이 점점 다가와 함께 나누자는 눈빛을 보내고 있는 듯하였다. 하지만 이들은 절대 먼저 손을 내밀거나 허락 없이 가져가는 경우는 없었다. 민족의 자존심이리라.

학용품을 건네는 모습 - 남색 모자를 쓴 사람이 필자임

단복 전체가 땀으로 범벅되는 줄도 모르고 준비한 선물을 전달하고 밥차에서 배식하는 대장들을 보면서 그냥 대장이 아니구나라는 감탄이 나온다.

나는 진행되는 전반적인 모습을 사진으로 담는 일로 인해 배식에는 참가하지 못하였다. 한편 초대받지 못한 어린이들에게도 학생들과 똑같이 나누어 주고자 아이를 업고 온 어린 어머니에게도 한 움큼의 옷과 과자를, 할머니에게는 옷과 사탕을 나누어 주며 속으론 울컥한다. 사진을 찍으면서 한편으로 눈물을 닦아내고 있었다. 몰래몰래 땀을 닦는 체하면서 말이다.

순간 나의 유년기 모습이 스쳐 간다. 1969년 정도인가 탁아소 다닐 때 미국 원조품인 전지분유를 솥단지에 끓여 굳어진 덩어리를 조각내어 나누어

한국스카우트와 자매결연 학교 간의 환영식을 바라보는 선한 모습들

주는 것을 받아먹었던 기억과, 국민학교 2학년까지 미국 원조 옥수수빵을 배급받았던 사실은 어제 일처럼 생생하다. 배급받은 빵은 어찌나 딱딱한지 방바닥에 딱지를 치듯 내리쳐도 소리만 빵빵거릴 뿐 깨지지 않았다. 담임 선생님이 빵을 순서대로 나누어 주고 몇 개 남은 것은 꼭 손 검사를 하여 깨끗한 학생들에게 더 주셨다. 나는 빵을 받고파 때가 덕지덕지한 손을 미지근한 물에 담그고 볏짚으로 닦아 보았으나 선생님의 눈엔 더러운 손으로 보여 참으로 담임 선생님을 원망했었다. 긴 속눈썹, 아련한 눈빛을 가진 어린이들이 사탕, 학용품을 받고 서로 자랑하는 모습 속에서 나의 과거를 발견하는 듯하다.

외부인에게도 밝은 미소를 보내는 방비엥 어린이들

동굴 탐사로 현지 체험을 나섰다. 엄청난 수량이 흘러나오는 동굴 물길을 헤드 랜턴과 튜브를 들고, 설치된 밧줄을 잡고 탐사에 나섰다. 동굴 입구에서는 지옥이라도 들어가는 듯한 심정으로 망설였으나 두려움을 떨치고자 서로 격려하고 노래를 부르는 모습에서 하나 되는 경험도 맛보았다. 카르스트 지형의 특이한 형태를 상품으로 만든 지역 사람들의 아이디어가 새삼스러웠다. 이 동네는)지척의 동굴을 개발하고 입장료와 식당 수익으로 엄청난 부자 마을이 되었단다. 간식으로 나오는 쌀국수가 예술이다. 베트남, 중국, 한국에서 맛을 보았지만 이곳의 매콤한 맛은 가히 일품이다. 2그릇을 먹었는데 칼칼해서 맛도 있었지만, 오전에 자매 학교 배식으로 받은 밥을 거의 먹지 못한 이유리라.

2015.8.20.(목)

간밤에 천둥 번개를 동반한 비가 내렸다. 호텔 앞의 강변에는 제법 물이 그득하다. 완전한 황토물이 빠르게 흘러간다.

블루라군으로 소풍 간다. 트럭 3대에 분산 승차한 일행들은 말로만 들었던 진흙탕 길을 30분째 달리고 있다. 달린다는 표현보다는 웅덩이를 피해 간다는 표현이 맞을 것이다. 차량의 낮은 지붕과 옆 사람에게 수없이 부딪히지만 즐거운 마음뿐이다. 트럭 바퀴까지 잠길 정도의 웅덩이 길이지만 기분은 청룡 열차다. 앞차에서 들리는 비명 크기로 다가올 웅덩이 깊이를 예측한다. 신기한 것은 서양인들은 이러한 길을 자전거와 오토바이를 렌트하여 다닌다는 것이다. 흙탕물을 뒤집어쓴 사람, 넘어져서 몰골이 생쥐인

사람, 긁혀서 피나는 사람들이 보인다. 그러나 그들의 얼굴엔 웃음이 번져 있었다.

블루라군을 소개하는 팸플릿 사진에서는 민트색의 아름다운 물빛을 자랑하지만 지금의 색감은 그냥 물색이다. 우리네 유원지에 온 듯하다. 나무에 사다리와 끈을 매달아 놓고 점프나 타잔 놀이를 한다. 원시 그대로의 놀이터다. 주변에선 호주 사람들이 만들었다는 집라인이 여행객을 유혹한다. 함께한 대장들도 유료 체험 코스 참여에 여념이 없다. 14개 코스로 연결된 집라인은 나무와 나무 사이를 잘도 옮겨 다닌다. 비명 소리가 숲을 깨운다.

나에겐 집라인은 놀이터가 아니다. 이것은 군사훈련이며 유격이라는 트라우마가 있다. 초급 장교 OAC 훈련 중에서 가장 위험하다는 집라인 코스는 2일 동안 진행되는데, 산 정상에서 저수지 물속으로 하강하는 올빼미를 만들기 위해 하루 반나절 동안 육상과 물속에서 반복되는 과정은 혹독한 기억뿐이다. 이 훈련 과정에서 동기 1명이 사망하였다는 비보가 있었다. 이러한 과거가 있었기에 주변 풍경을 촬영하는 것으로 시간을 보냈다.

가이드의 설명은 구구절절 쉬지 않고 잘도 나온다. 4일이 되니 목도 쉬고 차량 마이크 시설이 고장이 났어도 프로의 이야기는 계속된다. 라오스에 관한 사항을 숫자로 빗대어 재미있게 전달한 내용을 정리해 보면 다음과 같다.

긴 것 1가지는 메콩강으로 총길이는 4,600km로 라오스를 지나가는 것은

1,900km란다. 이 나라는 수력발전을 하여 전기를 인근 나라에 수출할 만큼 저렴하단다. 가이드가 3층 건물을 사용하고 있는데 월 사용료로 한국 돈으로 40,000원이 나온단다. 그런데 첫날밤 비엔티안 호텔에서 정전이 되어 잠시 소동이 생긴 것은 무슨 일이지?

짧은 것 2가지는 첫째로 평균 수명으로 남자는 48.7세, 여자는 51.4세로 우리의 조선시대에 해당이 된단다. 무엇보다 짧은 것은 영아의 수명으로 사망률이 38.7%로 안타깝다. 여러 이유가 있겠지만 가장 큰 이유는 의료시설 부족, 위생 열악, 어린 산모의 미숙함이란다. 둘째로 평균 신장이다. 한국 사람보다 머리 하나가 없는 듯하다. 까무잡잡한 얼굴에 단신이며, 배 나온 사람은 없다. 아시아에서는 한국 사람이 제일 크다고 하던데 같은 민족인 북한 사람이 작은 것을 보면 영양부족이 주된 이유 같다.

많은 것 3가지는 첫째로 산이다. 전체 면적의 70%로 우리와 비슷하다. 넓은 산에 69개 종족이 흩어져 사는데 라오룸족은 풍요로운 강변에, 해발 1,500m 이하엔 라오퉁족이, 해발 1,500m 이상엔 라오숭족이 분포한다. 고산 민족은 5월부터 우기 전까지 화전을 위해 불을 놔 그 연기가 전국을 치장한단다. 이에 정부에서는 화전 금지 정책으로 이장에 책임 권한을 주고 책임을 묻는다고 한다. 그러나 화전 시기에는 전국의 이장들이 비엔티안에 모여 1개월 이상 체류하고 있어 화전의 불법을 회피하고 돌아간다고 한다. 어느 사회나 민초들의 융통성은 기저에 흐르는 모양이다. 둘째는 종족이다. 69개 종족에 62개 언어로 아직도 부족 연맹체이다. 셋째는 주변국으로부터의 침략으로 남아 있는 문화재가 별로 없다는 것이다.

없는 것 4가지 중 첫째는 바다다. 3면이 바다인 한국 사람으로서 가장 힘든 것이 회를 못 먹는 거란다. 가이드의 농담 섞인 경험담으로 회를 먹기 위해 베트남까지 왕복 40시간을 들여 먹고 온단다. 또한 바다가 없어 자연재해가 없다고 한다. 둘째는 철도가 없다. 셋째는 우체부가 없다. 이유로는 주소가 없기 때문이다(수도인 비엔티안만 있음). 이에 사서함 제도를 이용하여 살아간단다. 넷째는 거지가 없다. 자연재해가 없어 주변의 풍부한 과일로 기본 생활은 가능하며 앵벌이를 금지시키는 자존심이 센 나라란다. 먼저 손을 내미는 경우가 없었던 방비엥 어린이 학교를 상기해 본다. 또한 스님들의 탁발 의식이 있어 스님들로부터 건네받기 때문에 얻어먹는 것이 아니란다.

가이드의 라오스에 대한 간략한 정리를 들으며 이번의 여행을 정리하고자 한다. 인생의 행복은 외부가 아닌 본인이 어떻게 생각하느냐에 따라 달라진다고 한다. 이들이 현재 살고 있는 땅에서 순박한 민심과 천연의 자연이 지속되길 빈다. 다만, 인간 수명이 너무 짧은 것은 안타까운 일이다.

10. 중국 내의 고조선, 고구려 영토를 찾아서

충청남도교육청에서 주관하는 2018 창의융합형 인문학 기행 역사교류단에 참여하여 10박 11일 동안 중국 내의 고조선, 고구려의 유적지와 독립운동지를 답사하였다. 역사교류단은 단장을 위시하여 인솔 교사 4명, 참가 학생 30명, 현지 강사 등 36명으로 편성하였다.

우선 공문을 접하면서 처음에는 역사 교사 관련으로 흘려버렸으나, 고조선의 현장을 본다는 설렘으로 용기를 내어 참가 신청서를 제출하였다. 신청서를 제출하게 된 근거에는 대학원 석사논문을 한국 미술사 관련 주제로 청구하였고, 2015년에는 학습연구년을 한국전통문화대학교 고고학과에서 3학년 수업을 청강하면서 전공 교수님들의 해박한 연구물에 심취하였다. 이를 바탕으로 고고미술반 동아리를 조직하여 학생들을 데리고 백제 역사 답사지를 종횡무진하면서 이론과 현장감을 살린 전시회까지 개최할 정도의 수준이 되었기에 도전을 해 본 것이다.

학생들 인솔 경험으로는 수학여행을 일본, 중국으로 주관한 사안과, 스카우트 대원을 데리고 중국 백두산, 일본 백제 역사지 등 해외 탐방을 한 경험과, 예술고 미술학도들을 데리고 유럽 미술관을 다녀온 경험들을 교육청에서 높이 평가하여 인솔 교사로 선발하였다는 후일담을 듣게 되었다. 자신이 자랑스러웠다.

금번 역사교류단은 충청남도 고등학교 1학년 학생 중에서 선발된 30명과 공동운명체가 되어 출발하기 3개월 전부터 1박 2일 합숙 연수와 잦은 만남을 통해 현지 상황을 습득하였고, 드디어 여름방학을 이용하여 중국으로 떠났다.

1일 차 - 2018.7.26.(목)

인천공항을 출발하여 중국 톈진 공항에 입국 시에는 열 손가락 모두 지문을 등록하였다. 기분이 이상했다. 그동안 10여 차례 중국을 방문하였지만 열 손가락 지문 인식 절차는 처음이기 때문이다.

톈진의 갈석산과 산해관을 방문하였다. 드디어 논쟁의 중심지에 서게 된 것이다. 그동안 중국 내의 고구려 유적지 답사는 스카우트 대원 인솔, 심양 사범대학과의 미술 교류, 동북공정 연구 배낭여행 등으로 백두산, 집안, 심양, 장춘, 도문 등지는 조금 알고 있으나 금번의 고조선과 연관된 톈진 방문은 처음이다. 그동안 고조선의 위치에 대해 중국, 한국, 북한, 일본 등이 다른 목소리를 내고 있었고, 국내에서도 기존의 이론과 다른 학설이 있기에 이러한 궁금증을 살펴보기로 하였다.

 "갈석산은 북경 근처의 하북성 창려현, 난하 하류 동부 유역에 위치한 산이다. 이 갈석산은 고조선과 이후 한사군의 위치와 관련하여 논쟁의 중심에 있는 산이다. 그것은 고조선 영토의 경계 지역으로 인식되기 때문이다. 이를 오늘날 북경 근처 갈석산 지역으로 본다면 오늘 찾은 위치는 산해관과 인접해 있는 지역으로 예부터 중국인들이 타민족과의 경계로 인식해 왔던 지역이다"라는 자료집의 내용을 바탕으로 설명을 들어 본다.

 갈석산 위치에 대해 현재 서 있는 곳의 비석과 안내판을 이용하여 설명하시는 강사님은 인하대학교 교수님이다. 설명하신 내용을 요약해 보았다. "동쪽 변방의 갈석산이 유명해진 것은 중국 역대 황제들의 순행 덕분이다. 진시황, 한무제가 갈석산에 행차하고 동해를 따라 남하하였다는 기록을 돌에 새긴 것과, 조조와 관련해서는 오환을 정벌하고 허창으로 귀환하는 길에 그 길목에 있던 갈석산에 올라 발해를 굽어보면서 〈관창해〉라는 시를 지었고, 북위 황제 문성제는 갈석산에 올라 창해를 굽어보았다."라는 내용이다. 즉, "만리장성의 동쪽 시작점 및 고조선의 서쪽 경계는 이 일대에 있었을 것으로 추정이 가능하며, 당연히 황제의 통치력이 미치지 않는 고조선 또는 나중의 한사군 땅으로 보아야 옳은 것이다." 이 얼마나 기분 좋은 학설인가? 그런데 왜 이런 내용이 한국사 교과서에는 언급이 안 되어 있을까? 학교에서 시험 문제로 나오면 어느 것이 정답일지 참으로 헷갈리기 시작하였다.

노룡두 아래에서 단체 사진을 남기다

　산해관은 갈석산과 지근거리에 있다. 바닷가에 위치하여 군사적 요충지
이다. 산해관성 동쪽에는 만리장성 동문성루에 '천하제일관'이라 쓰인 현판
이 걸려 있다. 이곳에서 남쪽으로 4km 되는 곳이 노룡두, 즉 남해구관으로
만리장성이 시작되는 지점이다. 노룡두를 살펴본 학생들을 모두 노룡두가
보이는 해변가로 모이라고 하였다. 4명의 인솔 교사 중에서 나의 임무는 진
행 부분이기에 역사적인 현장을 단체 사진으로 남겼다.

2일 차 - 2018.7.27.(금)

　첫날인 어제 점심과 저녁은 현지식으로 학생들은 음식을 대부분 남겼고,
오늘은 호텔 조식으로 허기를 채우고 하루를 시작하였다. 36명을 태운 역
사교류단 차량은 대형 버스로 넓은 앞뒤 간격을 유지하고, 에어컨 성능도

우수하여 마음에 들었다. 열흘 동안 함께할 공간이다.

학생들도 모두 건강한 얼굴로 본격적인 답사를 시작하였다. 30명의 학생들은 7~8명으로 나누어 4개 조로 편성하고 1개조씩 담임교사가 배치되는 시스템이다.

우리 조는 '스파클'이라는 애칭으로 활동을 하는데 '상큼하고 발랄하게 생활하자'라는 의미로 정하였다. 8명의 학생은 천안신당고, 계룡고, 공주고, 공주여고, 금산여고, 서산여고, 용남고, 천안여고 출신으로 어려운 선발을 통해 선정된 우수 자원들이다. 이들의 사전 교육부터 현지 생활, 그리고 차후 보고서 작성까지 담임교사의 역할이다.

여기에 나의 또 다른 임무는 일일 가이드를 진행하고 지도까지 겸하는 것이다. 일일 가이드란 사전에 제시된 희망 주제를 학생들이 1개씩 선정하여 연구한 다음 해당 답사지 버스 안에서 친구들에게 설명하는 방식이다. 30개 주제를 제시하는데 고민이 많았고, 학생들의 설명에 대한 첨삭 지도도 해야 하기에 나에게도 공부하는 기회가 되었다.

사전에 제시된 주제는 다음과 같다.

1. 중국이 만리장성을 만든 이유와 위치를 설명하시오.
2. 고인돌의 의미와 분포 지역, 종류에 대해 설명하시오.
3. 중국이 홍산(적봉)문화를 중화문명의 발원으로 주장하는 이유는?

4. 홍산문화의 대표적인 문화재인 옥에 대해 설명하시오.

5. 홍산문화 지역의 매장 형태와 대표 지역은?

6. 고조선의 토템사상(호랑이, 곰)을 설명하시오.

7. 고조선의 기자조선을 설명하시오.

8. 고조선의 위만조선을 설명하시오.

9. 한반도에 정말로 한사군이 설치되었을까?

10. 요령식 동검(비파형), 한국형 동검(세형)의 분포 지역과 고조선과의
    관계를 설명하시오.

11. 고구려의 오녀산성이 갖는 의미를 설명하시오.

12. 국내성의 시설적인 특징 및 현재의 모습을 설명하시오.

13. 환도산성의 의미 및 현재 복원 모습을 설명하시오.

14. 고구려 산성 분포와 대표적인 산성을 설명하시오.

15. 국내성 지역의 고분 형식 및 분포지를 설명하시오.

16. 고구려 평양성 지역의 고분 형식 및 분포지를 설명하시오.

17. 광개토대왕비 내용을 설명하시오.

18. 장군총의 고분 형식과 부장시설에 대해 설명하시오.

19. 집안의 5회분 5호묘 고분 형식 및 벽화 내용을 설명하시오.

20. 국내성 고분 중에서 대표적인 벽화에 대해 설명하시오.

21. 평양성 고분 중에서 대표적인 벽화에 대해 설명하시오.

22. 백두산 경계비 5호와 37호가 세워진 유래를 설명하시오.

23. 백두산 금강협곡 생성 과정을 설명하시오.

24. 청산리 전투 배경 및 승전 내용을 설명하시오.

25. 독립운동가 나철 선생 업적에 대해 설명하시오.

26. 발해의 건국 배경과 발굴된 문화재의 교섭에 대해 설명하시오.

27. 윤동주 선생 일대기를 설명하시오.

28. 김좌진 장군에 대해 설명하시오.

29. 하얼빈 731부대에 대해 설명하시오.

30. 안중근 의사에 대해 설명하시오.

이러한 주제를 받은 고등학교 1학년의 마음은 어떠하였을까? 참으로 고민이 많았을 것으로 짐작된다. 제시된 주제는 역사를 전공하는 대학생 2학년 정도의 수준이니 말이다. 아무튼 10일 동안 학생들은 선정된 주제에 대해 최선을 다해 설명하였고 질의응답 시간도 가져 현장감 있는 답사에 도움이 되었다고 자체 평가한다.

홍산문화유적지까지는 4시간에 걸쳐 이동하였다. 학생들 대부분 깊은 잠에 빠졌다. 어제 인천공항에 오기 위해 새벽 2시부터 움직였으니 당연하다고 본다.

고조선이 처음 나라를 세운 장소는 학파마다 다르나 현재의 교과서에서는 요서에서 건국하여 평양으로 이동하였다는 이동설로 설명되고 있다. 고조선의 문화가 중국과 다른 고고학적 예시로는 빗살무늬, 고인돌, 비파형 동검, 미송리식 토기를 들 수 있는데 얼마나 만날 수 있을까? 기대가 크다.

도착을 앞두고 교수님이 홍산문화, 우하량 유적에 대해 설명하신다. 홍산문화가 존속한 시간 범위는 대개 기원전 4,500년경부터 기원전 3,000년

경까지 약 1,500년가량 장시간에 걸쳐 명맥을 이어갔다며, 세부적인 학술 내용까지 장황하게 열거하신다. 지금 듣고 있는 내용이 과연 맞는 말인지 의구심이 든다. 한국사 교과서에서는 언급조차 없으며, 미술 교과서에도 간혹 홍산문화라 하여 붉은 칠을 한 토기만이 언급되기 때문이다. 홍산문화가 세계 4대 문명인 황하문명보다 1,500년이나 앞섰다는 주장은 자랑스럽기 그지없는 것이다. 역사는 문헌과 고고학이 합일이 되어야 정설로 인정받기에 얼른 유물을 확인하고 싶어진다.

거대한 체육관 같은 실내에는 유물의 발굴 과정을 그대로 전시해 놓았고 이동로를 통해 아래를 바라볼 수 있었다. 이동하며 돌무더기, 석곽묘 등을 찾아 살펴보았지만 과연 5,500년 전의 모습인가 상상이 가질 않는다.

우하량 유적지 내부 모습

그러나 이곳 우하량 유적지는 순장제의 묘제인 적석총과 신전인 여신묘가 발굴되어, 전문적으로 매장과 제의를 위해 마련된 장소임을 알 수 있다. 특히 우하량 출토 여신상 두상은 눈동자가 푸른 옥으로 되어 있었다. 이곳에서 발견된 다양한 옥 유물 중에는 C자형의 용 모양 옥기가 있는데 사람에 따라서는 곰 모양이라고 주장하는 학자도 있다. 이곳에서 발견된 용 모양의 옥기는 용의 최초 기원이 황하문명이 아닌 홍산문명임을 말해 준다.

옥에 대해 부언하자면, 황하문명보다 1,000년 앞서서 고조선이 사용하였으며, 옥의 성분들을 살펴볼 때 지금의 요서 지역의 수암이라는 곳에서 채굴되었고 동종의 유물이 한반도로 전파되어 강원도 고성 문암리 유적에서 옥 귀걸이로 출토되었다. 옥을 금보다 귀히 여기는 중국은 옥을 타클라마칸 사막의 끝인 호탄이라는 지방에서 수입하였고, 옥을 관장하는 옥문관을 지금의 돈황 일대 국경선에 둘 만큼 진심이었다.

교수님의 설명은 계속되었다. 우하량국립고고유적지는 100리 안에 미발굴된 유적지가 산재하고 발굴되는 규모마다 대단하다고 하지만 모두 전설 같은 이야기로 내용을 알지 못하는 중국 안내문과 함께 혼란스럽기 그지없었다. 총명한 학생들은 모두 알아들었을 것이다.

조양 우하량 유적 박물관에서는 다음과 같은 안내문이 게시되어 있었다.

"우하량 유적의 발견은 과학적인 가치와 의의가 크며, 중국 고대문명의 기원을 이해하는 데 중요한 가치가 있다. 그것은 국내외에 중

대한 사회적 영향을 끼쳤으며, 중국 고고학사에서 중요한 지위와 역할을 하였다."

"옥의 발견으로 성인용 옥은 신석기 시대에 시작되어 우하량 홍산문화 말기에 우하량 유적에서 총 183점의 옥기가 출토되었는데, 이들 무덤에서 출토된 옥기는 조형·문양 디자인이 질박하고 정교하며, 그 수가 다양하여 옥기의 기능이 단순한 장신구를 넘어 위계·지위·권력의 상징임을 보여 주는 것으로 후대에 옥을 예로 하는 관념과 제도가 옥을 믿음으로 하고 옥을 미로 하는 전통문화를 형성하는 데 지대한 영향을 미쳤다."

이러한 중국 주장을 뛰어넘는 학자가 우리 역사교류단에서 나오길 기대한다.

3일 차 - 2018.7.28.(토)

삼좌점 석성은 홍산시에서 서북쪽으로 40km 떨어진 동자산에 위치한다. 구릉지 위에 분포하는 유적지를 찾기 위해서는 소로를 이용하다 보니 호박돌 같은 돌들이 계속 나타난다. 아직 그 용도를 모르면서 중턱쯤 올라오니 동심원의 암각화가 음각으로 파여져 있었고 돌무더기를 넘어 들어간 곳이 마을이란다. 들어와서 보니 줄을 지어 있는 돌은 구획된 공간을 알리는 '움'이라 하고 올라올 때 넘었던 돌무더기는 성벽이란다. 그리고 보니 볼

록하게 돌출된 부분은 '치'란다.

설명을 들어 보니 이 석성은 우물과 336개의 집터, 부족의 모임 장소, 곡식 창고까지 완벽하게 보존되어 있었다. 확인된 치만 13개나 되는 어마한 고조선의 산성이다. BC 2000~BC 1200의 하가점하층문화이다.

성벽은 내·외성으로 구분되어 있으며 고구려의 치와 옹성의 기원을 찾을 수 있고, 이곳의 축성술은 중국의 그것과 다른데 중국은 주로 토성을 쌓거나 벽돌쌓기가 많다. 기술적인 면에서 삼좌점의 치가 고구려의 치로 계승된다고 설명은 이어진다. 특히, 성의 밑단에서는 들여쌓기를 하다 올라가면서 수직으로 쌓는 기법은 고구려 성벽과 일치하는 부분이 있어 반가웠다.

오한기(적봉) 박물관을 찾았다. 2층의 단출한 규모이다. 1층은 홍산 유적과 선사시대 유물이 전시되고, 2층엔 청동기시대, 거란 왕조, 원 왕조시대 유물이 전시되어 있었다. 중국말에 능통한 교수님은 박물관 관계자와 인사를 나누고 학생들에게 박물관에 대해 설명하신다.

박물관에는 취락 모형, 채색 토기, 적색 토기, 미송리식 토기, 삼족 토기, 비파형 동검과 거푸집, 세형동검, 전돌에 사냥하는 모습을 그린 그림 등이 눈에 들어온다. 그중에서 비파형 동검이 3등분으로 분해된다는 사실은 여기에 와서 처음 알았다. 또한 전돌의 그림에서 말을 타고 활을 쏘는 모습과 호랑이를 사냥하는 장면은 고구려 벽화 내용과 판박이로, 다만 이곳의 그림이 좀 더 세부적으로 표현되었다.

무엇보다 관심이 가는 것은 곰 얼굴이 새겨진 옥 귀걸이 형태이다. 이유는 홍산의 옥기에는 중국에서는 없는 곰 형상이 투영된 유물이 여러 점 있고, 우하량 유적 제단 터에서는 희생된 곰 아래턱뼈도 발견되어 우리의 건국 신화와 일맥상통한다는 점이다. 요하 지역에서 발견되는 옥기의 약 60%는 한반도 근처인 랴오닝 수암 지역에서 나오고, 약 20%가량은 바이칼 호수 근처에서 나는 바이칼 옥임을 생각해 본다면 한반도에서 발견되는 옥들과 성분을 비교한다면 연관성을 밝히는 흥미로운 일일 것이다.

성자산 산성을 찾았다. 이 유적은 요령성 능원현 삼관전자촌에서 동북쪽으로 3km 떨어진 뒷산 위에 있다. 이 석성은 홍산문화와 하가점하층문화가 함께 존재하는 복합 유적이다. 석성은 서벽과 북벽의 바깥 면은 모두 벼랑이고, 동쪽은 완만한 경사도가 있고 남쪽은 농경지로 되어 있다. 성안에서는 홍산문화 주거지와 무덤, 하가점하층문화의 유적이 발굴되었다는데 평탄한 산 정상부에는 성돌들이 흩어져 있었다. 교수님은 아마도 이 지역이 고조선의 천문대가 위치한 곳으로 남쪽 방향에 돌출된 산이 기준점이라고 피력하신다. 내려간다고 하니 학생들이 좋아한다. 올라올 때 땀깨나 흘렸기 때문이다.

이쯤에서 홍산문화를 이렇게 정리하면 이해가 빠를 것 같다.

6,500년 전의 홍산문화는 웅녀 조상들의 문화였다.
중국 랴오닝성 내몽골 츠펑시 요동 지역 일대에 황하문명보다 1,000년이나 앞선 6,500년 전부터 약 1,500년 정도 홍산문화가 존재하였다.

홍산문화의 큰 특징은 빗살무늬 토기와 적석총 무덤, 옥으로 만든 장신구들로 빗살무늬 토기와 옥 장신구는 한반도에서 출토되는 것과 유사하고, 적석총 무덤은 고구려 양식과 동일하다.

그러기에 홍산문화는 고조선과 한반도 초기 역사와의 분명한 연관성을 보이는 동이족의 문화로 보아야 하기에 한민족 전체 역사를 최소한 6,500년으로 연장할 수 있는 명백한 근거가 되고 있다.

주목할 것은 5,500년 전 것으로 확인되는 우하량 여신묘에서 여인 얼굴 모양의 소조가 출토되었는데, 여인의 눈에 옥이 들어가 있다는 것은 여인이 여신으로 추앙받던 존재였을 것이고, 곰 턱뼈와 곰 발바닥 모양의 소조까지 출토되어 여인은 지신족이자 곰 토템 부족의 리더였던 존재로 추정할 수 있다는 것이다.

그렇다면 환웅과 혼인동맹을 맺는 곰 토템 지신족 리더인 웅녀의 조상들이 단군 탄생 1,500년 전부터 홍산문화를 구가했다고 할 수 있을 것이다.

4일 차 - 2018.7.29.(일)

의무려산 입구에 도착하였다. 입구에는 북진묘를 알리는 패루가 서 있고 양편으로는 무덤을 수호하는 사자상이 웃는 모습으로 자리를 지키고 있었다. 중국의 전형적인 고약하고 험악한 모습이 아닌 반려견처럼 앙증맞은 모습에 학생들은 너나없이 얼굴을 만져 가며 사진을 찍는다.

이곳은 청나라 황제가 고향 갈 때 반드시 들렀다는 의무려산 북진묘로 일종의 행궁지이다. 《삼국사기》 기록에 따르면 고구려의 건국지인 흘승골성은 요양 동경성에서 서쪽으로 이틀 거리에 있고, 그곳에서 반나절 더 가면 요택이 있다고 하였다. 이러한 기록들을 보면 고구려 건국지인 흘승골성 및 졸본성이 본계시 환인 지역에 있는 오녀산성이 아니라 이곳 의무려산이 있는 북진묘 인근이었을 것으로 추정된다.

의무려산은 중국 본토에서 요동으로 들어가려면 반드시 거쳐 가야 할 관문이다. 그만큼 의무려산이 가지고 있는 자연 경계로서의 의미가 크고 실제로 문화 양상도 요하가 아닌 의무려산을 기준으로 요서와 요동이 나누어진다. 또한 《후한서》와 《한서》에서는 고구려를 세운 주몽이 도읍을 정한 곳이라고 하는 흘승골과 졸본이란 지역을 현재의 요령성 요양시에서 서쪽으로 요하를 건넌 지점의 의무려산 인근으로 인식하고 있다. 의무려산 정상에 오를 시간은 없지만 워크북을 세밀하게 읽고, 그 의미만은 되새기며 다음 목적지로 떠난다.

4일째가 되니 학생들은 현지 적응이 되어 가고 있다. 답사 동안 약 2,500km를 여행하기에 3시간 정도 이동은 기본이 되어 있었다. 버스를 타면 잠자는 것이 적응의 증거다. 창밖에는 고조선 시대에는 강물과 늪지대였을 농토가 끝도 없이 펼쳐진다.

차에서 내려 시골 밭길을 지나 뒷동산의 소로를 걸어가는 마음은 이미 고인돌로 향하였다. 북방식 고인돌을 볼 수 있다는 기대감으로 누구보다 발걸음이 가벼웠다. 고갯길을 넘어가야 나온다는 교수님의 조언을 듣고 학생들을 격려하며 서둘러 본다. 얼굴에 난 땀을 닦으며 고개에 오르니 드넓은 들판이 전망으로 들어온다.

드디어 해성 고인돌을 만났다. 이곳은 요령성 해성시 고수석산 남쪽 비탈의 구릉 끝이다. 우선 형태부터 살펴보면 웅장하며 축조 기술이 뛰어나 어느 고인돌보다 멋이 있었다. 덮개돌과 고임돌은 모두 화강암 종류이며 손질을 많이 하였고, 덮개돌은 마구리돌 밖으로 나와 처마를 이루고 있었다. 동·서·북쪽의 고임돌은 아래는 넓고 위가 약간 좁은 사다리꼴이며, 덮개돌과 잘 맞추어져 있고 안쪽으로 조금 기울어져 있었다. 남쪽 고임돌은 덮개돌까지 이어지지 않고 위쪽 80cm쯤이 빈 공간으로 되어 있어 내부를 볼 수 있는 형태이다.

청동기시대에 건국한 고조선의 특징 중의 하나가 고인돌이다. 고인돌은 농경문화를 상징하며 전 세계적으로 분포하나 주로 벼농사 지대에서 발견되고 있다. 전 세계 고인돌의 40%가 한반도에서 발견되고 중국의 산둥반도, 요서, 요동 지역, 일본의 큐슈 지역에서도 발견된다.

한반도에서는 화순 지역의 개석식, 고창 지역의 남방식, 강화도 지역의 남·북방식이 분포하여 세계문화유산으로 등재된 것은 주지의 사실이다.

지금 보고 있는 해성 고인돌은 반듯한 돌덩이를 잘 마무리해서 마치 기계로 깎은 것처럼 군더더기가 없다. 덮개돌에 사다리를 놓으면 올라가서 전방을 감시하는 초소로도 손색이 없을 것 같다. 흡사 감제고지 같다. 정착 생활을 하는 청동기시대는 구릉지대에 촌락을 형성하고 목책과 해자를 이용하여 방어시설을 만들고, 분업을 통해 생활을 영위하였다는 교과서적인 내용이 그대로 접목된 모습이다.

그런데 궁금한 것은 남쪽 고임돌의 80cm 빈 공간의 용도였다. 내부는 비어 있으나, 벽면에는 채색한 흔적이 남아 있고 무속 행위를 하였다는 설명도 들려온다.

이와 비슷한 예로 강화도 부근리 고인돌은 북방식의 대표적인 유물인데 고임돌은 2개밖에 없어 무덤의 용도가 아닌 덮개돌에 성물을 올려 하늘에 제를 지내는 제단으로 설명하는 학설이 있기도 하다. 독특한 유물을 만나서 감사한 날이다.

동경성을 찾았다. 전문적인 내용이라 워크북을 참고해 본다. 요양 동경성은 후금의 누르하치가 심양으로 천도하기 전인 1621~1625년까지 후금의 수도였다. 이때 새로운 동경성을 지을 때 기존의 성을 개축한 것으로 보인다. 실제로 요양은 고구려, 발해 등 여러 세력이 거쳐 가면서 중요 요충지로 활용하였던 지역이었고 기존의 성터를 기반으로 개축하는 것이 효율적이었기 때문이다. 그래서인지 동경성 전방의 성벽을 자세히 보면 성의 하부 기단과 상층부의 양식이 확연히 다르다는 것을 확인할 수 있었다.

고구려시대 역사서인 《수서》, 《구당서》, 《신당서》, 《요사》 등의 기록을 토대로 고구려 평양 연구 결과에 따르면 고구려시대 도읍지로서의 평양 천도는 동천왕의 평양성, 장수왕의 평양성, 평원왕의 장안성 3번에 걸쳐 이루어졌단다.

동천왕의 평양성은 지금의 환인 지역이며, 장수왕의 평양성은 지금의 요양이고, 평원왕의 장안성은 고구려의 마지막 도읍지로 최소한 한반도는 아니라고 주장을 한다. 또한 신채호 선생도 《조선사 연구초》에서 "지금의 패수인 대동강을 옛날의 패수로 알고 지금의 평양인 평안남도를 옛 평양으로 알면 평양의 역사를 잘못 알 뿐 아니라, 곧 조선의 역사를 잘못 아는 것이니, 그러므로 조선사를 말하려면 평양부터 알아야 할 것이다."라고 하였다.

즉, 고조선의 중심지는 지금의 조양 지역이었고, 고구려의 중심지는 요양 지역으로 패수에서 배를 타고 낙양까지 가고 한강까지 갈 수 있었다. 우리 역사 속 평양, 패수, 요수(압록강)는 시대에 따라 다른 곳을 뜻하는데, 이것은 때로 민족이 기후변화나 전쟁 등의 사유로 거주 지역을 옮기는 경우, 원래 살던 지역의 주거 환경과 닮은 지역을 찾게 되고 그렇게 정착하고 나면 원래 살던 지역의 지명을 그대로 사용하였기 때문이다. 그래서 우리 역사에는 동일한 지명이 여러 곳에서 나오는 것이다.
여기에서 중요한 사실은 이 동경성이 장수왕이 천도한 고구려 평양성으로 추정된다는 것이다.

연주성(백암성) 답사는 차량이 갈 수 있는 곳까지 이동 후 도보로 등반을 시작하였다. 성 밖에서 성안이 훤히 들여다보여 낮은 구릉 정도로 인식하였으나 올라가면서 기울기는 급해져만 갔다. 우리 조의 여학생들이 하나둘씩 보이질 않는다. 한동안 무너진 성벽 위를 걷는다. 산성 아래에서 뚜렷하게 보였던 퇴뫼식으로 둘러진 성벽을 지금 오르고 있는 것이다. 감개가 무량하다. 3년 전 학습연구년으로 청강하였던 한국전통문화대학교 고고학과 교수님의 백암성 관련 강의 내용이 환청처럼 들리는 듯하다. 그러면서 좀 더 자세히 주변을 살핀다.

이곳은 산 자체가 평평한 퇴적암층이 융기되어 형성된 지형으로 보이며, 이러한 돌판을 쉽게 벽돌처럼 쪼개어 성벽을 구축한 것으로 판단된다. 아마도 모래나 진흙층이 변성된 것이기에 상대적으로 밝은 회백색을 띠어 백암성이라 명명되지 않았나 생각한다. 고구려의 성은 들여쌓기, 기단부에 큰 돌을 사용하기, 그랭이 공법이라는 특징이 있다. 들여쌓기는 성의 하부 돌을 안쪽으로 들어서 쌓음으로써 안정감을 주고, 성의 하단의 큰 돌 사용은 엄청난 하중을 견디기 위함이다. 특히 그랭이 공법은 자연석의 돌을 암수로 맞게 다듬어 좀 더 밀착감을 높이는 공법을 말한다. 치도 정갈하게 쌓았다. 치는 꿩이 몸을 감추고 적을 잘 엿본다는 의미로, 수평의 성벽에서 앞으로 돌출된 부분을 말하며, 직선의 성벽에서는 확보되지 않던 사각지대가 확보됨으로써 적군과 아군의 동정을 살피면서 3면에서 적군을 상대할 수 있는 효과가 있다.

이제는 성벽으로 전진이 어려워 성안의 소로로 내려와 걷는다. 성벽이 무너져 레고 장난감이 흘러내린 것처럼 벽돌 동산을 이루고 있었기 때문이다. 드러난 성벽 내부의 속살은 켜켜이 돌로 채워져 있어 당시 동원된 민초들의 피땀을 느끼게 한다.

참으로 더운 날씨다. 성안은 그늘을 제공하는 큰 나무는 없고 잡목들로 우거져 있었다. 사람이 다닐 만한 소로를 걷자니, 남학생들은 경쟁 심리가 발동하여 헉헉거리면서도 오로지 앞만 보고 뛰어간다. 백암성의 의미를 알고 뛰는지 모르겠다.

정상에 오르니 태자하의 물줄기, 건너온 다리, 농토지, 민가들이 눈 아래 펼쳐지고 봉화대 같은 유구만이 우리를 기다린다. 턱밑에는 땀들이 모여서 소낙비처럼 떨어진다. 조상들의 흔적을 빨리 만나고픈 후세의 발버둥이라 해도 좋겠다.

백암성에 대해 두산백과를 참고하였더니 이해가 확실해졌다.
"고구려시대 서부 지방의 주요 방어성. 둘레 약 2,300m로 요동성에서 동쪽으로 22.8km 거리에 있었다고 한다. 지금의 태자하 북쪽 기슭에 있는 연주성으로 추정된다. 북쪽으로 개모성, 서쪽으로 요동성, 남쪽으로 안시성이 지켜 주는 2km에 걸친 성으로, 외성과 내성으로 되어 있다. 현재 북쪽과 동쪽 성만이 남아 있으며, 북쪽 성벽의 높이는 5~6m이다. 북쪽 성벽에서 동쪽으로 1km 걸어가면 내성이 나타나는데 이곳이 점장대이다. 점장대는 내성 안에 있으며 후에 봉화대로 사용되었다. 남쪽 성벽은 절벽으로 되어 있으며 그 아래 태자하가 흐른다. 축성 연대는 알 수 없으나 547년(양원왕 3년) 신성과 함께 개축하였다고 한다.

551년 돌궐이 성을 침공하였으나 고구려군은 이에 맞서 1,000여 명의 적군을 물리쳤다고 한다. 당 태종이 고구려를 침공했을 때 성주 손대음의 항복으로 함락되었다."

산성을 내려오면서 잠시 생각해 본다. 연주성 안에 1만 명 이상의 군사가 주둔할 만한 공간이 있었던가? 또한 발굴 결과 거주지가 안 보인다는 학계 발표 등을 종합해 볼 때 연주산성은 고구려 산성임에는 틀림없지만 백암산성은 아닌 것으로 추정도 해 본다. 연주산성은 봉화대였나?

심양으로 이동하여 점심을 먹고 철령으로 또 이동하여 개원 노성을 답사하였다.

어수선한 공원 분위기와 오전의 연주성 답사 후유증으로 학생들의 호기심도 점점 흐려져만 간다. 잠시 후 거대한 탑이 보인다. 8각 13층의 벽돌탑으로 높이가 50m는 넘을 듯하다. 4단의 기단층과 1층 탑신부 위에는 13층의 옥개석이 있고 상륜부는 노반과 보주, 찰주로 구성되어 있었다. 학생들과 사진을 찍고 나오면서 무너져 내리고 끊어져 버린 토성을 바라보며 인생무상을 연상해 본다.

석식 후 철령 호텔에 투숙하였다. 집을 떠나 벌써 다섯 번째 맞이하는 호텔이다. 학생들도 배정된 객실을 잘도 찾아간다. 이제 완전히 적응이 되어 지도교사로서 자립하는 모습이 대견스럽다.

무더운 날씨에 차내의 에어컨과 바깥 뙤약볕의 기온 차이로 인해 두통을 호소하는 학생들이 늘어 간다. 그래도 행복하였다고 기억되었으면 좋겠다.

오늘 저녁은 나의 야간 강의가 있는 날이다. 인솔 교사들이 전공을 살리하는 현지 야간 학습인 셈이다. 금번 답사의 주제는 창의융합형 인문학 기행이다. 철학 박사이신 옆 선생님은 어젯밤 동·서양 철학자 강의가 있었고, 오늘 저녁 강의는 고구려의 고분 및 고분벽화 연구이다. 참으로 제목이 장황하다.

우선 미술 수업 시간에 간략하게 언급되었던 내용을 ppt로 재구성하여, 중국 집안 지역과 북한 평양 지역을 중심으로 사진을 첨부하여 제작하였다.

우리의 역사를 중국 땅에서 강의한다는 것이 벅차다. 학생들은 고구려의 문화가 2개의 나라로 유네스코에 등재되었다는 사실과, 교과서적인 내용이 이곳 중국 현장에서는 충돌되는 부분을 감안하며 열심히 듣고 있었다. 간혹 학교에서는 별 관심이 없었던 한국 미술사를 피곤함을 무릅쓰고 듣는 모습이 안쓰럽다.

우선 무덤의 의미와 형태 변화에서 적석총에서 석실묘로 바뀌어 가는 과정과 여기에 벽화가 그려지게 되는 석실묘의 내부 구조, 그리고 시대 변화에 따른 벽화의 종류들을 사진으로 제시하였다. 여기에는 남한의 학자와 기자들이 집안과 평양을 방문하여 촬영한 귀한 사진을 국립중앙박물관에서 전시하였는데, 이를 관람한 필자가 구입한 도록이 참고가 되었다.

철령 호텔 세미나실에서 고구려 고분, 벽화를 강의하고 있는 필자의 모습

엊저녁 연주성 답사 이후 피곤함 속에서도 고구려 고분과 벽화 강의를 경청해 준 학생들에게 감사함을 표한다. 학생들의 얼굴이 오늘은 더 멋있게 보이는 것은 무슨 이유일까. 어제 경청하던 천사 같은 모습이 왜 일선 학교에서는 보이질 않는 걸까!

철령 박물관을 찾았다. 3층 건물로 2001년부터 개관하였으며, 요북 지역에서 출토된 유물들이 주로 전시되어 있었다. 제일 먼저 알아보는 유물은 비파형 동검과 미송리식 토기였다. 오한기 박물관에서 본 것과 똑같은 유물이기에 이젠 친근감마저 든다. 이러한 모양이 요동을 거쳐 한반도 내륙

깊숙이 들어와 역사의 발자국을 남기고 있다.

비파형 동검은 세형동검으로 변하여 제주도에서도 출토가 되고, 미송리식 토기는 한반도 최대 청동기 유적지인 부여 송국리에서 만날 수 있다. 특히, 송국리 유적지에서 발굴된 비파형 동검과 철령 박물관 마스코트인 청동도끼 모양을 닮은 거푸집은 요동 지역의 것과 닮아 문화의 교섭 관계를 살필 수 있는 증거물이다.

그 외에도 민속 관련 전시물, 토기류, 농업용기 전시물을 보면서 어쩌면 저렇게 유사점이 많은지 우리나라 어느 지방 박물관에 온 것 같다.

대화방 댐을 방문하였다. 이곳을 알리는 안내판은 판독할 수 없으니 워크북을 찾아본다. 심양 동쪽 소자하와 혼하의 물줄기가 합치는 곳에 댐을 만들었는데 그 이름이 대화방 댐이고 이곳에 방문하였다. 무더운 날씨에 물놀이를 온 것은 아니고, 이곳을 찾은 이유를 설명하시는 교수님의 말씀을 주의 깊게 경청해 본다.

살수대첩과 관련하여 살수의 위치 논쟁이다. 살수대첩은 전 국민이 알고 있는 고구려와 수나라의 전쟁이다. 필자도 초등학교 때 고전읽기 반에서 익혔던 기억이 난다. 내용으로는 612년 7월 고구려와 수나라의 전쟁에서 벌어진 전투의 하나로 을지문덕이 지휘하는 고구려군이 우중문과 우문술 등이 지휘하는 수나라군을 살수에서 크게 격파한 전투로 살수는 지금의 북한 청천강으로 알고 있다. 이때 수나라는 113만의 군대를 동원하였고, 살아서 랴오닝성에 귀환한 군사는 불과 2천7백 명이었다는 것에 한민족의 자긍심을 가졌던 대목이다.

여기에서 수나라 군사를 수장시켰던 살수는 북한 청천강이 아니라 이곳의 지명인 '살이호'에서 찾을 수 있다면서 몇 가지 논리를 제시하신다. 첫째로 살이호와 살수는 음운적으로 비슷하게 발음되는 지명이다. 둘째로 과거 조선의 유학자들이 고구려 수도 평양을 지금의 북한 평양으로 비정해 놓고 그 인근에서 살수를 찾았다는 것이다. 셋째로 수나라 별동군이 평양성을 공격했다가 살수로 후퇴했다는 기록을 북한 학계에서는 북한 평양성을 기준으로 해서 살수만을 소자하에 비정했다는 한계가 있다. 이는 소자하와 평양의 거리가 너무 멀다는 것이다. 넷째로 청천강의 크기가 과연 대규모 국제전을 치를 수 있는지에 대한 의문이다.

강건하게 말씀하시는 교수님의 모습 속에서 교과서 밖에서 펼쳐지는 학계의 모습을 보는 듯하였다. 정설이 되었으면 하는 바람이다.

무순에서 점심을 먹고 이제는 고구려의 중심지 집안으로 이동하는 시간이다. 무려 5시간을 달려야 한다. 교수님의 말씀은 이어진다. 다른 논점은 철령위의 위치 문제이다.

"철령위 문제는 고려 말기의 고려와 명나라의 국경 문제로 1387년 12월 명 태조 주원장이 고려의 옛 영토였던 철령 이북에 철령위를 설치하겠다는 것을 고려 조정에 통보하면서 촉발되었다. 이 같은 국경 분쟁은 1388년 우왕과 최영의 요동정벌로 이어지고, 이때 요동 정벌군의 이성계가 회군한 사실은 한국사에서 매우 중요한 위치를 차지한다.

요점은 철령의 위치인데 명나라 측에서는 강원도 철령을 가리키고, 고려 측에서는 요동 땅에 대해 고려의 영토라는 인식이 강하였다. 이와는 별도로 명나라에서는 1388년 3월 철령위를 압록강 너머 북쪽에 위치한 봉집현 일대에 설치한다. 어쨌든 고려의 국경은 최소한 압록강을 경계로 한다는 것은 중요한 의미를 지닌다.

문제는 철령위의 위치가 강원도 철령으로 버젓이 학계의 통설로 자리 잡고 있고, 이는 고려시대 국경이 압록강 너머에 있었다는 역사적인 사실이 간과될 소지가 크다는 것이다. 더군다나 교과서에 강원도 북단으로 서술하고 있으며, 요동 땅에 설치되었다는 사실은 언급하지 않고 있다."

한국사의 무지가 밝혀지고 또한 지평은 넓히는 순간이다. 처음 접해 보는 내용이라 사족이라도 붙일 수 없으니 귀국하면 한국사 전공인 집사람한테 꼭 확인해야겠다.

7일 차 - 2018.8.1.(수)

고조선 문화의 생소함에 충격을 받았다. 나의 무지를 깨닫게 하는 여행이었고 학생들을 인솔하는 교사 입장에서 그들에게 가르침이라는 부분에서는 많은 부끄러움을 느꼈다.

어제 오후에 집안에 도착하여 석식 후 압록강에서 어둠 속의 북한 땅을 쳐다본 것으로 고구려 문화의 서막을 열었다.

간밤의 호텔은 국내성 근처에 위치하고 있어 아침 식사 전에 산책을 나갔다. 국내성 성벽을 따라 펼쳐진 새벽장은 싱싱한 농산물을 중심으로 하여 축산과 먹거리 좌판들로 구색을 맞추어 펼쳐져 있었고, 장을 보러 나온 인파들로 생동감이 넘치고 있었다. 사고파는 모습이나, 진열된 상품들은 우리의 오일장 풍경과 똑같았다.

새벽장 뒤로 햇빛을 받아 실체가 드러난 국내성 밑돌은 7~8단으로 늘어져 있고, 들어쌓기 한 밑돌과, 치의 실체는 어디 가고 소박한 언덕배기로 그곳에 그렇게 있었다. 간간이 수막새의 연화문을 조각한 돌덩어리들이 성벽 앞에 덩그러니 놓여 있어 그나마 고구려의 문화를 대변하는 듯하였다.

집안의 고구려 유적은 개인적으로 네 번째 찾게 된 인연이 있었다. 2002년 한·중 미술교사 교류, 한국스카우트 백두산 탐방, 교사 동북공정 연구 배낭여행 등으로 이미 다녀갔으나 오늘은 학생들을 인솔하기에 더욱 성실히 본연의 임무에 충실하여야겠다.

환도산성은 국내성에서 3km 정도 떨어져 있다. 포곡식 산성으로 전체 둘레는 7km이다. 성내에는 물이 흐르고 여러 건물지와 기와편 등 다수의 유물이 발견되었고, 무엇보다 집안을 조망할 수 있는 석축 장대가 인상적이다.

환도산성을 찾을 때마다 변화무쌍한 중국의 모습이 역력하다. 첫째는 성 밖에 산재한 고분들의 관리이다. 2002년도에는 고분 사이에 옥수수를 심고, 길이 있어 다양한 고분을 살폈으나, 현재는 잔디밭으로 변하였고 3중 구조의 울타리가 쳐져 있어 접근 자체가 불가하고 더군다나 사진 촬영은 금지되어 있다. 둘째 변화는 가이드의 위치이다. 대부분 조선족들이 한국 관광객을 맞이하는데 '우리 역사'에서 '중국 역사'로 논점이 바뀌었고 이로 인해 가이드 재계약 때 절대적인 기준이 조선족에서 중국인으로 변하였다. 세 번째로 중국 공안의 접근이다. 아예 한국 관광객의 일원인 양 줄기차게 따라다닌다. 조선족 가이드가 위축될 수밖에 없다. 또한 중국 공안이나 경찰, 군인을 촬영할 시에는 사진기를 빼앗기며, 가이드는 문책을 당한다고 제발 조심해 달라 당부를 한다. 우리의 역사를 어렵게 보게 되었다.

환도산성을 나오면서 차 안에서 고분을 찍어 본다. 흔들리고, 가로수와 철조망에 가려 시원치 않다. 이곳은 고구려 고분의 변천사를 볼 수 있는 고고학의 보고이다. 돌로만 쌓아 올린 적석총에서 아래 기단은 가공된 석축을 쌓고 봉분은 돌이나 흙으로 덮은 형태, 고분 전체가 봉분인 형태 등 1만 개에 이른다는 고구려의 귀족묘를 뒤로하고 다음 행선지로 떠난다.

5회분 5호묘에 왔다. 고구려 고분 110여 곳에서 벽화가 발견되었다. 이 중 일반인들이 볼 수 있는 유일한 벽화가 이곳 5호묘이다. 엊그제 저녁 고구려 고분과 벽화에 대해 주마간산 격이나마 선수학습을 하였으니, 조금이라도 참고가 되었으면 좋겠다. 5호묘의 입구가 바뀌었다. 이제는 터널 속을 한참 걸어야 묘소 입구가 나온다. 시원하지만 습도가 높아 터널 벽면에는 물기가 번져 있었다.

집안시 중앙에 투구 모양의 고분 5기가 줄을 서 있어 5회분이라 부르고, 동쪽으로 다섯 번째 고분이라 5호분이라 칭한다. 4호분과 5호분에서 벽화가 발견되었다.

5호묘는 외방무덤으로 널방과 천장은 매끈한 화강암 판돌을 사용하여 축조하였고, 여기에 직화 기법으로 돌판에 그림을 가득 그려 넣었다. 프레스코 기법으로 제작된 벽화보다 후대에 해당된다.

벽화 내용을 자세히 서술하면 다음과 같다. 널길에는 역사가 창과 활로 널방을 지키는 모습을 묘사하였고, 널방은 크게 세 영역으로 나눈다. 각 벽면에는 좌청룡, 우백호, 남주작, 북현무의 사신도를 섬세하고 생동감 넘치게 그렸다. 널방 네 모서리에는 괴수와 교룡이 들보를 받치는 모습, 천장 고임에는 용으로 휘감긴 들보를 그려 가옥 구조를 상징적으로 표현하였다. 그리고 사신도의 여백에는 연화문, 화염문 등 다채로운 문양을 그려 놓았다. 천장 고임에는 인동당초문, 연화문, 하늘 나무, 천인, 별자리 등을 그렸다. 벽면에는 복희와 여와, 해신, 달신, 승천하는 천왕, 수레신, 신농씨 등이 등장한다. 천장석에는 북극성과 청룡과 백호가 뒤엉킨 모습이 그려져 있다. 참으로 고구려인의 우주관과 사후 세계를 망라하는 벽화이다. 이 중에서 해신을 상징하는 삼족오가 가장 친근하였다. 이제 이곳의 벽화도 어쩌면 박물관에서 사진으로 볼 날이 다가오고 있다. 광물질을 갈아 아교를 섞어 칠한 안료가 습기로 인해 녹아내리고, 입장한 사람들의 호흡으로 인해 벽화 표면이 날이 갈수록 어둡게 변하고 있기 때문이다.

광개토왕비는 유리 보호각 안에 모셔져 있었다. 중국 안내원의 지시에 따라 줄을 서서 입장하였고, 돌에 새긴 기법이나 한자를 읽어 보려 해도 인파에 밀려 나와야만 했다. 학생들은 유리 보호각 앞에서 개인 사진과 조별 사진을 찍는다. 물론 단체 사진도 찍었다.

광개토왕비는 발견에서부터 1,775자가 새겨진 비문에 이르기까지 다양한 해석과 주장으로 왜곡되고 있다. 삼국시대의 기록이 부족한 상황에서 고구려 중심의 세계관과 임나일본부설, 신라와의 관계 등을 알 수 있는 귀중한 금석문인 것은 틀림없었다.

태왕릉은 계단식 돌무지무덤이다. 거대한 규모로 11단의 계단이라고 하나 민둥산을 올라가는 느낌이었다. 정상부에 매장지로 보이는 돌방이 있고, 돌방 내에는 관대가 2개 놓여 있어 줄을 지어 차례대로 내부를 살펴보았다. 내부에는 한국 1,000원짜리 지폐들이 무수히 놓여 있었고 이는 동북공정의 왜곡을 단숨에 뒤집을 수 있는 증거라고 생각되었다. 태왕릉은 거대한 규모와 명문 벽돌이 출토되어 일찍이 고구려 왕릉으로 추정되어 광개토왕릉으로 비정하며, 300m 거리에 광개토왕비가 있었다.

장군총을 바라본다. 참가한 학생들이 제일 보고 싶어 하던 유물이었다. 모두 달려가 거대한 돌덩어리를 만져 본다. 이런 학생들의 모습을 망원렌즈로 담아 본다. 장수왕릉으로 알려진 동방의 피라미드는 오늘도 방문객을 묵묵히 맞이한다. 장학사는 돌의 크기를 비교하려 학생들을 기단부에 세워 가늠케 한다. 좋은 아이디어다.

2002년에 찾았던 장군총은 5층까지 올라가는 나무 계단이 설치되어 있었다. 덕분에 5층에 설치된 연도, 석실, 2개의 관대도 보았고, 적석총에는 벽화를 그리는 공간이 부족하다는 것도 알게 되었다. 차후에 7층 꼭대기에서 기와편이 수습되고, 장대석에 구멍이 파여 있다는 사실을 알게 되었는데 전각 주변에 깃발이 휘날리는 상상도 해 본다.

이제 고구려의 문화재도 보았으니, 백두산을 향해 이도백하로 이동해야 한다. 무려 5시간을 달려야 한다. 가는 길목에는 수많은 옥수수밭이 펼쳐져 있었다.

역사교류단의 주목적은 고조선, 고구려 문화가 핵심이다. 기행의 남은 3일간의 백두산 등반과 독립운동사는 간략하게 정리하고자 한다.

백두산 북파 산문을 통과하여 장백폭포와 천지를 보았다. 천지를 오르기 위해 지프차로 이동하면서 산 아래를 보니 광활한 산줄기가 저 아래로 드리우고, 자작나무도 보이기 시작하였다. 곡예 운전을 방불케 하는 레이스 끝에 천지에 올랐고, 쾌청한 날씨에 하느님께 감사함을 표하였다. 역사기

장백폭포가 보이는 전망대에서 인솔자들과 함께

백두산 천지에서 조원들과 함께

행단은 복 받은 것이다.

산에서 내려와 화룡을 거쳐 독립운동가 나철, 서일, 김교헌 장군 묘소를 참배하고 연길로 이동하였다.

9일 차 - 2018.8.3.(금)

용정으로 이동하여 일송정에 올라 선구자 노래를 합창하는데 가사를 모르는 학생들을 보고 적잖이 당황스러웠다. 핸드폰 검색으로 겨우 마칠 수 있었다. 북간도 명동촌을 찾아 윤동주 시인 생가를 방문하였다. 생가는 말끔하게 잘 정비되어 있었고 입구에 서 있는 거대한 돌덩이에는 '중국 조선족 민족시인 윤동주 생가'라고 새겨져 있었다. 동북공정의 끝판왕을 보는 듯하였다. 윤동주 시인 묘소를 찾기 위해서는 산길을 올라야 하기에 대형버스는 접근할 수 없었다. 무더운 날씨에 에어컨도 없는 낡은 미니버스를 급하게 섭외하여 참배한 기억이 생생하다. 목단강 호텔에 도착하여 모처럼 학생들과 즐거운 시간을 가졌다.

10일 차 - 2018.8.4.(토)

비가 추적추적 내리는 가운데 하얼빈으로 4시간 30분을 이동하였다. 아픈 역사의 현장을 추모하듯 하루 종일 비가 내렸다. 초가을 날씨처럼 신신하다.

731부대 전시관을 관람하면서 말로만 듣던 일본의 비인도적 생체실험 행위와 한국, 중국인의 아픈 역사를 뼈저리게 느끼며 안중근 의사 기념관 으로 이동하였다. 역사의 현장 하얼빈 기차역 안으로 입장하고 싶었지만, 허가가 되질 않아 근처에 있는 사설 안중근 기념관에서 역사의 그날을 함 께하였다. 10여 일간의 대장정을 마치면서 저녁때에는 전체 인원이 모여 각자의 소감을 발표하고 청취하면서 학생들은 더욱 성숙되어 갔다.

11일 차 - 2018.8.5.(일)

귀국하는 날이다. 모처럼 아침에 여유를 부리며 집으로 갈 채비를 마쳤 다. 하얼빈 공항에서 11시 30분에 인천행 아시아나 여객기는 이륙하였고, 우리 역사기행단은 아무도 다친 사람 없이 무사히 인천공항에 도착하였다.

답사를 마치면서 이 행사를 위해 수고하신 모든 분께 감사함을 거듭 표 한다. 우선 무사히 도착함에 제일 감사하며, 고조선, 고구려 역사, 그리고 간도에서 독립운동과 관련된 현장을 접하면서 한민족의 의식을 공고히 하 였다.

그러나 아직 정리되지 못한 고조선의 역사는 학생들에게 많은 혼란을 주 었고, 기성세대인 나에게도 적잖은 도전으로 다가왔다. 방금 다녀온 역사가 모두 사실이어서 교과서에 수록되기를 바랄 뿐이다. 그래도 아쉬움이 남는 것은 청산리 전적지, 발해 유적지를 보지 못하고 지나친 것이다. 워낙 긴 2,500km를 버스로 다니면서 겪었던 시행착오였다.

　귀국하여 최종보고서를 작성하고 성대한 출판기념회를 거치면서 2018 창의융합형 인문학 기행 역사교류단은 역사의 한 페이지로 남게 되었다.

III.

캠핑카로 여행을 떠나다

정선 소금강 전망대 - 2023.11.1.

11. 7번 국도의 한겨울 추억

2020.1.6.(월)

한겨울에 비가 온다. 눈이 와도 이상하지 않은 날씨에 비가 내린다. 연달아 3일 내내 온다는 예보다. 그래도 떠나야 한다. 거금을 들인 수천만 원의 괴물을 활용해야 한다. 시간, 경제력, 건강이 있고, 무엇보다 여행하려는 의지가 있으니 떠나야 하는 것이다. 이러한 4가지 요건이 되는 인생이 과연 얼마나 될까? 즉, 가장 행복한 순위에 내가 있다.

천안에서부터 내리는 비는 청주·영덕고속도로 종착지인 영덕까지 이어진다. 저녁 무렵에 도착한 강구항은 한산하다. 강구항은 바다가 영덕읍까지 길쭉하게 들어온 만 양안으로 여러 건물이 밀집되어 있는 곳이다. 남쪽에는 조선소와 어민들이 살고 있고 우리가 알고 있는 강구항은 북쪽으로 대게 가게들이 줄지어 형성되어 있다. 이 대게 가게 앞에는 일렬의 주차장이 있는데 일반인들이 주차하는 것은 어려운 일이다. 각 가게에서 자가용 손님들을 유치하기 위해 평소 완장을 찬 삼촌들이 기세등등한 모습을 보였던 곳이었다.

그러던 금싸라기 주차장이 텅텅 비어 있는 것이다. 가게마다 뿜어져 나오는 네온사인 불빛을 받은 주차장 바닥은 형형색색으로 빛나고 있다. 캠핑카 주차를 위해 항구 안쪽으로 진행해 들어가니 롱 패딩을 입은 건장한 삼촌들이 가게 앞에서 어서 오시라는 듯 손을 흔들며 호객 행위를 한다. 세상에 쉬운 일이 어디 있으랴! 무엇 하나 만만한 것은 없다. 단언컨대 없다. 이런 삶의 현장을 우리는 지나간다. 손님과는 전혀 관계없다는 식으로 말이다.

캠핑카가 주차하기 어려운 강구항의 동편 쪽에 넓은 주차장이 만들어졌다. 바다 일부분을 매립하여 주차장, 광장을 만들어 큰 행사 때 사용하려는 모양이다. 이 주차장을 중심으로 항구 쪽 수산물센터 옆에 수세식 공용화장실이 새로 생겼고 실내에는 동파 방지를 위해 난방기가 가동되어 차박자에게는 최상의 정박지가 탄생한 것이다.

캠핑카 여행 스타일도 각양각색이다. 한자리에 장박하여 다양한 음식으로 잔치를 벌이고 쉬고 가는 스타일, 다양한 운동기구로 자전거나 낚시, 레포츠, 등산을 즐기는 행동파 스타일, 우리처럼 문화재를 중심으로 이동하는 유목 스타일 등이 있는데 여기에 오일장 구경과 사진을 찍는 일까지 합세하여 집사람의 원성을 사기도 한다.

계속 이어지는 비 속에 주차장서 화장실까지의 거리, 가로등 위치, 한적한 지점, 그리고 제일 중요한 바닷가 뷰 등을 고려하여 주차하였다. 빗길에 3시간 넘는 운전의 대가다. 안도의 숨을 몰아쉬고 창밖을 보니 먼저 있었던 다른 캠핑카가 어느새 사라졌다. 늦은 저녁에 어디를 갔을까? 서로 말은 없지만 근처에 있으면 반갑고 마음의 위안을 받는다. 비슷한 삶으로 연결되기에 연령대를 보면 견적이 나온다. 우리는 비교적 젊은 축에 속한다. 오십 중반에 삶을 누리니 노부부 캠퍼들은 걱정 반, 호기심 반으로 말을 건네 온다. "젊을 때 해야 좋지! 젊은 사람이 돈이 많은가 봐." 등의 다양한 복선으로 간을 보지만 초면에는 상호 간 선문답이다.

그간 자가용으로 여러 번 와본 강구항은 친근하다. 자식들이 초등학생 때쯤인 15년 전 복숭아꽃이 필 무렵에 찾았던 강구항은 대게의 풍년이었다. 물양장 뒤편 노점에서 만난 노부부의 대게 좌판에서 대게 8마리를 당시 가격으로 7만 원에 구입하였던 기억이 있다. 물론 다리 한두 개가 사라진 B급 물건이지만 먹는 데는 지장이 없는 놈들이었다. 그러면서 항구 뒤편 자기 집에 가라고 하시며 가면 며느리가 삶아 줄 것이라고 권유하셨다. 초등학교 3학년 아들과 1학년 딸내미를 보시고 베푸신 인정으로 감사히 응하였다. 방문하니 며느리 되시는 분이 삶아 주셨고 대청마루에서 밑반찬까지 대접받으며 맛있게 먹었던 추억이 새롭다. 아들은 군을 제대하여 대학에 복학하고, 딸은 대학 졸업반이 되니 함께 여행하는 호사는 품 안의 자식일 때까지인가? 이래서 추억은 아름다움을 내포하고 추상으로 가미하며 상상 이상으로 꿈을 꾸게 만드는 모양이다.

캠핑카에서 된장찌개로 저녁을 먹고 우산을 쓰면서 산책 나온 강구항 주변은 적막강산으로 변하였다. 대부분 불 꺼진 상가와 천막과 끈으로 정리한 난전들이 을씨년스럽기도 하다. 이따금 늦은 손님이 혹시라도 올까 기다리는 가게 앞은 일부러 돌아서 다녀 본다. 강구면 농협 주변에는 이곳을 대표하는 지역 맛집들이 있다. 사시사철 다양하게 올라오는 생선들의 품목에 따라 음식은 달라진다. 요즈음에는 도루묵, 양미리, 곰치 등이 단연 주연이다. 사람마다 호불호가 있겠지만 로컬 푸드 맛을 보는 것은 지역을 살리는 길이다. 같이 먹고살자.

　여행객 측면에서 바라보는 강구항은 입항한 배에서 내리는 하역 모습이나, 위판장, 소매업을 하는 아줌마들, 채소와 초장을 파는 모습들 모두에게 호감이 간다. 그러나 비가 내리는 오늘 같은 상황은 모든 것이 스톱이다. 24시간 편의점 간판만이 나 여기 있다고 생색을 내고 있다.

2020.1.7.(화)

　계속 비가 내린다. 덕분에 영상의 기온이다. 새벽에 혹시나 해서 물양장에 나가 보았으나 조용하다. 3일째 내리는 비로 어선들의 출항이 없으니 그야말로 개점휴업이다.

　아침은 캠핑카에서 엊저녁 먹다 남은 된장찌개와 불고기로 해결하고 지금부터의 계획은 고성까지 동해안 옛 7번 국도 행진이다. 힘차게 시동을 걸고 여유롭게 고행의 첫길을 나선다. 북쪽으로 향하는 길목엔 여전히 비가 흩뿌리고 있다. 우측으로 펼쳐진 동해 바다는 검푸른 파도가 다가오고 먹이 활동을 하는 갈매기들이 백사장이나 바위 위에 무리를 지어 앉아 있다. 이따금 한두 마리 활공하지만 금세 가로등 위로 옮겨 앉는다. 그리고 때를

날씨 좋고 파도가 치는 날에 보았던 갈매기들

기다리는 열공 모드다.

　대구대학교 영덕연수원 마을에 '밥식당'이 있다. 지난 가을에 찾았던 이곳은 정겨운 곳이었다. 사실 오늘 아침을 여기에서 특미인 황태국을 먹으려 하였으나 집사람이 정성스레 냉장고에 채워 온 음식으로 이미 해결하였기에 다음을 기약한다. 경상도 동해안 음식은 충청도 사람에게는 낯설다. 특히, 김치는 푹 익혀 식감적인 측면에서는 젓가락질이 멀다. 맛도 그렇다. 하지만 작년 가을 영덕 해맞이공원 일대로 천안사진협회 정기 출사를 추진했을 때 인터넷에서 이곳 음식을 검색한 결과 강구항의 내로라하는 대형식당들을 물리치고 선택한 '밥식당'은 수많은 '좋아요' 댓글이 마음에 들어 선택한 곳이었다. 아마도 황태 대가리, 다시마, 파뿌리, 멸치로 기본 육수

를 만들고 들기름에 볶은 황태채를 육수에 투하하여 한소끔 끓인 후 청양
고추, 파 등으로 양념한 뚝배기황태해장국은 자정에 출발하여 시장한 진사
들에게는 최적의 음식이었을 것이고 이러한 맛집을 섭외한 것에 찬사를 받
았던 기억이 생생하다.

영덕 풍력발전단지 앞바다에는 해맞이 광장과 대게 등대가 여행객을 맞
이한다. 대게 등대에는 화장실과 간이매점이 있고, 바닷가까지 내려가는
오솔길이 예쁘게 정비되어 있어 여러 사람들이 찾는 곳이다. 새해에는 해
맞이 인파가 넘쳐나 이곳까지 접근하기 어려울 정도로 인산인해를 연출하
는 곳이다.

그러나 오늘은 아무도 없다. 매점은 휴업 상태이고 가끔 차량이 서고 가
고 할 뿐이다. 우리도 일단은 정차를 하였으나 바닷가까지 내려갈 엄두는
내지 못하고 망설이고만 있었다. 이때 집사람이 냉장실에 담아 온 LA갈비
를 굽자고 한다. 마침 주변에 비 가림 된 그늘막에서 성대한 잔치를 벌여
본다. 가스레인지와 프라이팬을 꺼내 고기를 굽는데 바람이 심해 바람막이
로 가스레인지를 두르니 불꽃이 안정적이다. 금세 간이식당으로 변신한다.
이윽고 갈비 향이 풍기고 낭만적인 분위기 가운데 우리 부부만의 세상이
다. 저녁까지 먹을 양으로 충분히 구워 여유분은 통에 담고 사용한 그늘막
자리는 흔적 없이 떠나면 되는 것이다.

풍력발전단지를 뒤로하고 바닷가 동네 길을 달린다. 고만고만한 민가들
사이에 민박집들이 눈에 들어온다. 3층의 펜션형 민박집도, 방이 서너 칸

정도의 외할머니집 같은 민박집도, 잔디 정원이 딸린 그림 같은 민박집도 스쳐 지나간다. 여름철에는 귀한 몸값이나, 오늘 같은 겨울철에는 손님은 뜸해도 동파 방지를 위해 보일러를 가동하겠지? 여름철의 바가지 상혼에 몰매 맞는 주인도 할 말은 있을 것이다. 이런 쓸데없는 생각으로 참견을 해 본다.

바닷가에 연한 공터에는 빈 덕장들이 줄지어 있다. 비가 오니 계절의 진객 주인공은 간데없고 비만 맞고 있다. 날씨가 좋으면 어떤 놈들이 매달려 있을까? 한류의 남하와 치어 남획으로 오징어는 금징어가 되어 하얀 속살을 내보이며 줄지어 펄럭이던 장관은 사라진 지 오래고, 한두 마리의 물메기만이 텅 빈 배 속에 막대기를 찬 채 처마에서 말라 가고 있는 것은 주인의 반찬으로 건조하는 것일 것이다. 다행인 것은 최근 들어 한류성 고기인 청어가 어획되어 과메기의 주인임을 자처하고 귀한 몸값을 보여 주고 있다고 하니 반가운 일이다.

과메기! 이 낯선 이름을 수산물 시장이나 택배로 만날 수 있는 것은 냉동 꽁치 덕분이리라. 청어를 대신하여 냉동 꽁치가 일약 스타가 된 것이다. 새파란 하늘 아래 두 동강 난 몸체를 한 줄에 의지하여 사나흘 말라 갈 때 높은 파도에 실린 소금기가 양념으로 가미되고 기름방울이 똑똑 떨어지는 모습은 한 컷의 사진 작품일 텐데 현 상황이 이러니 아쉽기만 하다. 과메기는 포항 부근에서 대규모 덕장을 운영하지만 영덕 지역은 식구끼리 소규모로 운영한다고 한다. 먹는 방법은 봄동 배추에 김, 다시마, 쪽파, 마늘, 양념장이 하나가 되어 입으로 입장을 하고, 여기에 소주를 만날 때 최고의 행복감을 느낀다. 이놈의 과메기도 껍질을 제거해야 식감이 좋다나? 입맛은 간사하다.

동네 앞의 조그만 항구들을 여럿 지나니 대진해수욕장과 고래불해수욕장이 쫙 펼쳐진다. 여러 번 와 본 대진해수욕장에서 쉬어 가려 정차하였으나 화장실은 동파 방지를 위해 폐쇄한다는 안내문이 있고 주차장은 물웅덩이로 을씨년스럽다.

다리를 건너 고래불해수욕장까지 가 보련다. 10km에 걸쳐 송림과 하얀 백사장이 전개되는데 고래불이라는 지명은 인근 영해면 괴시리 전통마을과 밀접한 관련이 있다. 이곳의 선비가 산에 올라 동해 바다의 고래를 발견하였다는 이야기가 지명으로 불리게 된 시발점이라 한다.

다리를 건너니 우측에는 경비행장이 있었는데 활주로에 오토캠핑장과 거대한 트레일러 숙소들이 들어서 일반인들이 접근하기에는 눈치가 보이는 곳으로 변해 가고 있다. 숙박하는 손님은 없는 듯 움직임이 안 보인다. 모두가 좋아하는 전망 좋은 곳들은 이러한 시설이 들어차 있어 일반인들은 허접한 곳으로 내몰리고 있는 것이 해변가의 현실이다. 그래도 영덕 지역은 수도권과 고속도로에서 멀어 자연의 미가 남아 있는 고장이다. 앞으로 제천·삼척고속도로가 완공되면 이곳도 삼척, 강릉, 양양, 속초 바닷가처럼 거대 자본으로 잠식되어 개성 없는 해변가로 변할 것이다.

동해안을 여행하다 보면 지형적인 특징으로 작은 항구 마을이 조성되어 있다. 천혜의 어항이 아닌 지형은 방파제 사업을 벌여 일자형, L자형, ㄷ자형으로 항구의 모습이 형성되는데 방파제 끝에는 등대가 위치한다. 등대의 모양이 지역사회를 나타내는 다양한 모습으로 만들어져 보는 즐거움도 여행의 맛이다. 그런데 모양은 달라도 색상에는 분명히 정보가 있을 것 같아 주의 깊게 살펴본다. 바로 흰색과 빨간색이 한 쌍이다. 검푸른 바닷물에 대비하여 이러한 색상 대비가 효과적일 것이나 위치는 규정이 있을 것 같아 인터넷 검색을 하니 바닷가 쪽은 빨간 등대, 육지 쪽은 하얀 등대가 위치한단다. 즉, 흰색, 빨간색 사이로 배가 들어오라는 신호인 것이다. 그럼 그렇지! 누구에게는 낭만의 상징물이지만 안전이 우선인 현지에서는 '국룰'이다. 또한 위험 지역에 설치하는 등표도 있다. 이것은 대략 노란색으로 침몰이나 조난 사고의 위험성이 있는 곳에 설치하여 운영한다. 색이 갖는 감정을 해변에도 적용하는 사례를 발견할 수 있다. 깨닫는 기쁨, 넘치는 상식! 이 또한 여행의 즐거움이리라.

울진으로 넘어간다. 원자력발전소를 지나 친환경생태박람회장을 거쳐 북쪽으로 간다. 오늘은 동해 추암해수욕장에서 하룻밤을 보낼 계획이다. 점심을 지나니 파도가 심상치 않다. 너울성 파도로 바다가 성났다. 계속 밀려오는 큰 파도들이 연신 해변가를 희롱하고 그 여파로 바위와 방파제를 넘어 쏟아지는 포말은 거대한 폭포를 연상케 한다. 장관의 연속이다.

열악한 암초 위에 설치된 노란색 등표는 수난을 겪고 있다. 밀려오는 파도는 포말을 흩날리고 이글거리는 에너지로 등표를 덮치고 잠시 잔잔하기를 반복하면서 또다시 철썩인다. 맨몸으로 파도를 이겨 내고 있다.

잠시 차를 멈추고 파도를 이겨내는 등표를 촬영해 본다. 우선 슬로 숏을 이용하여 파도의 흐름을 잡아 본다. 또한 지속적인 파도를 켜켜이 겹쳐 안개 같은 효과를 주기 위해 ND 1,000 필터를 장착하여 1분 정도의 장노출을 연출해 본다. 하얀 안개에 싸인 노란 등표의 뽀얀 모습이다. 파도를 이겨내는 등표에게 보내는 찬사이다. 문제는 오늘처럼 비가 오는 날에는 우산을 받치고, 삼각대를 설치하고 필터까지 장착해야 하니 때론 귀찮을 때도 있다. 예술도 해야 하니 집사람의 도움이 무엇보다 중요하다.

파도에 당당한 등표

추암해수욕장에 왔다. 철교 밑 굴레방다리를 통과해야만 들어올 수 있는 아늑한 장소다. 소담하고 신비로운 비경을 간직했던 이곳은 동해 일출 1번지로 진사들의 일출 촬영지로 각광받는 곳이다. 허나 정겨웠던 민가들이 사라지고 그곳에 거대한 상가와 오토캠핑장이 들어서면서 관광지로 변하였다. 더군다나 해변의 크기도 줄어들어 추암 촛대바위의 명성이 훼손되었다고 본다.

세상이 변하는 것을 내가 어찌 막겠는가! 작년 여름에 추암오토캠핑장 사이트를 정말 어렵게 하루짜리라도 예약하여 지냈던 추억이 있어 고향집에 찾아온 기분이다.

촛대바위가 있는 추암관광지는 군 경계 지역으로 초소가 운영되는 곳이었다. 이제는 민간인들에게 개방이 되어 상시 출입이 가능한 곳이다. 어쩌면 안보 불감증인가. 자신감인가. 아니면 지자체의 요청에 의해 경계 지역에서 해제된 것인가. 이곳 동해시부터는 강원도 땅이다. 북쪽의 강릉, 양양, 속초, 고성 지역이 안보의 현장이다. 낮에는 빈 초소 같으나 밤이 되면 우리의 아들들이 밤새 경계근무를 하는 신성한 군 복무의 현장이다. 그동안 동해안을 통해 자행된 북한의 소행은 이루 말할 수 없을 정도로 많았다. 1968년 울진, 삼척 무장공비 습격 사건, 잠수함 침투 사건, 최근에는 목선 기항으로 군의 경계 태세에 대해 많은 국민들이 걱정하고 있다. 같은 맥락에서 여행을 다녀 보면 해안선 경계 철조망은 거의 사라지고 무방비로 노출된 인상이 든다. 물론 영상 장비 등을 활용하여 경계근무에 힘쓰는 줄 안다. 그러나 마음이 편치 않다.

강원도 해안선 작전을 총괄하는 많은 장병들에게 응원의 메시지를 전해 본다. 평화의 길로 가는 것은 분명하지만 북한이 오판하지 않도록 맡은 임무에 충실하라고 말이다. 그리고 군 복무에 의미를 부여하여 국가관을 충실히 구현하라는 정신교육도 하고 싶다. 이렇게 한낱 여행객이지만 감정에 호소하는 이유가 있다. 군 시절 강원도 철원에서 소대장으로 같이 근무했던 친구가 승승장구 영전하여 이곳을 관할하는 8군단장으로 최근에 취임하였고, 취임사에서 철통경계를 다짐했던 강대한 음성이 들리는 듯하다. 부디 재임 기간 동안 성공적인 작전을 수행하길 빈다. 내일 군단을 지날 때 반가운 얼굴을 보며 차 한잔하고 싶지만, 나라를 지키는 귀하신 신분이기에 차후를 기대해 본다.

계속되는 빗속에 추암해수욕장 바깥 무료 주차장에 도착하였다. 해수욕장 출입을 위해선 동해선 철길 밑을 통과해야 하는데 지금 출입구 터널 확장 공사를 하고 있어 출입이 불가능하다. 대신 무료 주차장에 주차하려 하니 화장실 부재와 이미 대형 트럭들이 점령하고 있어 다른 곳을 찾아야 한다. 작년 추암오토캠핑장에서 1박을 지낸 경험으로 옆 동네인 삼척시 이사부사자공원으로 이동하였다. 너무나 잘 정리된 주차장과 화장실이 있어 오늘 밤 신세를 지려 한다. 참고로 이사부사자공원은 우산국을 병합한 신라 장군 이사부의 개척정신과 얼을 이어가는 공원으로 추암 촛대바위까지 데크길로 연결되어 있다.

2020.1.8.(수)

밤새 빗소리를 들으며 아침을 맞이한다. 옆에 주차한 캠퍼에서 인기척이 있다. 1톤 트럭 위에 캐빈을 올린 형식으로 엊저녁 도착을 하였다. 상호 간단한 인사는 나누었다. 할아버지, 할머니, 손자, 손녀 4명이 여행 중이란다. 나도 언젠가는 손자, 손녀를 데리고 여행하련다. 남보다 큰 6인승 캠핑카를 구입한 저변에는 이런 계산도 깔려 있었다.

신라 장군 이사부의 뜻을 받들고자 언덕 전체를 공원화시킨 삼척시! 24시간 개방으로 관광객을 맞고 있으나 신년 초인 지금은 지나는 사람이 거의 없다. 건너편의 쏠비치삼척리조트 손님들이 산책하러 나온 듯 간혹 보일 뿐이다. 어젯밤 11시쯤엔 공원의 조명들은 꺼지고 가로등만 빗속에 떨고 있었다.

조식을 마치고 해변 데크길로 나섰다. 바다로 흘러가는 개천물이 데크길 아래 큰 웅덩이에 몰려 있다. 백사장을 넘어 바다로 흘러가야 하나 강한 파도가 밀려오며 개천 입구를 막으니 때를 기다리고 있는 중이다. 웅덩이가 만수위 되고 상대적으로 파도가 약할 때 봇물 터지듯 바다로 흘러가고 다시 높은 파도로 입구가 막히는 자연의 섭리는 반복되고 있었다. 개천의 민물이 바닷물과 만나는 부분에는 물고기가 몰리고 이를 노리는 갈매기 수백 마리가 먹이 활동을 위해 진을 치고 있다. 숭고한 삶의 단편이다.

삼척 쪽 언덕 데크에서 내려다보이는 추암해수욕장은 장관을 연출하고 있다. 연거푸 밀려오는 파도에 촛대바위를 덮치는 포말이 주변부까지 확산하여 안개 낀 형국으로 묘사되고 있다. 이 또한 사진 촬영의 즐거움이다. 좋은 포인트에 좋은 광경이다.

이 와중에도 추암오토캠핑장에서는 대형 텐트 2동이 야영 중이다. 대단한 사람들이다. 장비를 보니 만만치 않은 준비성이고 차량도 외제차에 국내 대형 SUV 차량이다. 텐트로 들어가는 전기선이 보이고 화목 난로 연통에서 연기가 나오는 것으로 보아 실내 살림살이도 근사할 것이다. 한겨울 야외에서 신년을 맞이하는 유목민의 후예들이다.

추암해변가에서는 바다가 울고 있다. '꽈악~', '튜우~' 하며 연신 파도가 해변을 덮친다. 물보라로 안개가 자욱할 지경이다. 얼굴에 냉기 어린 수증기 방울이 계속 내려앉는다. 카메라에 소금기가 도포되는 것을 알면서도 장노출 촬영은 한동안 계속되었다. 집사람이 기다리다 지쳐 캠핑카로 간다고 한다. 같이 가야 한다. 사진 촬영은 이쯤에서 마치고 장비를 챙겨 철수하였다.

울고 있는 추암의 바다

캠핑카로 돌아오니 영동 산간 지역에 반가운 폭설이 내리고 있단다. 얼마나 즐거운 일인가! 신년 들어 영상의 기온으로 눈 구경은커녕 며칠째 비만 내리니 영동 지역의 위상에 금이 가는 순간이다. 눈 소식에 갑자기 마음이 급해져 강릉, 양양을 건고뛰고 속초 미시령으로 향하였다. 왼쪽으로 병풍처럼 펼쳐져 있는 태백산맥 고봉은 하얀 옷으로 덮여져 있어 가까이서 보고픈 생각으로 모처럼 속력을 내본다. 속초로 들어서니 낯익은 모습들이다. 대포항, 속초해수욕장, 청초호 아바이마을, 갯배 타는 선착장을 밑으로 보면서 속초관광주차장에 도착하였다. 미시령으로 가기 전에 오늘 저녁거리를 마련할 요령이다.

속초중앙시장을 찾았다. 만석닭강정과 해산물이 생각나는 곳이다. 저녁은 그동안 먹었던 LA갈비에서 벗어나 해물탕을 요리하려 지하 수산물시장으로 갔으나 휴업이란다. 어쩔 수 없이 시장 뒤편의 좌판 어물전에서 도루묵 무더기들을 발견하고 절반만 사려 하니 할머니 얼굴이 구겨진다. 어림잡아도 절반이 안 되는 양을 받았다. 그렇다고 따질 수도 없는 노릇에다 나중에 보니 모두 수놈들이다. 입안에서 톡톡 터지는 도루묵알 맛을 기대한 내가 멋쩍었다. 그러면 암놈들은 어디 있을까? 모두 식당으로 갔단 말인가. 높은 파도와 계속되는 비로 어선 출항이 발이 묶인 것인가. 여행은 이렇게 많은 변수를 내포하는 법이다. 받아들여야 한다.

비가 그쳤다. 먹구름 사이로 간간이 나오는 햇살을 보니 기분이 상쾌해진다. 활력이 샘솟는다. 이런 기분을 가지고 울산바위 미시령으로 향하였다. 지금은 미시령 터널이 개통되어 빠르게 인제, 원통 지역으로 통하지만 눈만 내리면 통행이 금지되는 악명 높은 고개 미시령이다. 사진 찍는 사람들은 미시령 옛길을 즐겨 다니며 울산바위의 장엄한 모습을 사시사철 렌즈에 담기도 한다. 학사평 리조트 단지를 지나 미시령 옛길로 들어섰다. 중턱 정도에 간이주차장과 울산바위를 조망할 수 있는 포인트가 나온다. 한껏 부푼 기대를 가지고 화암사와 미시령 옛길로 갈라지는 삼거리에 도착하니 순찰차와 경찰이 나를 맞이한다. 물론 차단기가 내려져 있었다. 미시령 옛길 고개 중턱부터 눈이 쌓여 있어 통행금지란다. 가고 싶으면 걸어서는 가능하단다. 그때 한 대의 SUV 차량이 경찰과 대화를 나누나 싶더니 이윽고 차단기가 올라가고 산길로 사라진다. 중턱의 조상에게 성묘를 간다는 것이다. 나도 나름의 억지를 부리고 싶지만 쿨하게 돌아섰다. 경찰관이 얼마나 고생하는가! 사진은 다음에 찍으면 된다. 사실 현재 울산바위의 피사체는 먹구름에 역광 상황이고 쌓인 눈도 별로 없다.

미시령 고개를 올려다보자 주변과 우측의 화암사 뒷산이 하얀 도포를 입은 듯 당당하다. 저 멀리 대청봉 방향의 새하얀 고봉들을 보는 것으로 만족하였다. 푹한 날씨로 하얀 눈은 모두 산꼭대기로 올라간 것이다. 그래도 아쉬웠다.

오늘 정박지를 고성 공현진 주차장으로 정해 본다. 가는 길목에 있는 신평벌 잼버리장 전망대로 이동하였다. 일반인들은 무심코 지나가는 곳이지만 이곳은 1992년 세계잼버리가 열렸던 스카우트 성지인 곳이다. 지금은 한국스카우트로 개명되었지만 많은 어른들이 기억하고 있는 보이스카우트 이름이 그것이다. 필자도 2000년 이후 아시아 태평양 잼버리, 인터내셔널 패트롤 잼버리, 한국 잼버리 등의 행사에 참여하였던 곳이다. 여름방학이면 스카우트 대원들을 인솔하여 행사에 참여할 수 있도록 마음 써 준 집사람에게 그간의 무용담을 풀 수 있는 곳이다. 전망대에 올라 미시령 우측의 금강산 줄기의 화암사, 좌측의 설악산 줄기와 바다 쪽의 영랑호, 지근거리의 학사평 일대 콩 요리와 리조트들에 대해 브리핑을 계속하였으나 반응이 신통치 않다. 그래. 가서 좀 쉬자. 오늘 멀리 오지 않았나. 생각보다 눈구경에 실망한 집사람의 얼굴이 안 좋다. 이럴 땐 분위기 전환용으로 몇 마디 거든다. "당신 울산바위 전설 알아?", "이 사람이 나를 뭘로 알아? 명색이 역사 교사야." 사실 그렇다. 집사람은 국사, 세계사, 지리 교사다. 나에게 지식의 영양분을 심어 주는 보물 같은 사람이다. "그럼 속초의 어원도 알겠네?" 대답이 없다. "울산 군수가 바위를 도로 가져가려고 풀로 끈을 만들어 바위를 묶었다는 뜻에서 속초가 생겨났대! 그리고 영랑호는 신라 화랑도들이 이 호수의 풍경에 매료된 일화에서 생긴 지명이라지? 또한 동해안의 다양한 석호가 이제는 관광지로 변하여 잠시 후 지나갈 송지호도 철새 도래 전망대가 들어섰다네. 이것도 생각나? 기아자동차 바캉스 이벤트에 2번이나 당첨되어 아이들과 야영했던 오토캠핑장이 저 아래 봉수대 해수욕장이었잖아!"

처갓집 식구들과 한여름 여행 중 땀을 식혔던 청간정을 뒤로하고 인연이연 걸리듯 아련한 추억의 장소를 뒤로하고 캠핑카는 달리고 있었다.

고성군 공현진항 동편 바위를 옵바위라 한다. 바닷가의 바위들이 억겁의 세월 동안 파도에 깎이고 깎여 지역마다 다양한 모양으로 분포되어 여행의 즐거움을 더해 준다. 이곳 옵바위는 항구에서 보면 그저 평범한 바윗돌이나 해수욕장 방향에서 보면 흡사 군함처럼 보인다. 군함처럼 생긴 바위 중앙 부분으로 해가 떠오르는 이때가 국민 출사 포인트다.

내일 장쾌한 일출이 기대되어 촬영 포인트인 해변가에 정박하려 하나 화장실 폐쇄와 높은 파도 소리로 밤새 시달릴 생각에 보다 아늑한 장소를 찾아 공현진 공용주차장으로 이동하였다.

공현진항은 적막강산이다. 항구에 무리 지어 정박한 어선들이 파도에 따라 이리저리 흔들리며 끼익끼익 하는 소리가 묘한 분위기를 연출한다. 주변의 두어 군데 횟집에는 동네 사람들로 보이는 이들이 가게를 정리하는 모습 외에는 지나다니는 사람조차 없다. 저녁 8시쯤이 되니 간판도 꺼지고 가로등만 남았다.

넓은 주차장에 덩그러니 캠핑카 한 대 주차! 이제는 적응되는 풍경이다. 주변의 배 모양의 화장실과도 친구 하고픈 저녁이다. 낮에 속초에서 구입한 도루묵을 손질하여 얼큰한 탕으로 요리하련다. 냄비에 무를 깔고 도루묵을 일렬횡대로 열을 맞춘 다음에 양념으로 옷을 입히고 자작하게 끓이면 된다. 캠핑카 내부에서는 환풍기를 가동하고 환기창을 열고 조리를 시작한다. 이윽고 보글보글 소리와 냄새가 진동한다. 급하게 시장기가 밀려온다. 조금 더 자작하게 졸이면 된다. 이때 어둠 속에서 녹색의 움직임이 감지된다. 동네 고양이들이 슬금슬금 기어 온다. 어떤 놈은 차 밑까지 진출하여 때를 기다리고 있는 듯하다. 냄새는 속일 수 없으니, 이곳의 수인인 고양이들에게 남은 소시지라도 던져 준다. 옜다! 먹어라! 상납이다.

비교적 맑은 날씨다. 간간이 엷은 구름이 흘러가지만 근자에 들어 최상의 날씨다. 새벽에 캠핑카를 어제 봐 두었던 촬영 포인트로 옮겨 놓았다. 아직 일출까지는 두어 시간 남았다. 아무도 없다. 최소한 촬영 포인트에서 자리싸움 하는 꼴불견은 없을 것 같아 편안한 마음이다. 촬영 장비를 세팅한 상태로 실내에서 머물 생각이다. 고정 침대에서 바다를 주시해 본다. 고정 침대에서 보이는 창문은 하나의 캔버스이다. 와이드 규격의 3면 창을 통해 들어오는 파노라마의 풍경은 최고의 뷰를 선사 한다. 아직은 해변가의 가로등은 선명하나 동남쪽의 하늘에서 여명의 기운이 감지된다. 이젠 나가야 한다. 촬영 포인트에 삼각대를 더욱 눌러 고정하고 카메라 기본 세팅값을 다시 한번 확인해 본다. 뷰파인더에 가로등의 영롱한 빛이 보인다. 조금 더 기다려야 한다. 통상 일출 30분 전부터가 매직아워이다. 붉은 기운이 하늘과 바다에 퍼져 예측하지 못한 스펙트럼이 펼쳐진다. ND 필터를 사용하여 파도를 안개로 바꾸는 마술도 시도해 본다. 이윽고 옵바위 가운데로 해가 올라오면 연신 셔터를 누른다. 이즈음 갈매기들의 먹이 활동으로 비행이 시작되고 건너편 공현진항에서 출항하는 어선들이 바위와 어울릴 때 촬영의 절정이다. 이제야 집사람도 합류하여 핸드폰으로 일출을 찍는다.

올해에도 가족 건강과 자식의 앞날을 기원해 본다.

옵바위의 여명 모습

옵비위의 일출 모습

12. 청정 지역 고흥 나들이

2020.1.15.(수)

유자, 김일 레슬링 선수, 나로호로 대변되는 남쪽 나라! 어느 남해 섬보다 인식도가 떨어져 조금 소문이 나지 않은 반도. 또는 한센병 환자가 모여 살던 소록도가 있었던 곳으로만 알려져 나들이를 주춤하게 만드는 어쩌면 미지의 땅! 겨울맞이 부부 캠핑카로 여행을 떠난다.

천안에서 출발하여 천안·논산고속도로, 완주·순천고속도로를 거쳐 고흥읍을 지난 다음 녹동항에 스텔스로 자리를 잡았다. 저녁 8시에 도착하여 적막한 항구 주차장에서 시동을 끈다.

정박지의 첫째 조건은 화장실이다. 캠핑카에도 고정식 화장실이 있으나 뒤처리를 위해 카세트 통을 화장실에서 처리해야 하는 번거로움이 있다. 이에 가능하면 지자체에서 운영하는 깨끗한 화장실을 찾는데 겨울철에는 동파 방지로 2월까지 폐쇄하는 경우가 많다. 그러나 남부 지방과 남해안 섬에서는 영하의 기온이 거의 없어 개방하는 경우가 많다.

둘째는 공용주차장이다. 이곳은 선착장용 주차장으로 상당히 넓고 길게 배치되어 있다. 낚싯배를 운영하는 선주들이나 낚시꾼들이 이용하는 주차장임을 감안하여 비교적 한산한 곳에 주차하고 늦은 저녁 준비를 한다. 이 두 가지 조건만 충족이 되면 그 어디든 안방이 되는 것이 캠핑카의 묘미이다. 그러나 5시간 넘게 운전하고 최상의 자리에 주차하니 피로감이 급속도로 밀려온다. 밥을 해서 먹는 것도 가끔은 피곤할 때가 있다. 화장실을 살펴보고 돌아오는 순간 가까운 거리에 중국집이 보인다. 주변의 상가들은 이미 불이 꺼진 상태인데 이곳만 불이 켜져 있어 집사람을 설득한다. 저녁 9시가 되어 가는 시간이지만 출입문을 여니 60대 중반 정도의 아주머니가 홀에 딸린 전기판넬 방에서 연속극을 시청 중이다. 홀에는 테이블 4개와 온돌 위에는 테이블 3개가 놓인 시골의 전형적인 배치 모습이다. 어쩌면 정겹기까지 하다. 배시시 손님을 맞이한 이분은 식사가 된다고 하면서 테이블은 추우니 본인이 누워 있던 자리를 내주며 주방으로 사라진다. 바닥에 앉으니 제법 따스함이 느껴진다. 물통을 가지고 오면서 어디서 왔느냐, 부부냐, 왜 왔느냐 하는 간단한 호구 조사를 거친 후에야 비로소 주문을 받는다. 짬뽕 곱빼기와 짜장면을 주문하였다. 부부가 같이 여행하는 것이 부럽다는 인사치레만 오고 갈 뿐 주방에 가질 않는다. 조금 후 빈 그릇을 수거하고 들어오시는 70대 초반 정도의 아저씨가 주방장 겸 주인인 것을 금방 알 수 있었다.

이윽고 "뿡~웅." 하는 소리와 함께 붉은 불기운이 살아 있음을 알리고 웍질하는 소리가 들린다. 가는 면발에 데코레이션이 간단한 짬뽕과 감자 전분이 춘장보다 많아 상대적으로 엷은 톤의 짜장면이 등장한다. 문은 닫혀도 손님이 해 달라면 일어나서 해 주는 것이 이곳의 인정이라며 여주인은 재차 강조하신다. 짜장면 건더기의 순한 느낌과, 화려하지는 않지만, 조갯 살과 오징어 건더기가 육수와 어울려 시장한 속을 채우는 데에는 별 무리 가 없었다. 식사 내내 여주인은 옆에 서서 이야기를 거든다. 돈을 더 벌어 서 여행을 가겠다는 이야기와 우리 부부의 캠핑카 여행처럼 수시로 다녀야 한다는 자기 암시적인 넋두리를 들으면서 캠핑카로 복귀하였다. 고흥의 첫 째 날은 이렇게 지나갔다.

주차한 위치는 이곳 녹동항의 핫 플레이스다. 상가 벽면에 설치된 대형 LED 전광판은 고흥 홍보물이 자정까지 이어졌고, 다시 새벽 5시부터 같은 이미지를 내뿜고 있다. 어찌나 밝고 선명한지 선창가에 올망졸망 모여 있 는 낚싯배들을 디즈니만화 영화 〈토이스토리〉 주인공처럼 컬러풀하게 다 채로운 색상으로 투사하고 있다. 파도에 따라 흔들리는 다양한 크기의 낚 싯배들은 전광판 화면의 색상이 바뀔 때마다 서로 인사를 나누는 형상으로 보여 새벽같이 일어나 창문을 통해 바라보는 이방인에게 즐거움도 안겨 준 다. 어젯밤에는 조그마한 어촌으로 펌하하였다면 여명 녘에 살펴보는 선창 가는 제법 분주하다. 출어 포인트로 떠나는 낚싯배에 물건을 실어 나르는 트럭의 행렬과 중무장한 강태공들의 모습이 바로 그것이다. 새벽의 분주함 이 가라앉을 무렵 된장찌개의 구수함으로 아침을 맞이하였다.

지금부터는 지역 문화 탐방 시간이다. 주차된 곳을 중심으로 동편은 여객터미널로 쓰일 신항이 건설되고 있고 서편은 수협과 수산물센터가 자리 잡고 있다. 앞 바다에는 인공 섬을 조성하여 관광객 유치에 힘쓴 듯하며 수협에 이르는 길가에는 장어거리를 알리는 조형물들이 세련된 디자인으로 일렬로 도열해 있다. 부부는 녹동항 중앙에 위치한 4D 영상관과 360도 돔 형관에서 웅비하는 고흥의 자랑거리를 배우는 기회를 마련하였다. 어느 지자체나 희망적인 홍보물은 귀농귀촌 하고픈 생각을 만들게는 하나 현실적인 탈농촌 현상을 볼 때에는 애처로운 생각도 든다. 홍보관들을 나와 서쪽으로 방향을 잡았다. 어젯밤에 갔던 중국집도 장사를 시작하는 기색이다. 수협은 위판과 판매가 이루어지는 곳으로 여기에 딸린 장사꾼들이 벌써부터 자리 잡고 있다. 평일 오전이라 오가는 사람보다 장사꾼들이 더 많은 모양새다. 그물로 된 건조대에는 생선들이 겨울 햇빛과 바람으로 귀하신 몸으로 숙성되고 있다. 민어, 물메기, 조기, 서대 등이 검푸르게 몸을 누이고 있고 꼬막과 굴은 그물 망태기에 담겨 탑을 쌓고 있다. 이것저것 사고 싶으나 생선에 별 관심이 없는 집사람 눈치를 보며 무심한 척 지나갔다.

수협 건물 뒷산에는 쌍충사가 자리 잡고 있다. 이순신 장군 승전 해전지라는 간판이 보이고 두 분의 훌륭한 충신을 기리는 사당과 이순신 장군을 기리는 충무사가 자리 잡고 있어 사뭇 숭고한 분위기가 깃든다. 경관이 훌륭하다. 소록도와 소록대교, 뒤편 북촌마을은 물론 하룻밤을 지낸 선창까지 다양한 이야기들이 파노라마처럼 펼쳐져 있다. 늦은 밤에 도착하여 화장실 근처에 주차한 위치는 신의 한 수였다. 그러나 눈은 항상 높은 곳을 지향하는 법이라 했던가!

어제의 행복을 오늘 비교해 보니 작은 떡이었더라! 쌍충사 아래쪽에 새로 조성된 선창가 주변에는 대형 공용주차장이 있고 여기에 10여 대의 캠핑카들이 주차들을 하고 있지 않은가. 화장실도 2군데나 있고 정박 조건이 매우 훌륭하다. 이러니 장박을 하고 있는 것이다. 그러나 이런 곳에는 어김없이 현수막이 걸려 있기 마련이다. "이곳은 캠핑장이 아닙니다!"라며 고흥군 몇몇 단체장 명의로 걸어 놓은 것이다.

이는 전국적인 현상이다. 캠핑카와 트레일러들이 늘어나는 현상에 뒤따라가지 못하는 전용 주차장의 부재이다. 나도 그중의 한 사람이지만 죄인 취급으로 잠재적 범죄자 취급을 당하는 느낌은 캠핑카 카페에서도 대두되고 있는 현상이다. 그래서 로컬 푸드 구입이나 지역 음식점 등을 이용하는 것도 윈윈이라 생각한다.

장박하고 있는 주차장을 둘러보고 2일 차 정박지는 이곳으로 옮기려 판단하고 조금 전에 봐 두었던 돌게장집에서 점심을 먹기로 집사람과 극적인 타협을 보았다. 생선류를 매우 좋아하는 남편 때문에 할 수 없이 동참했던 25년 지기의 집사람이다. 입이 짧아 그 맛있는 생선에는 손도 안 가 식성 좋은 남편이 획득한 경우가 그 얼마던가! 오래된 맛집의 포스가 느껴진다. 식당 입구에 중첩으로 놓여 있는 화분과 전국 택배 안내문 등으로 짐작이 가능하다. 입장하여 따뜻한 내실로 안내를 받고 돌게장 정식을 주문하였다. 출입문 근처에 갈치 박스들이 쌓여 있고, 이 중에서 한 상자를 개봉하여 손님들에게 보여 주고 있었다. 1박스에 21만 원이고 거문도 낚시 갈치란다. 은빛의 날렵함이 싱싱함을 알리고 있다. 생선 중에서 유일하게 갈

치만 좋아하는 집사람을 위해 절반이라도 사고프나 여행 중이라 다음을 기약한다.

    밑반찬으로 깔리는 12가지 음식은 해산물과 김치류이다. 김치는 젓갈 양념 맛이 진하다. 집사람은 손도 안 간다. 생선류로는 석화로 만든 어리굴젓, 이름 모를 생선찌개, 꼬막 무침 등이 나왔는데 나의 독차지다. 돌게장은 간장과 양념으로 나오는데 신선하고 짜지 않아 좋았다. 손님이 먹기 좋게 집게발은 깨져 있어 배려하는 모습이 보였고, 게딱지도 4개가 있었다. 매우면서 달콤하여 밥을 부르는 아우성이다. 만 원의 행복이다. 나오는 길에 명함을 챙겨 본다. 이것도 여행의 자산이 된다.

    내 배도 부르니 캠핑카도 배를 채워야 한다. 캠핑카의 청수통 150L가 비어 있는 상태이다. 이유는 이렇다. 금번 여행 전 캠핑카에 청수를 가득 채우고 벌곡 졸음쉼터에서 식사 준비를 위해 물 펌프를 가동하였다. 바깥에서 주변을 구경하던 중 차량 하부에서 물방울이 떨어지는 것이 보였다. 그때까지만 해도 무심히 보았으나 시간이 흐를수록 똑똑 떨어지는 물방울이 물줄기가 되고 한 곳이 아닌 여러 곳에서 주르륵 빗줄기가 되고 있었다. 상태의 심각성이 우려되는 가운데 동파로 인한 누수로 판단되었다. 급히 사진을 찍어 제작사 a/s팀에게 문자 메시지를 보냈고 차량 하부를 살피니 전체가 물난리다. 다시 a/s팀에게 전화하니 외부 TV 수전이나 창고 에어밸브가 개방되어 있는지 확인해 보란다. 얼마 전 캠핑을 마치고 동파 방지를 위해 8군네의 배출구에서 최후의 한 방울까지 물기를 뺐는데 그때 외부 TV 수전 밸브를 잠그지 않았나? 혹시 외부 샤워기도? 뭐가 잘못된 것인가 하며 떨리는 손을 진정시키며 야외 샤워기와 외부 TV 수전을 열어 보니 샤워기 수전에서 물이 흘러나오고 TV 박스 밑바닥은 한강의 범람 수준이다. 급히 물 펌프를 끄고 모든 수도꼭지를 잠갔다. 혹시 몰라 피 같은 수돗물 청수도 길바닥에 쏟아 버렸다.

초비상사태 발생이다. 동파 방지를 위해 에어 작업으로 배수관에 있던 물은 제거를 하였으나, 외부 샤워기와 외부 TV 수전 꼭지를 잠그지 않은 무지가 오늘의 사태를 불러온 것이다.

급히 호스를 이용하여 고여 있는 물을 빼고 마지막 한 방울까지 제거하려 집사람과 수건으로 닦고 하여 정신이 혼미했다. 급기야는 실내 신발장 밑에서도 물이 떨어진다. 더욱이 창고 공간 밑판에도 물이 스며 있어 모든 짐을 졸음쉼터 길바닥에 펼치니 난민촌이 따로 없다. 지나가는 차량과 휴식차 찾아온 사람들에게 좋은 눈요깃거리를 제공하였다. 그래도 부끄러울 틈도 없었다. 한동안 햇볕 좋은 졸음쉼터 벤치에 말리고, 닦으며, 초보 캠핑족의 수업료를 톡톡히 치르고 있었다.

녹동항 화장실에는 물을 받을 수 있는 수도꼭지가 따로 설치되어 있어 무척 감사했다. 호스로 연결하여 화장실 창틈으로 캠핑카 수전과 연결할 수 있지만 지역사회 이목과 캠핑카에 대한 불신으로 20리터, 10리터 물통을 이용하여 물을 나르기로 하였다. 양손으로 물통을 들자니 꽤 무겁고 이게 무슨 고생인가 싶다. 번듯한 집을 놔두고 사서 하는 고생인가? 그래도 재미있다. 4번 왕복하면서 거의 물이 채워질 무렵 지나가는 순찰차가 정차하면서 경찰이 말을 걸어온다. 불법 공공기물 무단 사용죄인가? 가슴이 뜨끔하다.

젊은 순경은 캠핑카를 구경하고 싶단다. 그거야 얼마든지 가능하다. 어린 자식을 위해 사고도 싶단다. 그동안 보아 온 캠핑카보다 훨씬 크고, 좋아 보여 부럽다나? 순찰차는 그렇게 지나갔다.

이제부터는 당당한 마음으로 한 번 더 물을 길으니 청수통 계량기가 만수위를 나타낸다. 여기에 비상용으로 한 통을 더 길어 서비스 공간에 쟁여 놓았다.

오후에는 문화 탐방을 나선다. 고흥반도 남서쪽 앞바다는 한센병원으로 유명한 소록도가 있고, 그 옆으로는 한국의 섬 중에서 열 번째로 큰 크기를 자랑하는 거금도가 다리로 연결되어 육지와 다름없는 공간이 되었다. 전남 신안에서는 1004섬을 잇는 대규모 대교 건설이 펼쳐지고 있고 이곳 고흥에서 여수를 연결하는 팔금대교가 완공되어 바야흐로 섬들의 천국이 펼쳐질 것이다. 작은 한반도에서 그나마 허리가 잘려 좁디좁은 땅에 사는 몸이 근질근질한 유목민의 후예들에게는 일대 혁신적인 토목 공사다. 대단한 토목 강대국이다.

소록도는 15년 전쯤인가 장인, 장모, 처자식과 함께 다녀갔던 추억의 장소다. 그때는 다리 연결 전이라 이곳 녹동항에서 5분 정도 배를 타고 다녀온 곳이었다. 일명 문둥병자들의 집단 수용소로 많은 아픔과 사연이 있는 곳이자, 외국인 간호사까지 헌신적으로 봉사한 곳이기도 하다. 오늘은 바라만 보고 연홍도 벽화마을로 가기로 하였다. 거금도를 거쳐 연홍도로 가는 신양 선착장에 도착하였다. 때마침 90분마다 운행하는 배가 출발 직전이라 주차장에 얼른 주차하고 승선하였다. 배 안에서 1인당 왕복 승선비 2,000원과 문화 사용료 3,000원을 내고 자리에 앉으며 주변을 살펴보니 실내 디자인을 꽃 사진으로 화사하게 장식하여 여행의 기대감을 높여 주었다.

10분 만에 도착한 연홍도는 영화 세트장 같다. 선착장을 기준으로 섬의 끝에 위치한 미술관까지 갔다 오면 나가는 배 시간인 오후 4시까지 여유가 있을 것 같아 방향을 잡았다. 하선한 6명의 동태를 살핀다. 선장님은 90분의 휴식을 위해 상시 대기 중인 오토바이로 어디론가 사라졌고 지역 주민 2명도 어느새 보이질 않는다. 젊은 연인 2명은 열심히 사진을 찍고, 웃으면서 갈 길을 가는데 우리 부부는 순간 고립된 느낌이다.

쾌청하고 봄날 같은 날씨이지만 적막감에 휩쓸리고, 주변 벽화들의 선명한 색상이 도리어 이질적으로 다가온다. 선착장에서 바라본 연홍도의 첫인상은 오래된 슬레이트 지붕마다 컬러풀하게 도색하였고 다양한 조형물이 설치되어 있어 신구가 뒤섞인 과도기의 모습이다. 그래도 우리 부부는 눈과 몸에 익은 추억거리를 용케 찾아내고 움직이고 있었다. 허물어진 담벼락, 옛 성황당 터, 외부인을 경계하는 개 짖는 소리, 담장 꼭대기에 웅크리고 있는 고양이, 그리고 인적 없는 골목길 등은 어느 섬이나 다를 바 없었다.

섬 주민들이 보이질 않는다. 빈집처럼 보이나 생선 건조대나 망태기를 보면 사람 냄새가 난다. 이곳 섬은 동선을 나타내는 화살표는 생선 모양으

로 디자인하여 방향을 알리고 있고, 간단한 안내문은 빨래판 모양으로 단
순하게 표현하여 부산 감천문화마을에서 보는 무자비한 물고기 모양의 안
내문보다 정감이 든다. 잘 만들었다. 또한 벽화의 수준이 매우 높다. 어느
지방의 조악한 물감칠과는 차원이 다르다. 그리고 폐기된 나무판과 노, 양
식장 부표 등의 오브제 등을 이용하여 설치된 기념물은 기발한 아이디어와
정감 어린 예술품으로 승화하기에 충분하였다.

  미술관엔 이곳 연홍도를 배경으로 한 사진 촬영 프로젝트 결과물들이 전
시되고 있었다. 특히, 오면서 보았던 설치물이 사진으로 재구성되어 전시
되니 더욱 친근감이 들었다. 미술관을 거쳐 되돌아오는 길에 교회 십자가
와 성황당 나무, 그리고 위성 안테나 등을 구성하여 사진을 찍어 본다. 파

교회 첨탑과 성황당 팽나무, 그리고 위성 안테나의 조화

란 하늘 아래 펼쳐진 각자의 신앙을 대변하는 상징물들이다. 신안군의 섬마다 교회가 자리 잡고 있는 것은 일제 강점기부터 복음을 전파한 기독교인들의 발자취이고, 성황당 팽나무는 인간의 원초적인 소망을 자연의 정령에게 빌고 빌었던 흔적이리라. 그러나 현대인에게 위성 안테나는 세상의 소식을 알려 주는 현실적인 신의 존재가 아닌가! 정박지마다 캠핑카에서 TV 채널을 검색하여 지상파 방송 4곳이 수신되면 그렇게 기쁠 수가 없었다. 어쩌면 나에게 신앙은 TV 채널인가?

다시 나온 거금도는 섬 크기가 제법이다. 모양이 큰 고구마 같다. 육지는 엄동설한인데 밭에는 마늘, 양파 줄기가 20cm는 넘는다. 남쪽 바다 섬 지방은 완연히 따뜻하다. 중부 지방은 새싹이 나는 듯 마는 듯 한데 여기는 봄이 시작된 것이다. 몽돌해변에서 장노출 촬영을 위해 동분서주하였으나 뜻 같지 않다. 파래도 미약하고, 파도도 약하고 하여 몽돌만 만지다가 녹동항 캠핑카 촌으로 돌아왔다. 참! 돌아오는 길에 김일 선수 체육관을 보았다. 일부러 찾아간 체육관은 조용하고 빈 주차장만 덩그러니 있었다. 1970년대 김일 선수의 레슬링 경기는 며칠 전부터 손꼽아 기다렸고 흑백 TV가 있는 친구네 안방은 동네잔치 분위기였다. 김일 선수가 한 번도 지지 않고 이기는 것은 나중에 알게 되었지만 말이다. 하여간 거금도에 와서 당대의 희망 김일 선수의 향수를 만난 것을 큰 보람으로 여긴다. 박치기왕 김일 선수는 우리 마음속엔 아직도 살아 계신다.

외나로도 나로우주센터 우주과학관에 가는 길은 캠핑카에게는 고행이다. 강원도 길과 다름이 없을 정도로 힘겨운 고갯길에다 도로 선형으로 공사 중인 구간, 나로 발사장 접근을 위해 길을 넓히는 구간에서 캠핑카 내부 살림살이들은 요동을 치고 있다.

우주강국을 지향하는 대한민국이 우리가 만든 위성을 발사체에 실어 우주로 쏘아 올리는 장소에 왔다. 얼마 전 러시아 기술을 빌려 성공한 다음 온 국민의 염원의 장이 되어 버린 머나먼 남쪽 섬. 이제는 우리의 힘으로 47톤 엔진 4개를 묶어 우주를 누빌 그날을 위해 노력하는 곳이다. 그날을 기대해 본다.

과학관은 상영관, 상설 전시장으로 구성되어 다양한 체험 제공과 지식을 전해 준다. 우리 부부도 관람하면서 우주인 체험 사진을 찍어 메일로 전송도 해 보고 3D 상영관도 찾아 시청도 하였으나 왠지 1993년 대전엑스포 감흥에 비하면 아쉬운 수준이다. 모든 체험은 때가 있는 모양이다. 점심 생각이 난다.

점심은 외나로도 삼치다. 고흥 10미 중의 하나다. 물속에서 시속 60km로 쉬지 않고 달린다는 삼치를 맛보러 간다. 외나로도 선창가에는 여러 맛집이 즐비하다. 길거리를 배회하며 맛집을 감으로 살펴보니 위치적으로나 건물에서 풍기는 분위기적으로 볼 때 선창가 언저리의 '서울식당'으로 들어가 본다.

식당 안은 선원으로 보이는 아저씨들로 시끌벅적하다. 드시는 밥상을 보니 찌개백반이다. 반주로 소주는 기본인 듯 녹색의 향연이 펼쳐져 있다.

연배가 되어 보이는 여주인에게 삼치정식을 주문하고 기다려 본다. 이윽고 삼치회와 밑반찬이 차려진다. 처음 먹어 보는 삼치회는 매우 부드러워 씹을 것이 거의 없다. 맛은 담백하여 그냥 넘어간다. 큰 접시를 덮을 만큼 꽤 많은 양을 인절미 먹듯이 꿀떡꿀떡이다. 소스로 나온 간장이 쌈장이나 초장보다 훨씬 맛났다. 이어서 삼치 조림이 나온다. 쫄깃한 생선살도 좋았지만, 간장 양념이 속까지 밴 무가 훨씬 좋았다. 이어서 나온 가자미, 갈치 구이도 담백하다. 가자미는 이곳 식당에서 직접 건조하여 제공하고 있다고 한다. 그런데 세트 메뉴인 삼치구이가 아쉽다. 계산할 때 물어보니 서빙하는 우즈베키스탄 종업원이 다른 테이블과 착각하여 가자미, 갈치로 바뀌었다나? 잘 먹었으니 따져봐야 이미 끝난 일. 주인에게 혼날 외국인을 생각하며 웃으며 나왔다. 대한민국 오지인 이곳에도 해외 취업자가 진출하고 있으니 글로벌 시대가 맞는 모양이다.

외나로도 선창가에 위치한 서울식당 뒤로는 일본식 목조건물이 제법 웅장하게 위치해 있는데 출입문에서 계산하는 우리들을 기다리던 식당 바깥 주인께서 한 말씀 하신다. 나로도는 양식 생선이 없을 정도로 모두 자연산이며, 종류도 다양하게 생산이 된단다. 일제 강점기 일본 어업 전진 기지가 저 목조건물이란다. 한때 외나로도 삼치는 일본으로 전량 수출할 만큼 이곳의 수산물은 맛이 다르다고 자랑하신다. 외나로도가 일제 강점기에는 얼마나 번성하였는지 백화점과 영화관도 있었다는 TV 리포트 안내를 보고 식당 주인이 생각이 난다.

점심을 먹고 외나로도 선창가를 산책해 본다. 항구에는 2척의 배에서 큰 포대에 담긴 물김을 크레인을 통해 한창 하역 중이다. 이곳에서 유일하게 양식하고 있는 거란다. 육지에 사는 사람들에게는 생소한 풍경이라 핸드폰으로 담아 본다. 항구 건너편에 지척의 섬이 있는데 이름도 재미있는 쑥섬이란다. 꽃피는 봄날에 방문하기를 기원하면서 항구를 떠난다.

이제는 나로도를 거쳐 고흥반도 동편을 여행하련다. 우측의 바다를 이정표 삼아 한갓진 섬 길을 편히 달려 본다. 여유로운 마음과 성공한 기분이 간척지로 변한 넓은 들판과 함께 달리고 있었다. 영남면의 남포미술관을 들렀다. 언덕 위의 폐교를 미술관으로 개조하여 전시실을 꾸며 놓았다. 교실이 전시실이니 운동장은 주차장이 된 셈이다. 옛 학교들은 동네에서 제일 좋은 땅에 지어졌다. 이곳도 주산을 중심으로 남향의 언덕에 동네를 굽어보는 자리에 안착하여 아름드리나무들을 거느리고, 모퉁이의 연못도 함께 호흡하였던 추억의 전당이리라.

중앙 계단을 올라 현관으로 들어가는 길엔 초대받은 기분이 든다. 현관 양편에서 배롱나무가 손님을 맞이한다. 배롱나무의 자태는 수피가 매끈하고 지금까지 보아 온 동종에서 제일 웅장할 만큼 크다. 올해도 장마철부터 가을까지 너의 임무를 잊지 않고 계속 성장하길 바란다.

남포미술관은 교실 4칸 정도로 전시실마다 정갈하게 디스플레이가 되어 있다. 가장 눈길을 끄는 것은 연홍도 미술관과 마찬가지로 지역 미술인들이 전시하는 향토색 깊은 작품들이다. 개성이 풍기는 회화로 기존의 정형적인 주류보다는 날것 그대로의 표현으로 더욱 정감이 어린다.

고요하나 도도히 흐르는 지역의 예술 흐름을 간직하고 오늘의 야영지 남열 해돋이 해수욕장을 향해 바닷가 길로 접어들었다. 깨끗한 모래사장, 우람하고 격조 있는 소나무 방풍림과 깨끗한 화장실 등을 기대하며 도착한 해수욕장은 조용하다. 이동식 화장실은 문이 잠겨 있고 해수욕장 끝에는 고정식 화장실 공사가 이루어지고 있는데 공사 중이라 심란할 뿐이다. 천혜의 자연 풍광을 지니고 있으나 폐장된 해수욕장이 그렇듯 정리가 되질 않아 심란할 뿐이다. 해송 숲 끝에는 높은 산이 있는데 거대한 건축물이 떡버티고 있다. 나로호 발사 때 조망하는 전망대란다. 승용차라면 가뿐히 올라가겠지만 왠지 끌리질 않는다. 어찌해야 할지 몰라 차선책의 여행지를 찾으려 할 때 집사람의 전화벨이 울린다. 처의 외삼촌 부고 소식이다. 하루 일찍 간다는 말에 딸내미는 좋아한다. 만나면 무심한 듯, 떨어지면 애틋한 것이 자식이다.

13. 경주로 떠나는 벚꽃 여행

2021.3.25.(목)~3.27.(토)

봄기운이 보이는 시절.

90세 할머니도 밖으로 나오려는 무렵.

처녀들의 치마 차림이 보일 때쯤.

오늘도 늦은 저녁에 떠난다.

퇴근 후 청수와 음식물을 챙기고 목적지 부근 고속도로 휴게소를 향해 캠핑카는 달린다. 2주일을 주차장 자리만 지킨 애틋함을 보상하듯 액셀을 꾸욱 밟는다.

3시간을 달려 건천 휴게소에 도착하니 자정 무렵이다. 휴게소는 이미 대형 화물트럭으로 가득하여 가로등 불빛이 미치지 않는 구석에 주차하였다. 캠핑카 여행 이후 오늘과 같은 정박 형태에서 마주하는 풍경인데 화물트럭 운전사들이 정말로 고생을 한다는 것이다. 좁은 차 안에서 밤을 지새우고 새벽 4시부터 시동을 걸고는 약속이나 한 듯이 주차장을 빠져나간다. 잠자리, 세면, 식사가 매우 열악함에도 고단한 육신을 추스르며 누구의 자식으로, 누구의 가장으로 목적지를 향해 달려야만 한다. 돈벌이의 위대함을 다시 한번 목격한다.

건천! 황금의 나라 신라를 대표하는 유물 중 단연코 압도적인 우위는 황금 유물일 것이다. 순도 99%를 자랑하는 금관, 허리띠, 귀걸이, 반지 등에 쓰이는 금을 어디에서 가져왔단 말인가? 지금처럼 금광석을 제련하는 기술이 있었나? 아니면 수입을 하였을까?

이러한 궁금증은 건천에서 해결하였다. 지금은 6차선 고속도로로 확장되어 시원하게 달려 지나가는 시골 동네로 보이지만 건천 일대의 하천에서 사금이 생산되어 신라 금 문화에 일익을 담당했다는 사실을 아는 사람은 그리 많지 않을 것이다.

스키타이 문화에서 금을 소지한 사람은 지배계층이나 전사로 재산을 금으로 환원하여 몸에 지니고 다니거나 부장품으로 간직하였다. 황금 문화가 신라에 미친 영향은 무엇인지 알아보고, 상호 간의 교섭의 증거를 찾으러 떠나는 중이다. 참 거창하게 시작해 본다.

건천 휴게소를 출발하며 왼편 들판 건너편의 금척고분군에 눈길이 간다. 신라시대 고분군 가운데 경주 대릉원 다음으로 규모가 크고, 보수 공사 시 발견된 유물로 미루어 볼 때 본격적인 학술적 발굴조사가 이루어진다면 아마도 대박나지 않을까 기대하며 경주 IC로 진입하였다.

숏을대문의 톨게이트를 지나 제일 먼저 황성공원으로 좌회전하였다. 지난 가을 백문동 꽃이 한창일 때 사진동호회원들과 다녀간 공원이라 친근하게 찾아왔으나 벚꽃은커녕 봄기운조차 보이질 않는다. "황성옛터에 밤이 되니 월색만 고요해, 폐허의 설은 회포를 말하여 주노라." 노래를 흥얼거리며 소금강산 방향으로 달려 본다. 어릴 적 라디오에서 많이 들어 본 황성옛터 노래인데 일제 강점기의 부모님 세대 노래를 흥얼거리며 원도심의 골목길에 접어드니 벚꽃이 제법 만발했다. 아파트의 열섬이 작용한 듯 건물 사이의 인도마다 밝은 생명체는 봄을 알리고 있고, 칙칙한 거리에 생기를 불어넣고 있다. 기분이 좋아진 나는 봄의 연금 로이킴의 〈봄봄봄〉 노래로 갈아타고 있었다.

소금강산 굴불사지사면석불상으로 향하였다. 동천동과 소금강산이라는 명칭이 예사롭지 않다. 동천이란 신선이 사는 곳으로 산과 내로 둘러싸인 경치 좋은 곳이다. 전국에 산재한 동천들은 예부터 내려오는 전통적인 자부심이 대단한 곳인데 여기에 소금강산까지 추가되었으니 기대가 더욱 커진다.

굴불사지사면석불은 주차장에서 보일 만큼 소금강산 등산길 초입에 있어 찾기가 수월하였다. "이 사면불은 아미타삼존불, 약사여래, 보살입상, 입불상으로 구성되어 있으며, 불상조각에 있어 입체·양각·음각의 입상·좌상 등을 변화 있게 배치하고, 풍만하고 부드러우면서 생기를 잃지 않은 솜씨다."라는 안내문을 선수학습 하며 석불로 다가선다.

몇몇 사람들이 합장하고 기도를 드린다. 앉아서 절을 올리는 사람, 석불 주변을 돌면서 합장과 허리를 굽혀 경배하는 모습 속에서 나는 관광객으로 있어야만 했다.

어느덧 참배객들이 뜸한 틈에 석불상을 촬영해 본다. 자연석에서 꺼낸 부처의 조각 기법은 넉넉해 보이고, 큰 자비심으로 민초들의 염원을 들어 주는 형상으로 촬영하고 싶으나 석불상 주위만 몇 바퀴째 돌고 있다. 심오한 세계가 쉽게 보이질 않는다.

굴불사지사면석불상과 신도 모습

굴불사지에서 석탈해릉은 지근거리다. 지난 늦겨울 경주 답사 시 석탈해릉 주차장에서 하룻밤을 지낸 적이 있는데, 관광객보다는 동네 사람들이 이용하는 주차장이다. 포클레인을 실은 화물차, 학원 버스, 일반 트럭들이 저녁에 주차를 하고 이른 아침부터 일터로 출발하는 곳이었다. 그때 늦은 저녁에 보았던 석탈해릉은 어둠 속의 저편이었으나, 오늘 오전에 보니 단정한 주변과 잘 어울리는 봉분이 정겹기도 하였다.

석탈해릉

신라는 박혁거세, 석탈해, 김알지로 이어지는 계보를 지니고 있었다. 이사금, 마립간 등으로 3대 성씨가 돌아가면서 우두머리 역을 수행했으나, 김알지가 나온 이후 미추왕 때 처음으로 왕의 호칭을 사용하고 묘제나 금관 등 현재 우리가 알고 있는 신라의 대표적인 문화재가 주로 김씨 왕조 때에 만들어졌다.

석탈해는 해상세력으로 알려졌으나 많은 사람들이 그 존재 가치를 잘 모르고 있다. 세력 다툼에서 밀려난 아이가 광주리에 싸여 강기에 버려졌으나 이후 장성하여 권력을 잡게 되는 과정은 국가가 탄생하기 위한 과도기적인 흐름이리라. 이곳 왕릉에는 이러한 사실을 전하는 비석이 전해지고 있다. 신라 지도자 중에서 4대부터 11대까지는 석씨 시대였다. 이렇듯 이곳은 석씨 가문의 성지로 진지하게 답사를 계속해 나간다. 왕릉 앞으로 해서 등산로로 접어드는 산허리 부분에 기와집이 있어 올라가 본다. 경주 시내 일대가 다 보인다. 경주 김씨 출생지란다. 꼬불거리는 소나무 사이로 건립된 전각 안에는 어린아이를 씻겼다는 웅덩이가 자리 잡고 있다. 과연 사실인가 의문도 든다. 가문의 스토리텔링도 중요한 시대인 것 같다.

올라간 오솔길을 내려와 탈해왕릉 유적지 내부로 접어드니 내부는 텅 빈 건물만 잘 지어져 있다. 특별한 용도를 잘 모르겠다. 암각화가 발견되었다는 안내판을 보고 산 밑의 바위를 살펴보았으나 내 눈에는 보이질 않는다. 건물 한쪽에선 관리자로 보이는 사람이 여러 명의 할머니, 할아버지들에게 모자와 비닐봉지를 나눠 주며 작업 지시를 하고 있었다. 관광객의 발걸음이 적은 유적지이지만 노인 일자리 차원에서 깨끗하게 유지되고 있었다.

벚꽃 구경의 목적을 달성하기 위해 김유신 장군묘 방향으로 차를 몰았다. 황룡사지를 거쳐 형산강에 도착하였다. 강변에 접한 도로 길가에는 벚꽃이 만개 직전이라 많은 상춘객들이 거닐고 있었고, 여기에 경찰들의 교통 안내와 주·정차 금지를 알리는 현수막, 그리고 잡상인 금지를 지도하는 질서 요원 등으로 벚꽃 구경 맛이 난다. 처음 겪어 보는 코로나19 유행이 시작되면서 사람과의 거리 두기 조짐이 보이기도 하였다.

교동 마을 입구 주차장에 겨우 주차하고 홀가분한 마음으로 도로변 벚꽃을 맞으러 간다. 벚나무 수령은 족히 30년 이상으로 큰 나무로 성장하였고, 강변으로 뻗은 나뭇가지마다 하얀 눈이 내려 바람에 흔들리듯 사람들을 유혹하고 있었다. 나무 기둥에 움튼 주먹만 한 꽃송이는 거무스레한 껍질과 대비하여 존재감을 더해 준다. 세상이 온통 하얗다. 바람은 훈훈하게 불고 벚꽃 그늘에 들어오니 얼굴도 새하얘진다. 쌍쌍의 젊은 남녀는 물론이고 풋풋한 여자친구끼리 온 무리들의 목소리는 하늘을 찌른다. 모두에게 좋을 때다.

벚꽃의 성지 경주에 왔으니 본격적으로 구경에 나선다. 이곳 흥무로뿐만 아니라 대릉원 주변, 보문단지에 이르는 진입로 등도 전국에서 알아주는 장소이다. 월성으로 가기 전에 오릉을 먼저 찾았다. 여러 번 경주를 찾았지만 오릉 입장은 처음이다. 담장으로 둘러져 있는 오릉은 들판에 조성된 무덤군으로 박혁거세 거서간과 알영부인, 2대 남해 차차웅, 3대 유리 이사금, 5대 파사 이사금 등 다섯 명의 능이라 전한다.

이곳을 찾는 관람객은 드물지만, 싹이 움트는 시기라 능원 분위기는 생기가 깃든다. 박혁거세는 알로 태어나 버려졌으나 동물들은 신성히 여겼고, 차후에 여섯 부족을 대표하는 왕에 올라 신라 초기의 기틀을 잡은 인물이다. 그러고 보니 신라는 난생과 태생 설화가 교차하는 문명의 각축장이다. 바닷가의 석탈해나, 계림의 김알지는 태생으로 세상에 왔다고 전한다. 난생은 남방문화, 태생은 북방문화를 대변한다. 신석기 이후 정착하여 농업에 종사하였던 우리 조상들이지만 북방의 유목적인 기질이 있어 때론 용광로 같은 에

너지가 분출하는 것을 보면 분명해진다. 박혁거세 부인 알영 사당을 뒤로하고 월성으로 이동하였다. 오릉의 안내문을 차분히 읽어 본다.

이곳은 신라 초기 박씨 왕들의 무덤으로 시조인 박혁거세왕과 그의 왕후 알영부인, 제2대 남해왕, 제3대 유리왕, 제5대 파사왕의 무덤으로 알려져 있다.

(중간 생략)

다섯 무덤 가운데 서쪽 무덤이 가장 큰데 직경 약 33m, 높이 약 7m이다. 이 무덤의 동쪽에는 최근에 만든 상석, 표석과 진입부가 있고, 진입부에는 일자 제각이 있다. 남쪽 무덤은 봉분 두 개가 이어져 있다. 무덤의 외형으로 보아 가까운 대릉원 일대의 고분처럼 돌무지덧널무덤일 가능성이 있다. 능원 안에는 박혁거세왕을 제향하는 숭덕전과 그 내력을 새긴 신도비가 있다. 동쪽에는 알영부인의 탄생지로 전해지는 알영정이 있다.

경주의 중심지인 월성, 첨성대, 계림 지역은 많은 상춘객들로 점령당하여 멀찌감치 월영교 주차장에 주차하고 그토록 집사람이 노래 불렀던 2인승 자전거 대여점을 찾았다. 꽃길 사이로 부부가 함께 달리는 모습으로 인간 만사 중에 가장 행복한 모습을 연출하고 싶기도 하였다. 그러나 세상이 변하여 전기자전거, 전기사이클, 전기 4인승 차량이 지배적인 시대에 수동자전거 대여는 쉽지 않았다. 몇 군데 수소문 끝에 노란색 2인승 자전거를 겨우 빌릴 수 있었다.

도로마다 차량들은 서행하고 인도는 사람들로 넘쳐나 걷기에도 매우 힘든 상황이다. 하물며 낭만적인 2인용 자전거는 보기에는 좋으나 두 사람의 호흡이 무엇보다 중요하다. 좁은 길을 안전하게 사람들을 요리조리 피해 가며 월성 위까지 올라갔다. 월성 내부는 몇 년째 발굴조사 중이라 울타리가 쳐져 있지만 성벽의 오솔길은 걷기에도 좋을 만큼 길이 나 있었다. 간간이 피어 있는 벚꽃 사이로 이마에 땀이 나도록 페달을 밟아 본다. 이 좋은 풍광을 느끼는 집사람도 연신 힘겨운 감탄사를 토해 낸다.

교동 최씨 부잣집 쪽으로 내려와서 계림을 거쳐 대릉원 돌담길로 접어들었다. 돌담길 벚꽃은 만개하여 환한 분위기를 연출한다. 벚꽃과 담장을 배경으로 젊은이는 추억을 만드는 데 여념이 없다.

대릉원 돌담길에서 2인용 자전거를 붙잡고 있는 집사람

대릉원 동편 쪽샘지구는 발굴이 한창이다. 간간이 발굴되는 문화재 소식이 들려온다. 대릉원이 왕의 무덤군이라면 이곳은 귀족 무덤군으로 알려져 있다. 주로 금동제 유물이 출토되고 있다. 쪽샘지구 출토품을 전시한 유물관이 있으나 문이 닫혀 있어 황리단길로 향하였다. 지금 지나는 이 길은 황남동 고분군과 노동동 고분군을 가로지르는 태종로이다. 일제 강점기 때 고분 사이로 길을 만들었고 고분의 흙을 경주역 공사에 사용했다는 증언도 나온다. 하여튼 인도로 달리는 자전거는 행인들을 피해 황리단길로 접어들지만 노동동 고분군에 대해 할 말이 많다. 일제 강점기 최초 금관이 발견되었다고 하여 금관총, 방울이 같이 출토되었다는 금령총, 신발이 발견된 식리총, 스웨덴 왕자가 금관을 발견하게끔 만든 일본인들의 계략이 서려 있는 서봉총 등이 미발굴된 거대 봉분들과 함께 도심 한가운데 자리를 잡고 있다.

길에 인접하여 돌담으로 둘러져 있는 대릉원에는 아직도 미발굴된 봉분들이 있고 해방 후 우리의 고고학으로 발굴하여 천마도가 나왔다고 하여 천마총, 쌍봉으로 북분에는 여자의 금관, 남분에는 남자의 금동관이 출토된 황남대총도 이야기하고 싶다. 금관과 적석목곽분은 스키타이 문화를 대변하는데 신라시대에 그것도 왕이라는 명칭이 시작된 미추왕부터 내물왕까지의 100여 년 사이에만 나타났었고, 이는 신라 자생 문화냐 유입 문화냐 간의 논쟁으로 확대되어 학문의 폭을 넓히고 있다.

노동동 고분군과 대릉원에서 발견된 금관은 모두 5개로 스키타이 문화권에서 발견된 그것들과 맥을 같이한다고 본다. 우선 금관은 스키타이, 알타이 문화권에서 숭상하는 사슴과 자작나무를 모티브로 하여 제작되었는데 그곳의 유물은 리얼한 형태의 재현물이라면, 신라 것은 단순하고 세련된 모습으로 재구성한 디자인이다. 금관의 출현은 동시대 중국, 고구려, 백제, 일본에서는 존재가 없는 독특한 형상으로 학자들 간에는 이견을 보이고 있지만 스키타이 문화와 교류한 것은 분명한 사실이다.

또한 쪽샘지구를 연한 계림로 작은 무덤에서 발견된 황금보검은 카자흐스탄 보로보에 단검과 형제처럼 닮았고, 원성왕으로 추정되는 괘릉의 석인상은 서역인의 모습으로 문화 교류의 증거물로 우리에게 전해지고 있다. 실크로드의 출발점이자, 종착지는 바로 신라이며, 경주까지 찾아왔던 대상들이 아마도 소그드인일 것이다. 그들의 손에 동·서양의 문화가 흐르고 있었다.

황리단길로 들어서니 젊은 친구들의 옷차림이 발랄하고 골목 가게마다 인파가 넘쳐 참으로 보기 좋았다. 자전거를 반납하고 우리는 보문단지로 이동하였다. 오늘 밤을 지낼 정박지를 살피기 위해서다.

보문단지로 이어지는 진입로에는 벚꽃이 거의 만개하여 신세계를 연출하고 있었다. 길가에 하얀 배경의 연출로 기분은 한껏 상기되었으나 서서히 어두워지는 무렵이 되니 예약된 숙소가 없는 긴장감으로 벚꽃은 더 이상 꽃이 아니다. 우선 위성지도로 사전에 살폈던 보문 주차장으로 가 보았다. 그러나 주변의 빈 건물과 정리되지 않은 분위기는 재개발을 앞둔 방치된 공간이었다. 기분이 싸하다. 미련 없이 캠핑카 밴드에서 추천하는 자동차박물관 주차장으로 이동하였다.

보문호 북쪽 지점에 위치한 콜로세움을 모방한 건물은 조명이 매우 근사하여 인접한 주차장은 차박의 성지로 소문이 났다. 예쁜 조명에 마음 들어하는 집사람을 바라보며 오늘 피곤한 육체를 누일 장소를 찾았으니 마음이 한결 편안해진다. 이곳에는 이미 서너 대의 캠핑카와 트레일러가 자리를 잡고 있었다. 저녁은 미리 준비한 소불고기로 프라이팬에 볶으면 여행의 즐거움이 배가 된다. 전용 야영장이 아니기에 실내에서 스텔스로 지낸다. 혹여 바깥에 텐트나 어닝을 펴고 민폐를 끼치면 전국에 점점 늘어나고 있는 "캠핑카, 트레일러 출입을 금합니다. 위반 시 법적 조치 할 예정입니다." 라는 무시무시한 현수막이 내걸릴지도 모르는 일이다. 저녁을 해결하고 주변 산책을 나선다. 어느새 카페와 상가들의 조명은 영롱하고 어느 카페의 정원 소나무는 꼬마전구를 몸에 두르고 각선미를 자랑하며 어두운 배경과 대비되어 탐방객을 기분 좋게 만든다. 호수 변의 벚나무도 간접 조명과 부분 조명으로 빛의 정원을 조성해 놓았다. 찾아온 관광객 입장에서는 고마울 따름이다. 밤에도 하얀 자태를 뽐내는 벚꽃에 시시각각으로 변하는 조명색에 따라 황홀하고, 몽환적이며 때론 차가운 감성으로 호수 주변을 연주한다. 온종일 나들이로 지친 몸이 그만 쉬란다.

아침이 밝아 온다. 주차장 정면의 콜로세움 주변으로 일출이 시작되는지 제법 불그스름한 여명이 퍼져 나간다. 밤새 자태를 밝히던 조명은 꺼졌고 이제 거대한 덩어리로 돌아간 구조물에 햇빛이 들어오니 로마 여행 시 보았던 원작 콜로세움의 감흥이 되살아난다. 상업적이지만 적당한 위치에서 시선을 모아 성공한 건축물임은 틀림이 없다. 다시 한번 멋진 주차장을 개방한 사업자에게 감사함을 느끼며 하루를 시작해 본다.

오늘 일정은 트레킹이다. 이제 주차장은 자동차박물관을 찾는 관람객의 공간이기에 일른 비워 주어야 한다. 이동하여 어제 저녁 때 찾았던 보문호 주차장에 다시 주차하였다.

보문호 둘레길은 약 5.6km란다. 두 시간이면 넉넉히 다닐 만하고 주변 경관이 리조트와 자연미로 훌륭한 꾸밈이다. 보문단지가 자랑하는 리조트 수변 공원 사잇길로 걷자니 괜히 숙박하고프다. 최고의 시설에서 서비스받고 싶은 마음. 아름다운 인테리어는 한 사람을 성공한 사람으로 탈바꿈시키는 마법을 지니고 있다.

오늘은 어디서 무엇을 보고, 무엇을 해서 먹을지 결정하고, 특히 괜찮은 정박지를 찾아내는 것은 은근한 스트레스다. 캠핑카 여행의 배후에는 항상 개척정신이 있어야 한다. 맨땅에 헤딩하는 마음도 있어야 하고 때론 담담히, 그리고 들이대는 순간도 생기기 마련이다.

지금 걷고 있는 호수 길은 훌륭하다. 잘 정비된 길에는 이정표는 물론 안전시설도 잘 정비되어 있고, 산책하는 사람들의 옷차림이나 얼굴 표정은 화사하며 밝고 생동감이 넘쳐흐른다. 점차 그 수가 늘어나는 반려견들을 구경하는 재미도 쏠쏠하다. 그러나 반려견들이 수시로 영역을 표시하는 본능으로 가로등, 전봇대, 말뚝 밑은 흔적들로 얼룩져 있다. 2시간이 넘어서면서 산책의 끝이 다가온다. 보문단지 놀이공원을 지나면서 청룡 열차의 굉음과 "까아~ 까아!" 하는 함성이 현장감 있게 메아리친다. 듣는 것만으로도 즐겁다. 얼른 코로나19가 물러나 인간 삶의 원천인 생동감이 넘실거리

길 기대하며 오리배 선착장에 도착하였다.

오리배가 예쁘게 보인다. 걸으면서도 귀는 놀이공원, 시선은 오리배를 향해 있었다. 청룡 대신 오리다. 매표소에 가 보니 대기를 해야 한단다. 30분 기다림 끝에 노란색 오리배를 영접했다. 이게 뭐라고 여러 유원지에서 쳐다만 보았던 남의 일이 나에게 찾아온 것이다.

집사람을 잘 모셔야 한다. 페달은 남편만 밟아야 한다. 레일바이크도 마찬가지로 처음에는 호기롭게 출발을 하나 점차 허벅지가 뻐근해지면서 상대방에게 은근히 눈치를 준다. 그러나 분위기 없게 당신도 하라고 말하면 말짱 도루묵이다. 남자답게 인내하며 열심히 밟아야 한다.

수면에서 둘레길을 바라보는 시점은 색다르다. 수면의 평행선 위에는 행복한 모습만 투영된다. 혼자서 사진 찍는 사람도, 남녀가 데이트하는 모습도, 가족 단위로 걸으면서 서로 위해 주는 모습도 상황은 다르지만, 현재를 만끽하는 행위는 행복 그 자체이다. 인접한 놀이공원의 아우성은 오리배를 환영하듯 계속 울려 퍼지고 있었다.

14. 천사대교를 건너 만나는 신안 섬 나들이

2021.4.29.(목)

퇴근이다. 어제 오후 꼬질꼬질한 외형을 반짝거리게 세차한 캠핑카를 끌고 2박 3일 일정으로 여행을 떠난다. 부부끼리 말이다.

목적지는 대략 신안 박지도 트레킹 정도만 생각하고 일단은 떠났다. 간단한 식료품과 평상시 절반 정도의 청수를 채우고, 미련 없이 출발하였다.

평일 저녁의 남쪽행 고속도로는 한산하다. 천안·논산고속도로, 공주·서천고속도로, 서해안고속도로를 달려 고창고인돌휴게소에는 밤 11시 정도에 도착하였다. 갑자기 피로가 밀려온다. 오늘은 여기서 자자. 무리하지 말자.

휴게소에 들어서는 대형 트럭들이 코로나19 거리 두기를 지키는 듯 주차선을 한 칸씩 비우고 주차한다. 그러나 늦은 밤에는 꽉 들어찰 것이다. 운전하는 기사들의 노고가 크다. 오늘도 좁고 싸늘한 운전석 뒤 칸에서 밤을 보내는 이 땅의 물류 전사들에게 애잔한 격려를 보낸다.

금요일 새벽 4시 30분에 잠에서 깨었다. 잠결에 대형 트럭이 지나가는 소리와 시동을 걸어 예열하는 엔진 소리에 눈을 뜬 것이다. 이어서 트럭들이 출발하는 소리가 연이어 들린다. 그들은 돈 벌러 떠나는 것이다. 이 숭고한 일상이 오늘 나에게는 딴 나라 이야기처럼 느껴져 약간의 해방감을 맛본다. 오늘은 직장 재량휴업일이다. 한 학기에 한 번 찾아오는 보너스 시간이다. 아직 고정 침대에서 잠자고 있는 집사람에게 출발함을 알린다.

새벽녘의 고속도로 통행량은 거의 없다. 80km 속도의 트럭 외에는 보이질 않는다. 운전하는 트럭 기사들은 아침밥 없이 피곤을 감내하며 운전하고 있으리라. 놀러 가는 우리네 인생도 마찬가지다. 어느새 영광 IC와 칠산대교를 지나 임자도 대광해수욕장에는 7시 정도에 도착하였다. 이제 잠에서 깬 집사람을 채근하여 대광해수욕장을 걸어 본다. 민어 조형물이 바다를 향하고 달리는 말 조형들에게 바다를 깨우라고 소리를 치는 듯하다.

임자도를 찾아온 이유가 있다. 우선 올봄에 지도와 연륙교로 개통됨을 캠핑카에게 보여 주고 싶어서였다. 7년 전에 갱년기 증세의 허무함을 달래고자 혼자서 이곳을 찾아온 일이 있었다. 그때 임자도, 증도를 찾아온 이유는 지금도 난센스다. 지난번엔 여객선에 쏘렌토를 싣고 들어와야 했고, 섬 전체가 대파밭으로 즐비했던 한겨울이었다면 지금은 천하의 튤립도 영롱한 자태를 자랑 못 하는 어려운 시절이다.

대광해수욕장 입구에 대형 주차장이 막 조성되어 좋았다. 코로나19 사태에도 불구하고 피어나는 꽃들을 어찌하랴. 코로나 확산을 막기 위해 궁여지책으로 튤립꽃 모가지를 관계 기관에서 잘라 관광객의 유입을 막아 보려했다지만 임자대교 완성으로 올 사람은 다 와 보았단다. 혹시나 남아 있는 꽃이나 있을까 싶어 길을 나서나 꽃은 보이질 않고 관광 특수를 예상하고 차려진 품바 가설무대에서 여자분 혼자만이 주변을 정리한다. 신나는 음악 소리에 지나가는 관광객의 어깨가 들썩이는 세상이 얼른 오기를 기대해 본다. 가설무대 옆으로 차려진 식당에는 노랑, 주황색의 식탁보만이 잔인한 색상으로 다가온다.

새로 조성한 대형 주차장에는 캠핑카 4대가 주차 중이다. 아마도 지난밤에 와서 지금 한가한 시간을 보내고 있으리라. 캠핑카 모델이 다양하다. 간혹 여행 중에 같은 회사 차량을 만나면 괜히 반가워진다. 아침은 집에서 먹던 반찬과 대기업 박사들이 만든 비비고 세트가 오늘의 식단이다. 여기에 콩나물을 추가하여 한소끔 더 끓이면 진수성찬이 부럽지 않다.

전장포를 가려면 임자면 소재지로 일단 나갔다가 다시 좌회전하여 임자도 북동쪽 끝으로 가야 한다. 작은 섬이지만 염전과 대파, 민어, 새우 등은 전국적으로 유명하다. 지금은 튤립이 제일 유명하다. 전장포에서 젓갈을 판매한다는 현수막이 보인다. 우리나라 새우의 60% 정도가 이곳 임자도를 위시한 신안에서 생산이 된다. 춘젓, 오젓, 육젓, 추젓의 고향이 이곳이다. 제철 바다에서 잡은 새우들은 전국으로 팔려 나가고 이곳 전장포 야산 속에는 젓갈 보관용 토굴이 있어 오늘 찾아가 보려 한다. 전장포로 가는 길은 구불거리는 시골길로 운전하는 재미가 있다. 딴 데 쳐다보지 말고 앞이나 잘 보고 운전하란다.

파를 심으려는 듯 길가의 밭들은 깨끗하게 정리가 되어 있고 부지런히 돌아다니는 트랙터 모습에서 시골 정취는 배가 된다. 전장포에 들어서니 포구 앞에 넓은 주차장이 생겨났고 젓갈을 파는 대형 상가가 손님들을 기다리고 있었다. 화창한 날씨이지만 지나다니는 사람은 보이질 않는다. 가게를 지키는 상인들만 서성이고 가게 앞에 건어물을 말리는 움직임만 보일 뿐이다. 일단 포구에 주차하고 마을 구경과 해변을 산책하고자 길을 나선다.

시골에는 개가 주인이다. 어떤 개는 우릴 보고 꼬리를 흔든다. 무척 심심한 모양이다. 개들만 있는 집들을 지나니 반달 모양의 해변이 나타났다. 해변에는 해양 쓰레기가 너무나도 많이 쌓여 있다. 부표, 대형 스티로폼, 각종 밧줄, 페트병 등 종류도 다양하다. 동네 사람 인력으로 치울 수 있는 분량이 아니다. 관에서 나서야 할 지경이다. 이런 환경에서도 해변에 파묻힌 밧줄에는 파래가 자라고 있어 생명의 신비로움을 느낀다. 자연 예술이다. 고운 백사장에 진초록의 파래는 희망으로 다가온다.

한 시간 걸으니, 임자도 토굴 산이 보인다. 각 토굴 입구는 번호가 부착되어 있고, 큰 문으로 닫혀 있어 내부는 볼 수 없어 아쉬웠다. 앞으로 관광자원으로 개발한다는 안내판이 홀로 서 있다. 토굴은 과거엔 새우를 숙성하는 용도로 사용하였지만 현재에는 가게마다 대형 저온 창고를 사용하기에 그 쓰임새가 과거와 같지 않단다.

옛 전성기를 알리는 전장포 새우젓 토굴 입구 모습

다시 발길을 돌려 포구로 향한다. 넓은 들판 곳곳에 농사일로 바쁜 농부들의 모습이 보인다. 아마도 반농반어의 생활로 오늘도 열심이리라. 콘크리트로 포장된 농로에는 자전거 하이킹을 즐기는 무리가 보인다. 달리는 모습이 부럽기만 하다. 오솔길 주변에는 풀들이 제법 무성하다. 유채 짱아리의 노란 꽃대도 예쁘고, 간간이 보이는 피어 버린 센 고사리도 보기 좋다. 그런데 지나오면서 아직 덜 핀 고사리가 보인다. 그냥 지나치자니 그 수가 제법 세어진다. 발길을 되돌려 된장찌개에 넣어 먹을 요량으로 꺾다 보니 재미가 쏠쏠하다. 금세 한 움큼이 넘는다. 동네 사람이 보면 안 될 것 같아 허리춤에 숨겨서 걷지만, 마음은 부자다. 현지인의 부식을 꽃다발로 변신시켜 집사람에게 머리에 올려 보라고 해 본다. 머리에 쓴 보관 같다.

고사리 한 움큼의 행복

다시 포구로 돌아오니 쨍쨍한 햇볕에 새로 포장한 콘크리트 바닥이 눈이 부시게 빛난다. 박대, 우럭을 말리던 상인이 우리를 쳐다본다. 건어물에 관심이 없는 집사람은 캠핑카로 가고 나는 상가로 가서 추젓과 갈치속젓을 구입하였다. 간혹 갈치속젓을 사면 잡어가 섞여 있는 경우가 종종 있는데 여기 것은 갈치 100%란다. 한번 믿어 보자.

임자도는 민어 부레 소리로 여름이 시작된다고 한다. 민어의 주산지는 이곳 임자도와 증도 일대란다. 여름철 보양식으로 단백질이 풍부하고 맛이 좋아 이를 먹어 본 임금이 많은 백성들이 먹으라는 의미로 이름에 백성 민 (民) 자를 썼단다. 그러나 지금의 민어는 고가 어류가 되었다.

여름철 민어는 산란기를 위해 이쪽 바다로 모이는데 어민들은 대나무 장대를 바다에 넣어 부레에서 울리는 소리를 듣고 그물을 내린다고 한다. 이렇게 잡힌 민어에는 부레라는 기관이 있는데 그 크기가 제법 크고 맛 또한 일품이라 식도락가에겐 선망의 대상이다. 또한 부레는 쓰임새가 많아 각혈병 환자에게는 피를 멈추게 하는 비상약이요, 각궁 제작 시에는 참나무와 대나무를 붙이는 중요한 역할도 하며 이 밖에도 공예품의 접착제 등으로 그 쓰임이 다양하다. 임자도에 다리가 연결되었으니 민어와 지역 특산물이 잘 팔려 지역 경제에 도움이 되기를 바라며 연륙교를 건넌다.

다시 육지인 지도읍에 왔다. 자은도로 가려면 중도왕바위여객터미널로 가서 여객선에 차를 싣고 이동하면 빠르다. 여객터미널로 전화하니 풍랑주의보로 운행 금지란다. 이번 여행의 목적은 박지도 퍼플교를 제대로 걷는 것이었다. 잠시 망설여진다. 작년 초에 압해도의 천사대교가 개통되었는데 자은도, 암태도, 팔금도, 안좌도, 자라도를 육지와 연결하는 이 토목 공사는 단군 이래 최대의 해양 문화 혁신이었고 이를 안 필자가 작년 여름에 다녀왔으나 여름철의 더위로 주마간산하였음이 항상 아쉬움으로 남아 있었다. TV에 소개된 퍼플교를 간과했다가는 집사람의 눈총을 감당치 못한다. 여행지에 대해서는 전권을 남편에게 의지하지만, 핵심은 꼭 기억하는 신기의 따짐왕이다.

그럼 할 수 없다. 돌아가면 된다. 배편으로 가면 20분이지만 돌아가면 1시간이 넘는다. 지도, 해제, 무안, 압해도, 천사대교를 지나면 바로다. 가는 길에 송도 수산물위판장에 들러 반찬거리를 마련하기로 하였다. 봄철의 싱싱한 수산물로 활기차고 사람들도 제법 북적였다. 우선 갑오징어가 먹물 속에서도 살아 있다고 헤엄치고, 꽃게, 소라, 갈치, 박대 등도 싱싱하게 보인다. 꽃게 1kg과 갑오징어 큰놈 한 마리를 사서 인근 한적한 주차장으로 이동하였다.

이곳 송도는 병풍도, 대기점도, 소기점도, 소악도, 압해도 송공항을 오가는 정기 여객선의 터미널이다. 작년에 대기점도, 소기점도, 소악도, 딴섬에 건립된 예수 12사도 순례자 예배당을 살펴보려 출발했던 곳이었고, 7년 전 갱년기 여행 때 맛있는 민어 건정을 구입한 곳도 이곳이었다.

캠핑카에서 꽃게를 삶으니 알과 살이 충실하다. 중간 크기로 3마리를 받았는데 35,000원이다. 큰 꽃게 2마리를 50,000원으로 흥정하다 마음이 바뀌어 요놈으로 결정하였는데, 실망시키지 않고 살은 달달하고 알은 게딱지 속까지 꽉 차 있어 먹는 내내 행복하였다. 갑오징어 숙회의 식감은 말이 필요 없었다.

계절의 진객을 맛도 보았으니, 박지도를 향해 출발이다. 들어왔던 길을 되돌아 지도, 해제, 무안을 거쳐 압해도를 향해 달린다. 드라이브하는 내내 언덕이 파도치듯 연속적으로 이어지고, 오른편의 바다와 숨바꼭질을 하는 사이에 황토밭의 마늘, 양파는 지천으로 펼쳐져 있었다. 양파 줄기가 짙은 녹색이라 금방 분간이 간다. 무안 쪽으로 들어서면 양파밭이 더욱 늘어난다. 좀 시간이 지나면 본격적인 수확기로 뽑힌 양파는 며칠 밭에서 말렸다가 망에 담아 출하할 것이다. 일부에서는 벌써 양파를 수확하는 모습이 간간이 보인다. 2.5톤 트럭이 밭 가장자리에 자리를 잡고, 허리를 구부린 아주머니 10명과 아저씨 3명이 조를 이루어 작업이 이루어지고 있었다. 일꾼들은 끝없이 솟아 있는 양파 줄기가 바늘과 같을 노동의 중압감을 받아들이고 저녁 무렵 아픈 허리를 다독이며 품삯을 받을 것이다. 오늘도 트럭에 주황색의 양파망이 꽉 차야만 집에 갈 수 있을 것이다.

천사대교 주탑이 보일 즈음에 송공산 천사섬분재공원을 찾았다. 지난겨울 방문 때에는 황량하였으나 오늘은 날씨와 계절이 최상이다. 매표소부터 영산홍이 만발이다. 밀식 재배가 아닌 한그루씩 대형 화분에 자리하고 있는 자태가 제법 작품성이 있어 보인다. 분재공원답게 온실이 아닌 언덕 사이사이에 배치된 소나무, 느티나무, 모과나무들의 기이한 자태는 자연을 역행하는 숭고의 인내가 배어 있다. 화분 안에 갇혀 목숨만 겨우 유지하는 수천만 원을 호가하는 나무들은 마사토의 깨끗함으로 포장되어 있었고 영양분을 공급하기 위한 거름 덩어리를 몇 개씩 안고 있었다.

이곳 분재원은 규모가 크지는 않지만, 실개천을 건너면 언덕에 자리 잡은 동백나무가 해양성 기후와 협업하여 특색 있는 분재원으로 탈바꿈시킬 것이다. 천사대교 효과로 더욱 번창하길 빈다.

천사대교는 10km가 넘는 긴 사장교이다. 천사대교에 올라서니 2개의 주탑이 우뚝 버티고 있고, 여기에 사용된 공법은 현대 토목공사의 현주소를 보는 듯하다. 흡사 비행기에서 보는 것처럼 드넓은 갯벌이 펼쳐져 있고, 구름의 그림자에 따라 시시각각 변하는 바다의 색깔까지 볼 수 있었다. 바딧가 봄철에는 유난히 바람이 심하게 분다. 파도가 일렁이는 모습을 보니 오늘 여객선이 결항한 이유를 알겠다. 좌측 아래 송공항 앞바다는 지주의 물결이 펼쳐진다. 겨울철에는 지주식 김 양식으로 황금의 밭으로 변한다.

얼마 전 겨울에 찾은 송공항에서 물김을 가득 실은 배들과, 물김의 상태를 확인하기 위해 분주히 오갔던 경매사들의 모습, 그리고 경매가 끝난 물김은 대형 포대에 담아져 트럭에 실려 갔던 일련의 과정이 파노라마처럼 기억난다.

수많은 물김이 어디서 양식되나 싶었는데 지금 내려다보이는 바닷속이다. 신안 김은 지주에 매달린 그물에서 포자로 시작하여 물속과 허공의 교차 속에 찬바람을 이겨내며 성장한다. 우리의 입속으로 들어오는 김의 현장을 보게 되니 갯벌의 귀중함을 새삼 느껴 본다. 이런 와중에도 돌풍은 계속 불어 캠핑카는 좌우로 흔들거리고, 신속히 다리를 통과하고 싶지만, 시속 50km 단속 구간이라 계기판도 보아야 하기에 청룡 열차를 방불케 한다.

암태도에 들어서니 호떡집을 알리는 현수막이 제일 먼저 눈에 들어온다. 여행객들의 호기심을 끌기에는 충분한 전략이다. 기동삼거리 담벼락의 할머니, 할아버지 벽화는 오늘도 안녕하시다. 차를 세우고 사진을 찍는 모습들은 변함이 없다. 한동안 머리가 없으신 할머니를 위해 동백나무를 옮겨 심어 할머니 헤어 디자인까지 완성해 놓았다. 동백나무를 머리로 형상화한 디자이너의 상상력과 부부애 완성을 위해 같은 모양의 나무를 멀리 여수에서 찾아내 옮겨 심었던 신안군의 결단도 훌륭하다고 본다.

연도교를 건너 팔금도에 들어서니 밭이고 논이고 언덕이 온통 유채꽃밭이다. 샛노란 꽃을 기대하였지만, 끝물로 이제는 결실의 시간이다.

안좌도는 제법 활기차다. 면 소재지의 기본적인 구성이 한눈에 들어온다. 양지바른 곳에는 면사무소가 위치하고 주변에는 우체국, 파출소, 보건소, 농협, 주유소, 초등학교가 한 세트로 구성되어 가족 같은 정감이 느껴진다. 사거리 주변은 읍동리란다. 시골 면 소재지인데 제법 규모가 있다 싶었는데 숨겨진 전통이 있는 모양이다. 주위를 보니 중학교와 고등학교도 있고, 성당도 보았다. 김환기 화가의 생가는 지난 여행 시에 자세히 보았기에 오늘은 통과한다.

안좌도 남쪽의 두리선착장이 오늘의 정박지이다. 협소한 주차장이지만 제법 관광지의 면모가 보인다. 평일 저녁의 바닷가는 조용하다. 내일 비가 온다는 예보가 맞기라도 하듯 하늘이 심상치 않다. 창문으로 보이는 박지도, 반월도를 연결하는 보라색 다리가 어서 오라 손짓한다.

2021.5.1.(토)

새벽부터 천장을 때리는 빗소리로 근심하던 차에 바깥 일기가 궁금하여 창문을 여니 안개가 자욱하다. 날이 밝기까지는 조금 있어야 하고 비바람 속을 산책할 일은 없어 다시 잠자리에 든다. 여전히 바람에 실려 오는 빗방울이 천장을 때린다. 아파트에서는 들어 보지 못하는 정겨운 빗소리다. 남들은 감성적인 소리라지만 혹시나 누수가 생기지 않을까 괜한 생각을 한다. 3년째 이상이 없으니 제작 업체에 감사해야겠다. 캠핑카의 장점을 만끽하고 있다. 텐트 생활은 밤중에 비가 오면 점검할 것이 많아 일어나야만 했던 기억이 난다. 지금까지 야영 생활을 20년 넘게 하면서 우천과 관련된 추억거리는 한 보따리이다.

제주도 관음사 야영장에서 개최된 제1회 인터내셔널 패트롤 잼버리 행사가 텐트 추억의 최고봉이다. 열대성 저기압 접근을 피해 본대는 인근 학교로 피신하였고, 시설물을 지키는 잔류 대장으로 남아, 밤새도록 몰아치는 폭풍우 속에서 시설물을 지키기 위해 말뚝을 더 박고, 끈으로 겹쳐 묶고, 돌덩어리를 주렁주렁 매달고 하여 길고 긴 폭풍의 밤을 넘겼다. 새벽에 나가 보니 밤새 흔들린 텐트와 돌덩어리가 부딪혀 천에 구멍이 난 것은 약과였다. 야영장에 설치하였던 수백 동의 텐트는 날아갔고, 잔존하는 것들도 반파되었던 대참사는 지금도 추억거리다. 또한 충청 캠퍼리 때에는 부여 구드래 잔디밭에 설영하여 그림 같은 풍광이 연출되었으나, 예고 없이 몰아치는 소낙비와 돌풍으로, 텐트는 날아다니고, 텐트 바닥엔 도랑이 생길 정도로 물이 차올라 행사 자체가 정지되었던 일화는 지금 생각해도 헛웃음만 나오게 한다. 지금은 안락한 캠핑카의 달콤함에 다시 한번 빠져든다.

아침을 먹으니, 비바람이 잦아들고 햇볕이 든다. 우중충한 보라색이 밝은 퍼플로 변하고 있다. 퍼플교에 사람들이 보이기 시작한다. 코로나19 팬데믹 시국에는 어디에서나 체온 측정과 전화번호 기재는 의무 사항이다. QR 코드로 간단히 신원을 확인하고 입장료를 내며 보라색 세계로 들어갔다. 신록이 짙어 가는 지금의 자연색과 보라색은 보색 대비다. 어울리지 않는 색상이다. 그러나 자연의 연두, 풀색, 올리브 그린색 등은 기꺼이 인간의 보라색과 화합을 이룬다. 자연의 아량이다.

집사람은 연보라색 점퍼를 입었다는 이유로 입장료 면제를 받았다. 그것도 매표원이 먼저 알아서 챙겨 준다. 괜히 기분이 좋아진다. 오전 내내 걷기 위해 우선 박지도를 종주하고 반월도로 가려 방향을 잡았다. 주변의 사람들은 보라색 난간에서 사진 촬영으로 분주하다. 다들 사진 찍으러 온 듯하다. 전 국민이 모델, 사진작가다. 매표소를 지나 보라색 궁전을 따라 547m를 걸으면 박지도에 도착한다.

바가지 조형물이 섬의 유래를 안내한다. 섬의 모양이 바가지를 닮아서 박지도라 불린단다. 왼편으로 방향을 잡고 숲속으로 들어간다. 섬의 둘레

박지도로 들어가는 퍼플교 모습

박지도를 알리는 바가지 상징물이 설치되어 있다

길을 주민들의 인력으로 만들었다니 감사한 마음으로 걷는다. 바다는 아직 넓은 갯벌을 보여 주고 있었고, 구름도 벗어지면서 기온이 올라 제법 더운 날씨로 변해 가고 있었다.

라벤더 농장에 도착하니 사람들을 피해 산 쪽으로 도망가는 고라니의 날렵한 모습이 기가 막히다. 양 갈래의 이정표에서 산꼭대기 방향으로 걷자고 하니, 그냥 해변길로 가잔다. 라벤더 농장 아래에는 온통 보라색 물감을 뒤집어쓴 집들이 옹기종기 모여 있어 동네 구경을 가려고 한다. 지붕이고 대문이고 담벼락이고 온통 보라색 난리다. 동네에는 사람은 보이질 않고 고양이들이 담장에 올라가 우리를 쳐다본다. 야옹이들 세상이다. 박지도 남쪽은 바람이 잦아들었다. 그래서 여기에 마을이 형성되어 겨울의 차디찬

북서풍을 견디는 모양이다.

　건너편 반월도가 지척에 들어올 시점까지 오솔길을 편하게 걸었다. 안내판에서 읽었던 노둣길의 흔적이 보인다. 스님과 연관된 전설로 중노둣길이라고도 불린다.

　두 섬에는 애틋한 이야기가 전해진다. 박지도와 반월도에는 스님들이 살고 있었고 얼굴은 본 적이 없지만 아른거리는 모습을 보고 서로 연민을 품게 되었단다. 박지도 비구니 스님이 돌을 반월도 쪽으로 갯벌에 부어 나갔고, 반월도 스님도 박지도 방향으로 부어 나갔단다. 세월이 흘러 노둣길은 두 스님이 중년이 되어서야 완성되었는데, 기뻐할 사이도 없이 갑자기 불어난 바닷물에 흔적도 없이 사라지고 후에 중노둣길만 남았다는 이야기다. 지역의 스토리텔링으로 만들어 문화 상품으로 진행하면 사업성이 있을까 하는 생각도 해 본다. 독일 라인강의 로렐라이 언덕 전설도 이렇게 태어난 것으로 알고 있다.

　섬 주민들은 두 스님의 노력으로 탄생한 노둣길을 디딤돌 삼아 섬을 오갔을 것이다. 그런데 갯골을 건널 때가 가장 난감했으리라. 디딤돌도 쓸려 간 갯골에 빠져 어찌할 수 없는 지경에는 신세를 한탄하는 울음이 날지도 모른다. 누구나 살다 보면 그런 순간이 있지 않은가! 그 당시 울지 못했다면 평생을 두고 기억할 것이다.

　박지도를 한 바퀴 돌아 바가지 조형물로 다시 왔다. 여기서 반월도로 가려면 교량을 건너야 한다. 건너왔던 교량보다 조금 더 긴 915m이다. 북풍의 바람은 보라색 교량을 날려 버릴 듯 세차게 분다. 갯벌에 박은 파일 위에 설치한 목교가 튼튼한지 의구심도 든다. 반월도에 도착하여 왼편으로 방향을 잡아 따스한 햇살을 만끽한다. 길옆 텃밭에는 양파, 마늘이 제법 여물었다. 이윽고 장씨 집성촌을 알리는 안내문과 사당, 묘지석 등이 즐비하게 보인다. 장씨 할아버지가 이곳에 터를 잡았고 이를 기리는 후손들의 상징물들이다. 박지도보다 관광객의 왕래가 거의 없어 당 숲만 살펴보고 되돌아 나왔다.

15. 고향으로 삼고 싶은 영월에 가다

2021.5.29.(토)~5.30.(일)

5월을 마감하는 여행지는 영월이다. 천안에서의 거리가 적당하여 운전의 맛도 나고 여행의 느낌도 드는 동네이다. 냇물이 많아 마음적으로 넉넉하고 들판과 마을이 잘 어울려 언제나 고향 같은 곳이다. 이대로 영원히 남기를 바라는 보물 같은 고장이다.

딸내미가 영월 선돌이 기억에 없다 하여 영월로 떠났다. 유년 시절 선돌에서 찍은 사진을 보여 주어도 별 반응이 없다. 제일 먼저 선돌에 도착하니 주차장이 새로 포장되었고, 화장실과 매점도 산뜻한 디자인으로 재탄생하였다. 영월군도 주민이 줄어들고 재정자립도도 낮음에도 불구하고 이렇게 투자하고 있으니 '박물관의 고향'으로 살아남기 위한 몸부림으로 여겨진다.

5월 말의 신록은 싱그럽다. 연두색에서 초록, 청록으로 갈아입어 완연한 여름으로 탈바꿈 중이다. 주차장에서 선돌에 이르는 산길은 나무 데크길로 시공하여 걷기 좋게 변하였다. 군데군데 땅 위로 드러난 소나무 뿌리를 보면서 영월의 강인한 속내를 보는 듯하였다.

짧은 거리를 지나 나타난 선돌은 변함없이 그 자리를 지키고 있었다. 선돌 사이로 보이는 서강의 물빛은 신록의 청록색과 하늘빛이 투영되어 그러데이션으로 퍼져 나가고 있었다. 여기에 흰 뭉게구름마저 서강에 내려앉으면 무릉도원이 따로 없을 것이다.

영월 선돌과 서강의 아름다움

오늘은 여유롭게 출발하였더니 어느새 점심때다. 인근에 장릉의 보리밥, 영월 읍내의 메밀요리, 영월 동강 한우가 있지만 오늘 목적지가 법흥사 무릉계곡인 만큼 주천면 다하누촌으로 방향을 잡는다. 코로나19 거리 두기 관계로 여행객이 줄어들었다지만 다하누촌 주차장은 만차다. 겨우 도로변에 주차하고 구이용 소고기를 찾아 나선다. 주천면 다하누촌은 거세한 한우 수소 고기를 비교적 저렴한 가격에 판매하는 정육점에서 고기를 구입하고, 주변에 산재한 식당에서 상차림 비용을 지불하고 시식하는 형태이다. 그래서 정육점에서는 부위별 소고기뿐만 아니라 사골, 포장된 곰탕도 구색을 갖추어 판매하는데 간혹 어느 집은 막걸리를 무료로 드시라고 아예 술통을 구비하고 있다.

주천면은 고려 때 주천현이 있었던 곳으로 '주천'이라는 지명은 술이 샘솟는다는 주천석에서 시작되었다. 지역 전통을 살린 정육점의 막걸리 인심은 지역 전통과 부합되는 측면이 있어 좋은 마케팅이라 생각된다.

상차림으로 손님을 받은 시장 주변의 식당들도 나름의 사업 수단이 있다. 우선 고기를 굽는 방식부터 살펴보자면, 불판이 프라이팬, 구멍이 뚫린 불판, 석쇠, 돌판 등이 있고, 화력도 가스 불, 참숯, 둥근 번개탄, 재생탄, 비장탄까지 각양각색이다. 반찬도 평범한 상차림에서 주인이 직접 담근 겉절이, 산채 나물, 장아찌까지 내어 주는 식당까지 선택지가 다양하다. 그중에서 최고의 조합으로 운영하는 단골집이 생겨났다. 작지만 부부가 직접 운영하는 형태로 다양한 산나물과 장아찌, 그리고 돌판으로 구비한 식당이 제일 좋았던 기억이 난다. 그런데 단골집이 횟집으로 바뀌어 무척 서운하였다. 차선책으로 찾아간 식당에서 별 무리 없이 행복한 시간을 가져 보았다.

커피를 좋아하는 딸내미가 카페를 가잔다. 일단은 찾아보자고 하였다. 면사무소 주변의 단출한 가게들과 옛 모습이 남아 있는 거리 풍경에 간섭하기도 하고, 남의 집 텃밭에 핀 감자꽃이며, 고추, 완두콩 등에 시선을 주다 보니 어느새 언덕까지 오르게 되었다.

붉은색의 파이프로 연결된 구조물이 하늘을 향해 뻗어 있었고 구멍 뚫린 발판을 밟으며 들어간 입구에는 코로나 검사장까지 설치되어 있어 카페인 줄 알았다. 그런데 티켓팅을 도와주겠다는 직원의 안내에 카드를 내밀었는데, 입장료가 개인당 15,000원으로 계산되었다. 이제야 유명한 미술관인 것을 알았다. 주천면을 무시한 참사였다. 외관의 붉은 막대기가 하늘을 향해 뻗어 있는 모습이 설치 미술을 흉내 내는 줄 알았는데 들어와 보니 내공이 보통이 아니었다.

정말 얼떨결에 입장하였다. 아직 나의 마음가짐은 샌들에 반바지, 반팔 티셔츠를 입은 동네 아저씨 수준이다. 낡은 창고를 미술관으로 개조하여 도심의 미술관 분위기가 아니었다. 명색이 이탈리아 바티칸 미술관, 파리 루브르 미술관, 영국 대영박물관, 그리고 독일, 오스트리아 등의 우수한 미술관을 섭렵하였고, 국내에서는 한남동 리움미술관 정도는 자주 가는 편인데 웬 시골에 미술관이 있네?

동남아산 흑단 목재에 양각으로 문양을 새겨 넣은 출입문을 전시 작품으로 내놓은 큐레이터의 의도성을 상상하였고, 인조 꽃으로 공간을 장식한 코너에서 딸내미 사진을 찍어 주는 것으로 시간을 보내던 중에 만난 장작더미 동굴은 로마 판테온을 연상하게 하여 이곳에 대한 관심이 발동하기 시작하였다. 비정형적인 장작 사이로 불규칙적인 햇살이 들어오고, 지붕 가운데 구멍에서 확산하는 햇살을 머금은 실내는 내면 속에 들어온 왜소한 나를 보는 듯하였다. 내가 할 수 있는 것은 아무것도 없었다. 가족사진을 찍는 행위가 전부였다.

미술관은 기존의 갤러리 틀을 깬 구성 일색이다. 새로운 시각의 패러다임을 실현하는 실험실 같다. 모노톤의 소나무, 대나무, 폭포는 실험적인 단순성으로 이목을 끈다. 문인화의 선 중심적이고, 여기적(餘技的)인 행위성을 묵직한 양감으로 재해석한 작가의 의도성에 나는 초라해져만 갔다. 이어지는 폐목의 기념비적 작품이라든가, 실을 이용한 몽환적인 접근, 색색의 끈으로 이어지는 선묘의 기교와 행성의 출현은 디자인 요소와 인테리어 측면에서도 세련되기 그지없었다. 무엇보다 구멍 뚫린 철망으로 구성된 3층 규모의 구조물은 탐험 코스로 변신하여 잠자고 있던 오감을 자극하여 카타르시스를 느끼기에 충분하였다. 높은 곳에 올라와 보니 이곳 미술관의 설립 의도를 간파하게 된다. 철저히 계산된 동선과 앤티크 스타일의 건축적 실현은 설계자의 취향이 내포되어 있었다.

출구의 기둥은 빨간색으로 색칠하여 흰색의 건물과 대비를 이루며, 주변과 이질적으로 배치한 의도는 분명히 있을 것이다. 참말로 신묘한 배색이다. 기둥 사이로 주천면 소재지의 풍광이 보이고, 샘천을 알리는 홍보관은 이곳을 찾는 관람객들에게는 서비스 공간이다. 역사의 기반 위에 조성한 현대적인 미술관의 면모에 도전받으며 모처럼 머릿속이 시원함을 안고 캠핑카로 돌아왔다. 이곳은 '젊은달 와이파크'라는 핫 플레이스였다.

판운리 섶다리는 오늘도 거기에 있었다. 다리 상판에 소나무 가지가 다른 것이 섞여 있는 것을 보니 최근에 보수한 모양이다. 평창강을 가로질러 건너편 캠핑장에 이르는 섶다리는 해마다 수리와 보수를 거듭하고 있으나 기본 골격에는 변함이 없다. 통나무로 기둥을 세우고 그 위로 소나무 가지를 펼치고 흙을 덮어 사람이 건너는 간이 다리이다. 홍수가 범람하면 유실되고 추수가 끝나는 10월 말경에 새로 설치하는 번거로움을 반복하고 있다. 그러나 최근에는 노동력의 부족과 자재 구입의 어려움으로 장마철 전에 다리를 해체하고, 늦가을에 복원하는 방법으로 바뀌었다.

이곳을 찾은 이유는 사진 촬영이 목적이다. 수없이 다녀간 포인트이지만 영월을 찾으면 꼭 거쳐 가는 곳이다. 둥글게 흘러가는 강의 모양도 예쁘지만, 눈이 내린 겨울이든, 물안개가 피어오르는 늦가을이든, 은하수가 흐르는 여름철이든 꼭 촬영을 하고픈 곳이다. 오늘은 후드득 내리는 빗방울 속에서 건너편 캠핑장으로 건너갔던 행인들이 급히 뛰어오는 모습을 몇 커트 찍는 것으로 만족하였다. 오늘도 아쉬움을 남겨야 다음이 있기 때문이다.

주천면 섶다리의 모습 - 2024.5. 한국사진작가협회 천안지부에서 연출한 것임

주천면 요선정에서 법흥사에 이르는 계곡 주변에는 오토캠핑장이 들어서 있다. 초입에 위치한 예쁜 캠핑장의 유혹을 뿌리치고 중간쯤의 솔밭캠핑장으로 들어섰다. 비가 내리고 있는 가운데 계곡 방향 사이트는 이미 타프와 텐트로 점령된 상황이라 자리가 비어 있는 중간에 차박지를 정하였다. 캠핑카는 나 혼자이다. 요금이 오만 원으로 비싼 편이다. 바닷가 쪽은 삼만 원 정도이고 그나마 시설이 좋은 곳은 삼만 오천 원 정도인 것을 생각하면 비싸다. 그러나 백 년이 넘은 굵직하고 쭉 뻗은 소나무 숲은 느티나무로 인위적으로 구성한 여타 캠핑장과는 비교를 거부한다. 시설이나 청결 부분에서도 최고의 환경이라고 평가해 본다. 어닝을 펴고 텐트도 설치하여 캠핑의 기본을 갖추고 하이라이트인 그릴에 소고기를 굽는 호사도 누려 본다. 불멍에 쓰려고 아껴 두었던 참나무 장작을 남김없이 태워 본다. 따스함이 밀려온다.

새벽까지 캠핑카 천장을 때리던 빗방울은 멈추고 아침에는 파란 하늘이 펼쳐진다. 법흥사 주차장은 참으로 넓다. 주차장과 바로 인접하여 가람이 시작되니 아쉬움이 남는다. 일주문을 차량으로 통과하니, 구불구불한 길의 정취와 곧게 뻗은 소나무와의 교감은 생략이다. 마음가짐을 내려놓는 과정도 생략이다.

법흥사를 둘러싼 봉우리들이 정겹다. 첩첩산중에 오목한 공간이 있다는 것을 누가 알았을까? 햇볕도 잘 들고, 바람도 쉬어 가고, 풍경 또한 남다른 이곳은 누가 보아도 명당이다.

통일신라 말기 교종에서 선종으로 변화하는 시기에 창건했다는 법흥사는 구산선문 중 하나다. 누구나 계율에 얽매이지 않고 참선을 구하면 성불한다는 계율은 불교 대중화를 이끌었다.

법흥사 적멸보궁은 통일신라 자장율사가 당나라로 건너가 얻어 온 부처님의 진신사리를 모신 곳이다. 이때 가지고 온 진신사리를 양산 통도사, 정선 정암사, 오대산 상원사 적멸보궁, 설악산 봉정암에 모신 것은 주지의 사실이다. 기원전 500년경 열반에 드신 석가모니를 제자들이 다비하여 얻은 두 말 석 되의 사리를 인도 8부족이 나누어 보관하였고, 이를 보관하는 시설을 탑으로 일컫는다.

예배의 대상인 탑은 인도, 중국을 거치면서 높은 신분이 사는 기와집의 모양으로 변화하여 한국 탑의 정형이 되었고, 불상도 열반 후 400년 가까이 무불상 시대로 있으면서 불족적이나 보리수 등으로 불법을 전하던 중에 인도 북부까지 진출한 그리스 헬레니즘 문화의 영향으로 불상이 만들어졌다. 불상과 불화를 모시는 조형물들이 아프가니스탄, 쿠차, 신장 위구르, 투루판의 천불동, 돈황 막고굴, 운강석굴, 용문석굴을 거쳐 한반도로 들어와 삼국시대부터 예배의 대상으로 모셨던 것이다.

가족이 찾아갈 곳은 적멸보궁이다. 적멸보궁에 이르는 길 좌우편에는 기와지붕이 깨끗한 전각들로 인해 절의 품위를 지켜 준다. 또한 적당한 오르막길이라 앞을 올려다보며 걷다 보면 잘생긴 소나무들이 위엄 있게 손을 펼쳐 주고 있다. 흡사 사천왕상을 보는 듯하여 여기서부터 마음을 다잡는 순간이기도 하다.

가쁜 숨을 서너 번 다스릴 정도에 만나는 적멸보궁은 지붕 기와 전체가 청기와로 장식되어 있다. 적멸보궁 내부에는 불상은 없고 큰 창문을 통해 뒷산의 허리춤만 보여 줄 뿐이다. 삼삼오오 아주머니들이 절을 돌며 합장하고 기도를 드린다. 과연 진신사리는 어디에 보관하고 있는지 궁금하여 절 뒤꼍으로 가니 부도와 석곽이 눈높이에 자리 잡고 있다. 절에서 제공하는 안내판을 읽어 보니 부도는 누구인지를 알 수 없고 석곽은 자장율사가 기도했던 장소라 적혀 있다.

아까부터 안내판과 부도를 오가던 아주머니 일행이 안내판을 읽고 있던 나에게로 와서는 할 말이 있는 분위기다.

"저도 관광객인데요?"

"부도는 스님의 사리를 모시는 곳이고 석가모니의 진신사리는 탑이나, 통도사처럼 금강계단에 보관하죠."

"석곽에 진신사리를 모셨다는 안내문은 안 보이네요!"라는 대답에 연신 감사하다며 허리를 굽혀 인사들 하신다. 겸연쩍다. 그리고 미력한 지식으로 잘난 체를 했다고 집사람의 꾸중을 듣는다. 그래도 기분은 좋다.

적멸보궁 앞 천막에서 시주를 받는다. 불자도 아닌 나는 공양을 한 적도 없고 절에서 뵙는 스님께 합장이 아닌 묵례로 인사하는 무식한 소인이다.

그러나 오늘은 하고 싶다. 작년 여름 어머니의 49제는 고향에 있는 절에서 모시자는 형님, 누나의 결정에 따라 난생처음 극락보전에서 4시간 가까이 제를 드렸던 경험이 있기에 시주에 참석해 보았다. 무인함에 오만 원을 넣고

양초 네 개와 곡식 주머니를 적멸보궁 뒤꼍에 올렸다. 한 개의 양초에는 딸내미의 건강과 취업, 양초 세 개에는 아들의 피트 시험 합격을 소원하는 문구를 채워 적었다. 처음 해 보는 가족의 소중한 행사를 마치고 절 앞마당으로 나오니 천막 쪽에 조금 전까지 보이지 않았던 관계자가 앉아 계셨다.

"진신사리는 어디에 모셔져 있나요?"
"절 뒤편 어딘가에 모셔져 있답니다."
그렇다! 뒷산 전체가 진신사리를 모신 곳이다. 산 전체가 예배의 대상이다.

산 전체가 부처다.

법흥사 적멸보궁과 뒷산 모습

16. 수국꽃으로 수놓은 거제도에 가다

2021.6.25.(금)

멀다! 수국 보러 가다 지쳐 죽겠다.

작년에 이어 올해도 거제도 수국을 보려고 캠핑카를 운전한다. 승용차 기동성이 떨어져 5시간이나 걸린다.

퇴근 시간에 맞춰 집사람이 캠핑카 세팅을 끝내 놓아 바로 출발하였다. 근처 세차장에서 청수 150리터를 채우고 경부고속도로에 들어섰다. 역시 평일이라 대형 트럭들이 도로를 점령하다시피 한다. 3차로 중에서 2, 3차로는 대형 트럭들의 경주장이다. 1톤 트럭 기반의 캠핑카는 화물트럭으로 1차로 진입은 안 되고 바깥 차로로 가자니 거북이 트럭에 막히고 2차로는 성급한 대형 화물차로 진퇴양난이다. 그래도 산업의 역군들인데 여행하는 입장에서 여유를 부리며 90~100km로 남쪽으로 향하였다.

첫 번째 휴게소로는 금산인삼랜드가 적당하다. 출발하여 1시간 반 정도 지난 시점이라 화장실도 가고 우유에 인삼과 마를 간 음료를 주문한다. 명물답게 5,500원이란다. 한 잔을 사서 셋이 나눠 먹는다지만 입맛에 안 맞는지 도로 내게로 돌아온다. 자잘한 인삼 2뿌리에 마 2조각을 먹은 셈이다.

거제도에 들어서니 4차선 자동차 전용도로를 이용하여 지세포 방파제에 수월하게 도착하였다. 최근에 거제도 교통난이 해소되어 좋았고, 조선소, 대형 아파트 단지와 근사한 전원주택 단지도 보여 우리나라를 대표하는 부자 동네가 맞는 것 같다. 그러나 조선업의 불황으로 실물 경기가 종전 같지 않다니, 조선업이 다시 한번 호황을 누렸으면 한다.

지세포 방파제로 들어오니 유료 주차장이라는 현수막이 보여 반가운 마음이 들었다. 여행 계획 단계에서 지세포는 다양한 캠핑족들의 난립으로 출입 금지를 예상하고 제2안으로 다른 곳을 염두에 둔 상태였다. 전동 킥보드를 타고 온 마을 공동체 관리인이 다가와서 전기를 쓰느냐, 텐트를 설치하느냐 등을 묻는다. 아니라고 했다. 그러면 주차비 5,000원이란다. 얼른 지불하고 바다가 보이는 곳에 자리를 잡았다. 사전에 학동몽돌오토캠핑장 예약이 안 되었던 서운함을 보상받은 기분이다.

요즈음 공영주차장이 코로나19 시국을 맞이하여 몸살을 앓고 있다. 좋은 자리에 장박은 물론이고 텐트까지 설치하며, 쓰레기 방치로 지자체에서는 아예 캠핑카의 출입을 통제하고 어길 시 벌금을 물린다는 현수막이 곳곳에 걸려 있다. 여기처럼 차라리 지역사회에서 실비의 주차료를 받고 관리하는 편이 여러모로 좋다.

낚시하는 강태공들이 주변에 가득하다. 닝해이지만 만조 시간대라 여자분들도 여럿 보인다. 그러나 고기를 잡아 올리는 모습은 다음 날 아침까지 본 적이 없었다. 여가로 그냥 바람 쐬러 온 가족들이다. 씽씽카를 타며 이곳저곳을 쏘다니는 어린이들의 재잘거리는 소리가 갈매기 소리, 파도 소리보다 정겹게 들린다. 어떤 아이는 나의 캠핑카에 대해 뭐라고 물어보는 것 같은데 정확한 의미를 몰라 적절한 답변을 못 해 주었다. 그래도 아이는 땀을 찔찔 흘리면서 또래들에게로 쪼르르 달려간다. 텃새인가?

주차료를 지불하니 마음이 편하다. 저녁 식사 후 방파제로 올라가 주변을 산책하면서 남들의 아기자기한 텐트와 옹기종기 살아가는 모습, 다양한 캠핑용품들을 곁눈질하는 재미도 쏠쏠하다. 정말로 술들 많이 드신다. 빈 술병이 없는 텐트가 없었다.

지세포항에서 바다 가운데로 설치한 데크는 강태공들의 성지이다. 양쪽에서 연신 낚싯줄을 던지고 야광찌를 바라보는 행렬이 낚시를 모르는 여행자에게는 신세계로 다가온다. 나의 캠핑카 창고에는 낚시 세트가 포장도 뜯지 않은 채 방치되어 있다. 조만간 퇴임 후에는 제대로 배워 이 분야에도 도전하리라. 지세포항의 불빛, 건너편 호텔의 광고 조명, 데크를 밝히는 가로등, 야간 조업을 하는 어선 불빛 등이 아쉽지만 내일 수국 만남을 위해 오늘은 여기까지다.

새벽 2시쯤 배 엔진 소리에 비몽사몽 밖을 내다보니 출항하는 뱃소리였다. 바로 잠이 들었다. 낚시하는 사람들도 참 대단하다. 새벽부터 움직이는 모습은 대단한 열정이다. 열정맨으로는 새벽 등산객이나 일출을 찍는 사진작가들도 만만치 않다. 5시 차량 엔진 소리에 눈을 떠 화장실로 가니 환경미화 차량과 음식물 수거 차량들이 분주하다. 어려운 일을 하시는 존경스런 사람들이다.

이렇게 아침이 시작되었다. 엊저녁 늦은 시간까지 추억을 남긴 사람들은 기상 시간이 8시는 넘어야 꼼지락거린다. 어제 씽씽카를 달렸던 건너편 텐트 아이들은 아직도 자는 듯 씽씽카는 무질서하게 주차 중이다. 참새들은 텐트 사이를 날아다니며 떨어진 음식물을 찾는 데 열중이다. 공원 시설물에 전세 내어 살림을 차린 팀은 아직도 자는 모양이다. 참새들은 정리 안 된 식탁까지 올라가 밥풀떼기를 찾는 데 열심이다. "아침 일찍 일어난 새가 먹이를 찾는다."라는 격언이 적중된 순간이다. 세상은 이렇게 살기 마련이다. 우리도 아침으로 대기업 박사들이 만든 비비고 해장국을 전자레인지에 데워 간밤에 남은 찬밥을 말아서 먹고 본격적인 수국 여행을 떠난다. 좋은 추억을 선사한 지세포여. 안녕이다.

지세포항에서 출발하여 거제도 남면 쪽으로 방향을 잡고 고갯길을 넘나든다. 좌측에는 구조라해수욕장, 망치몽돌해수욕장의 아름다운 텐트 물결과 파도의 유혹도 무시하고, 파란 대문 집 수국에 도착하였다. 평범한 담벼락 앞에 한 그루로 자라 만개한 너를 보기 위해 전국에서 찾아오는 것을 보면 인터넷의 위대함을 실감케 한다. 작년에는 만개한 시점에 찾아 차례대로 사진 찍고 분홍빛 색감에 감탄했던 추억이 생생한데 올해 만개 시점은 좀 더 기다려야겠다. 찾아온 사람들도 사진 한 컷 찍고 얼른 자리를 뜬다. 간사한 사람의 마음이다. 대문에는 자물통이 채워져 있었다.

파란 대문집의 수국 - 수북한 꽃 더미가 모두 한 그루에서 나왔단다. 1년 전의 모습

여기서부터는 길 양쪽으로 수국의 물결이다. 주로 파란 색조이다. 간간이 짙은 연지색과 살구색의 꽃이 보이나 그 수가 적은 편이다. 이곳의 토양이 주로 산성인가 싶다. 알칼리성 토양의 수국은 붉은색을 띤다고 한다. 학동몽돌해수욕장을 지나 거제 썬트리팜 리조트에 오니 사람들이 바글바글하다. 원피스와 모자로 한껏 멋을 낸 아가씨들이 수국꽃밭에서 자기처럼

예쁜 꽃들을 찾아 분주히 움직이며 추억을 쌓는다. 좋을 때다.

지근거리인 저구항 주차장은 이미 만차로 마을 끝에다 겨우 주차하였다. 한참을 걸어야 하는데 한여름 더위다. 얼굴에서 땀도 나고 발걸음도 무겁다. 우선 점심은 현지에서 사 먹어야겠다. 음식점 찾기도 어렵다. 여객터미널 앞 편에 동네 할머니, 할아버지 서너 분이 의자에 앉아 여행객을 구경한다. "여기는 식당이 3곳인데 옆집 주인은 병원 가서 오늘은 안 하니 저쪽 바다식당으로 가요." 관광 가이드시다.

출입문도 허름한 시골 백반집이다. 할아버지가 서빙을 보시는데 70세는 넘으신 듯 행동이 매우 느리시다. 이미 몇 팀은 식사 중인데 반찬이 시골스

저구항 절개지의 만개한 수국 모습 - 1년 전의 모습

럽다. 된장국, 고등어구이, 멸치볶음, 김치, 소라 무침 등 고만고만하다. 더운 날씨에 에어컨 속에서 식사하는 것도 고마울 따름이다.

저구항의 수국은 길가에는 그런대로 피었으나 여기서 자랑하는 절개지의 수국꽃밭은 이제야 꽃대가 올라오고 잎사귀만 태반이다. 응달로 늦겠지만 때가 되면 둥글둥글한 꽃송이로 언덕 전체를 덮으리라 기대해 본다.

저구항 수국의 실망을 안고 홍포전망대로 향하였다. 길가 양쪽은 만개한 수국꽃 천지로 그야말로 꽃 대궐이다. 사람들에게 알려진 곳보다 현지인들이 다니는 곳에 만개한 모습을 보니 사람의 발길이 가장 고약하다는 어느 노교수의 입담이 생각난다.

홍포전망대 못 미쳐서 비포장길로 변하면서 캠핑카의 탐험은 멈춰야 했다. 또한 나뭇가지로 캠핑카 지붕에 설치된 에어컨, 라디오·TV 안테나 손상이 예상된다. 넘어진 김에 쉬어 간다고 그늘에 주차하여 2시간 쉬어 본다. 시간이 간다. 하염없이 간다.

오후 5시가 지나니 기운이 생기고 나무 그늘이 늘어지고 있다. 역광으로 빛나는 수국꽃 사이로 몇몇 관광객들이 추억을 남기고 있다. 제일 멋진 포즈로 삶을 만끽하는 모습이 존경스럽다.

끝내 못 간 홍포전망대의 아쉬움을 달래고자 반대편 여차몽돌해변으로 향하였다. 도로 경사가 상당한 고바위길이다. 차량 기어를 D에서 3단으로,

다시 2단으로 변속하며 겨우 시속 20km로 전진한다. 오늘 밤 정박의 고민이 현실이 되었다.

여차몽돌해변은 도로에서 보면 절벽 아래에 자리 잡고 있었다. 아래에 펼쳐진 해변에는 텐트와 사람들이 보이고, 캠핑카와 차박용 차량이 다정하게 자리 잡고 있었고, 사이사이에 주차 공간이 보였다. 내려갈 것인가! 다른 곳으로 갈 것인가! 내려가기에는 경사가 급하다. 일반 차량이라면 그냥 가겠지만 3.5톤의 무게로 감당이 될까? 걱정하고만 있기에는 너무 근사하였다. 흡사 신세계를 보는 듯했다.

일단 내려가기로 부부간에 합의를 보았다. 급경사로 최대한 천천히, 천천히 내려간다. 주방 쪽에서 떨어지는 소리가 들린다. 그러나 신경 쓸 겨를이 없다. 무사히 내려와 보니 위에서 보는 것보다 훨씬 마음에 들어 기존의 캠핑카 틈 사이에 자리를 잡았다.

홍포전망대가 시선 위에 자리 잡고 있었고, 바다 위에는 섬들이 오밀조밀하게 떠 있었다. 어닝도 펼치고, 전용 텐트도 치고, 탁자며 안락의자 등을 세팅하자 근사한 전원주택 한 채가 완성되었다. 처자식을 보기에도 뿌듯하였다.

이곳은 어업 활동을 위해 해변을 정비하고 말끔하게 포장을 마친 항구이다. 검은 몽돌과 수련한 풍광으로 입소문이 나면서 찾아오는 사람이 늘어나고 있다. 원주민은 거의 없고 이따금 낚시꾼을 싣고 출조를 나가는 배편 외에는 한적하다. 오늘은 맑은 날씨와 잔잔한 파도로 최상의 자연조건과 캠핑장보다 훨씬 깨끗한 시설, 아늑한 입지 조건 등으로 최고를 선택한 것이다. 여기에 검은 몽돌의 해변은 장노출 사진을 촬영하기에는 안성맞춤이다.

　진전정찰을 다녀 본다. 젊은이 4명이 주야장천 술과 고기로 밤을 보낼 것 같은 경상도 사나이들의 모임, 갯바위 낚시를 하는 남편을 기다리는 아줌마, 스타렉스 캠핑카에 온갖 음식을 싣고 와 계단을 식탁 삼아 자리 잡은 국민학교 동창 같은 아저씨 아줌마들, 유치원을 이곳으로 옮겨 온 듯한 3가족 6명의 아이들은 비눗방울, 숨바꼭질, 씽씽카, 게잡이들로 쉴 틈이 없다. 재잘거리는 소리가 듣기 좋다. 부모를 잘 만나 행복할 세대다.

　일몰이 괜찮은 조건이다. 그러나 서쪽의 산이 높아 마지막 빛이 퍼지기를 기다렸으나 흐지부지 사라졌다. 22시 정도에 달이 올라올 것으로 예측되어 별 사진을 찍을 포인트를 염두에 두어 놓았으나 구름이 밀려오는 관

몽돌과 파도의 장노출 모습! 청아하기 그지없다

계로 오늘도 허탕이다.

일출 때 몽돌 장노출 사진은 그런대로 마음에 들었다. 새벽부터 분주히 촬영한 영향으로 조식 후 졸음이 밀려온다. 고정 침대 창문으로 들어오는 바람결은 돈으로 살 수 없는 시원함이다. 세월이여, 멈추어 다오. 잠시 잠을 자면서도 시간의 흐름을 감지한다. 이대로만 있어 다오.

오늘은 집으로 올라가는 날이다. 집사람과 딸내미가 주변을 산책하고 오는 모양이다. 그나저나 큰 도로로 나가려면 가파른 소로를 올라가야 하기에 걱정이 된다. 겨우 내려오긴 하였는데 누워 있는 내내 운전 연습이었다. 집사람과 딸내미는 걸어오라고 하고 차를 몰았다. 해변에서 속도를 내며 탄력으로 언덕을 올라 치는데 둔덕이 말썽이다. 거칠게 넘어섬과 동시에 액셀을 밟는다. 굉음을 내며 고개를 올라 친다. 온몸에 힘이 들어간다. 계속 액셀을 밟아 큰 도로까지 순식간에 올라왔다. 캠핑카에게 신뢰를 보낸다.

저 아래에서는 두 여자가 힘겹게 걸어 올라오고 있었다.

17. 창체동아리 고고미술사반 운영 실제 기고문

충청남도교육청에서 연간으로 출판하는 《충남교육》 출판물에 선정된 〈창체동아리 고고미술사반 운영 실제〉에 대한 기고문을 싣고자 한다(2021년 7월 발간).

아는 만큼 보이고, 보이는 만큼 느낀다

문화재에 대해 관심이 있는 학생들에게 현장의 실체를 보여 주고자 창의적 체험활동 동아리를 창설하였다. 우리 주변의 흥미로운 문화재부터 주제로 선정하고 이론을 익힌 다음, 현장의 문화재를 답사하고, 자료를 정리하니 학생들이 큐레이터, 학예사, 고고학자, 미술사학자, 만화가의 꿈을 키우고 있다. 학생들 덕분에 지도교사도 더욱 성장하는 계기가 되었다.

Ⅰ. 들어가기

2019학년도부터 시작한 창체동아리 고고미술사반은 첫해 8명으로 시작하였고 2021학년도에는 20명으로 조직되어 정착의 단계로 접어들었으나 코로나19 영향으로 어려움에 직면하고 있다.

본 동아리는 역사적인 이론의 정립, 답사지 선정, 답사 실시, 답사 후 보고서 작성 및 발표, 전시회 개최 등으로 운영되고 있다.

마침 코로나19 영향으로 등교 일수가 줄어들어 대면 수업 자체가 줄어들었고, 또한 답사의 여건이 학교 안팎으로 어려움에 직면하면서 과연 이런 상황 속에서 박물관, 미술관, 유적지를 찾아가야만 하는가 하는 괴리감도 생겨났다. 그러나 "배움의 열정은 계속 이어지고, 열매를 맺어야 한다"라는 일관된 소통으로 단체 밴드방 개설, 사전 과제 부여, 개인별 주제 발표 준비 시간 활용으로 교육의 연속성을 유지해 나갔고, 현장체험학습 시에는 방역 수칙 지침을 철저히 준수하였다. 등교 수업에서는 부여된 개인 과제를 확인하고 발표하는 등 계획된 내용을 실천해 나갔다.

연초 동아리 오리엔테이션 시간에는 동아리 설립 목표를 강조하고, 학생들을 격려하면서 연간 계획 실천 방안을 모색해 나갔다.

우선 전국에 산재한 문화재를 알아보고, 연간 계획을 세워 순차적으로 답사하는데 3년을 주기로 하여 다음과 같이 학생들과 정리해 보았다.

1. 우리가 살고 있는 천안을 중심으로 우선 삼국시대 백제권을 연구하고, 이를 기반으로 주변 지역으로 확산한다.

2. 동아리 시간에 문화재의 이론을 배우고, 현장에서 유물을 확인하며, 보고서 작성, 발표까지 지속한다.

3. 동아리 산출물을 연 2회 이상 단독전시회를 개최하고, 연말 학교 동아리 발표회에 참가하며, 활동 내용은 생활기록부에 기재한다.

II. 꿈을 실현하는 활동 전개

1. 학교에서의 동아리 활동 내용

가. 한국 미술사의 전반적인 흐름을 시대별, 대표 유물별로 소개하여 학생들의 이해도를 높였다.

나. 삼국시대 백제의 수도 이동(한산성-웅진성-사비성-익산)에 따른 정치적인 사건과, 지역별 대표 문화재를 알아보는 시간을 갖는다.

다. 명화 작품 감상의 기회를 현장체험학습 프로그램과 연계하여 추진함은 물론, 창의력을 표현하는 시간을 수업에 도입하여, 문화의 다양성을 지향하였다.

라. 학생 수준에 맞는 개인 주제 발표 연구 과제를 선정하고, 난이도를 조절하였다. 특히, 3학년 학생들은 대학 희망 학과와 연계된 내용으로 심화학습을 하였다.

마. 현장체험학습 계획 수립 시 기장 중심으로 진행하게 하여 자기주도적 학습 능력을 높였고, 여기에 지도교사의 지도를 첨가하였다.

바. 현장체험학습 후 보고서 작성과 발표회로 산지식을 강화하였고, 이러한 자료를 모아 학교 북카페에 전시회를 개최하니, 처음에는 쑥스럽던 학생들이 친구들에게 자랑하는 등 교육적 성과도 거두었다.

2. 개인 주제 발표 연구 주제 및 전시회 발표작(대표적인 예시)

순	연구 주제	전시회 발표작
1	백제의 미륵사지 석탑에 대하여	1. 동아리 활동 사진 게시
2	한국 복식의 변천과 동북공정에 관해서	2. 동아리 연간 계획(안)
3	수막새와 기와 변천사(백제를 중심으로)	3. 개인 파일철(연구 주제 내용 첨부)
4	전통 그림체를 현대 만화에 적용 방법 모색	4. 전통회화를 현대적으로 패러디한 한국화 작품
5	무령왕릉 출토품의 고향을 찾아서	5. 심화 연구주제 (3학년 중심으로)
6	한국 근·현대 그림 알아보기 (박수근을 중심으로)	6. 기타 작품
7	인상주의 화가 그림 연구하기	가. 입체 작품-건국설화 내용
8	모네에게 영향을 준 일본의 다색판화 연구	나. 민화-일월오봉도
9	고딕양식 변천 및 대표 건물 알아보기	다. 평면 작품-전통문양, 와당 디자인 작품 등
10	유명 명화를 아트마케팅 제품으로 창작하기	

3. 동아리 교내 전시회 개최 모습

교내 북카페에 전시된 동아리 작품 모습 (2020.8.10.~8.12.)	교내 북카페에 전시된 2학기 동아리 작품 및 참가한 반원들의 모습(2020.12.30.)

4. 현장체험학습 활동

가. 연도별 추진 사항 및 학습 내용

일시	장소	내용	교섭 관계/핵심 키워드
2019. 5.19. (일)	부여읍 일원	* 백제 사비성 문화재 - 정림사지(탑, 유물관) - 국립부여박물관 - 금성산(부소산성, 나성, 궁남지, 궁궐터 조망)	- 천도 시 남부여로 국호 변경 사유 - 능산리 고분 동하총 벽화와 고구려 진파리 1, 3호 고분과의 유사성 - 사비성 와당의 다양성과 삼국 간의 비교, 분석 - 백제금동대향로와 박산향로와의 비교 - 목탑에서 석탑으로 변화 과정 찾기
2019. 12.14. (토)	국립중앙 박물관, 경복궁, 국립현대 미술관 서울관	* 국립중앙박물관 - 삼국시대관, 불교미술관 * 경복궁 - 건물배치 의도성 - 광화문, 홍례문, 근정문, 근정전, 사정전, 강녕전, 교태전, 경회루 * 국립현대미술관 서울관 - 현대미술, 설치미술	- 삼국의 토기, 와당 비교 - 불교 유입에 따른 나라별, 시대별 불상 형태 - 삼국의 묘제 형태 및 부장품 - 신라 금관의 스키타이 문화와의 연관성 - 정도전의 유교사상 실현 의도 파악 - 풍수 및 건축적 요소 살피기 - 기관 이전으로 문화공간으로 탈바꿈

2020. 8.8. (토)	풍납토성, 몽촌토성, 한성백제 박물관, 석촌동 고분군, 소마미술관	* 풍납토성 - 토성 건립과 왕권 - 도성, 신전, 묘제 관계 * 몽촌토성 - 백성 주거지 발굴 현장 - 해자, 목책, 이궁 관계 * 한성백제박물관 - 위례성지 고고학적 접근 - 풍납토성 판축법 이해 * 석촌동, 방이동 고분군 - 적석총, 석실묘 구분 * 소마미술관 - 백남준 비디오아트	- 한반도에서 한강의 중요성 - 한산성과 춘궁리 유적과의 연관성 - 아차산의 고구려 유적(성, 보루) 파악 - 올림픽공원 조성과 문화재 훼손 실태 - 도시 개발에 따른 고분 유실 실태 - 고구려, 백제 적석총의 연관성 - 석실묘의 계보 파악(고구려-국내성, 평양성, 백제-방이동, 송산리, 능산리) - 현대미술의 감상법, 백남준 작품에 대한 수리, 존치 논란에 학생 생각
2020. 8.15. (토)	국립현대 미술관 과천관, 서울 예술의 전당 한가람미술관	* 국립현대미술관 과천관 - 평면, 입체, 설치, 영상 * 한가람미술관 - 서양 인상파전 - 대표 작가들의 화풍	- 한국의 근대, 현대미술의 흐름 - 미술품 보존, 복원의 현주소 - 비디오아트 설치물 보존 대책 - 서양미술사 흐름 파악 - 인상파와 자포니즘과의 연관성

2020. 11.8. (일)	공주 송산리, 익산 왕궁리 도성, 미륵사지	* 송산리 고분군 - 무령왕릉 발굴의 치욕 - 정지산 유적(빈전)과 공 산성과의 연관성 * 왕궁리 유적 - 사비성과의 연관성 - 왕궁 규모 및 발굴 현장 * 미륵사지 유적 - 미륵사지 가람 배치 확인 - 미륵사지, 정림사지 석 탑 연관성 및 특징 파악	- 송산리 5호분, 6호분(무령왕 릉)의 성격 추정 - 무령왕릉 출토품과 중국, 일 본과의 관계 모색 - 도성의 구성 요소(궁궐, 사원, 후원) 현장 살피기 - 선화공주와 사택적덕 왕후 관계 - 문헌고고학과 유물고고학의 상충성 - 문화재 복원 방법 및 한계성
2021. 5.23. (일)	국립청주 박물관, 국립현대 미술관 청주관	* 국립청주박물관 - 선사, 고대, 중세문화 * 국립현대미술관 청주관 - 평면, 입체 작품 감상 - 대표적 현대작가 이해	- 공주, 부여와의 유사 유물 찾기 - 수장고와 전시장의 조화 - 보존관리 및 개방적인 전시 장점 파악
2021. 7.11. (일)	국립중앙 박물관, 서울 예술의 전당 한가람미술관	* 국립중앙박물관 - 고대관, 중앙아시아관 * 한가람미술관 - 피카소 특별전	- 삼국의 금속공예품 세부적 파악 - 실크로드 관련 천불동 벽화, 불 교 문화재 한반도 전래 경로 - 피카소의 회화, 판화, 도자기, 조각품 및 야수파 특징 파악

나. 현장체험학습 활동 모습

부여 정림사지5층석탑(2019.5.19.)	부여 금성산 전망대(2019.5.19.)

국립중앙박물관(2019.12.14.)

경복궁 근정전(2019.12.14.)

한성백제박물관 입구(2020.8.8.)

석촌동 고분군 적석총 4호분(2020.8.8.)

몽촌토성 위를 걷다(2020.8.8.)

풍납토성 왕궁 추정 유적지(2020.8.8.)

국립현대미술관 서울관(2020.8.15.)

한가람미술관 인상파전(2020.8.15.)

| 공주 송산리 고분군 4호분(2020.11.8.) | 공주 송산리 정지산 빈전(2020.11.8.) |

| 익산 왕궁리 유적지(2020.11.8.) | 익산 미륵사지 석탑(2020.11.8.) |

| 국립청주박물관 고대문화실(2021.5.23.) | 국립현대미술관 청주관 입구(2021.5.23.) |

| 국립중앙박물관 선사, 고대관(2021.7.11.) | 서울 예술의 전당 한가람미술관 피카소전(2021.7.11.) |

III. 나가기

창의적 체험활동 동아리 운영에서 교육적 성과를 이루기가 어려운 실정이다.

학교 교육과정에서 차지하는 창체동아리의 위치, 동아리 활동의 대학입시 반영 축소, 학교 행사에 따른 잦은 시간 변동 등을 고려할 때 연초에 세운 계획을 실행하기에는 종종 어려움이 발생한다.

이에 이러한 시행착오를 줄이고 교육과정안에서 성과를 낼 수 있는 방안을 제시하고자 한다.

1. 학생 중심으로 전개되어야 한다

지도교사의 열정으로는 결코 교육적 성과를 이룰 수 없으며, 고등학교인 경우 진로와 밀접한 관계가 있으므로 학생 선발이 무엇보다 중요하다. 학기 초 신입생 홍보가 매우 중요하다고 사료된다.

2. 흥미를 유발시키는 프로그램이 있어야 한다

학생들은 목표가 없으면 스쳐 가는 시간일 수 있다. 따라서 활동은 진로지도와 연계되어야 하며, 학부모의 이해는 무엇보다 중요한 것이다. 주말에 다니는 현장체험학습은 사교육과 연결되어 있기 때문이다.

3. 결과물이 산출되어야 한다

수확의 기쁨이다. 이론적인 것을 현장에서 확인하고, 경험하고, 정리하여 남에게 보이는 것은 결코 쉬운 것은 아니지만 그에 따른 기쁨이라는 보상이 따른다. 그다음부터는 학생들끼리 의기투합하여 자연스럽게 진행이 되었다. 지도교사는 예산 지원 방안, 방역 대책, 답사지 예약, 현장에서의 안전대책 마련 등이 수반되지만 무엇보다 전문지식 습득을 위한 부단한 노력이 선행되어야 한다.

따라서, 창단한 동아리를 3년 동안 일관된 모습으로 추진한 결과 학생들의 진로에 영향을 미치고 대학 선택에 큐레이터과, 사학과, 미술 고고학과, 문예창작과, 만화과 도전이 시작되었다. 올 3학년들이 희망하는 학과에 모두 합격하는 희망을 꿈꾸며, 이를 지켜보는 후배들에게 좌표가 되기를 바라는 마음이다.

지금도 동아리 학생이 건넨 한마디가 교사를 춤추게 한다.
"선생님은 저의 롤 모델이에요."

18. 피서철에 떠나는 함백산과 맹방해변을 찾아서

2021.7.27.(화)

피서를 떠나지만 속내는 사진 촬영이다.

제천까지는 고속도로를 이용하고 이후 국도로 함백산을 향한다. 한여름 핫 플레이스 만항재의 서늘함을 느끼러 가는 길이다. 얼마나 시원할까? SNS에 피서의 끝판왕 만항재와 대관령 차박 경험담이 자랑스럽게 올라온다. 나도 이곳은 여러 번 가보았지만 피서를 위한 차박은 처음이다. 그림 같은 영월 시내를 뒤로하고 석항에서 상동길로 접어든다. 강원도 산은 덩치가 우람하여 충청도 산과는 스케일도 다르다. 검푸른 산길 사이로 캠핑카는 힘겹게 고갯길을 넘나든다. 충청도에서 이 방향으로 다닐 때면 얼른 제천에서 삼척까지 고속도로가 건설되는 희망을 갖는다.

영월군 중동면 녹전리 솔고개에서 소나무를 보기 위해 주차를 하였다. 소나무 주변이 공원화하여 풍광이 그만이다. 언덕 위에 우람한 소나무가 확실히 보인다. 일명 솔고개 소나무는 모 제약회사 상표 소나무라 하여 입소문이 자자하다. 그 명성답게 300여 년의 자태가 우람하면서 몽글몽글 잘

빚어 나온 파마처럼 정겹다. 잘 정비된 계단을 통해 소나무를 마주하고 주변 경관을 살펴보니 앞에는 깊은 계곡이 위치하고 앞산의 웅장한 산맥이 펼쳐져 사방으로 연결되고, 뒷산은 단풍산이라 하여 기암괴석이 아래를 내려다보는 형상으로 제법 경관이 웅장하다. 주변에는 전원주택이 자리 잡는 것을 보니 산속에 스며 살고픈 도시인이 자리를 잡은 모양이다. 주변을 살펴보았으니, 주인공 소나무를 마주해야겠다. 언덕이 협소하여 잘생긴 방향에서 촬영하기에는 애매한 위치다. 드론으로 촬영하면 좋은 피사체다. 그래도 애정을 가지고 여러 각도에서 24-70mm 렌즈로 몇 커트 촬영하고 헤어졌다. 하늘에는 뭉게구름이 산 능선과 어울려 흘러가고 있었다.

상동 이끼 계곡은 진사들에게는 성지다. 6~7월 싱그런 이끼가 계곡물과 만나 연출하는 자연미를 담기 위해 햇볕이 들어오지 않는 아침 시간에 주로 촬영이 이루어지는데 오늘은 오후지만 지나가는 길에 계곡으로 들어섰다.

평일이라 진사들이 거의 없다. 계곡 입구에 차량 2대가 주차 되어 있어 한갓지게 촬영하련다. 우선 계곡 상류 쪽으로 10분 올라갔다. 그동안 찍었던 장소를 지나 위로 올라가면 사람의 때가 없는 자연스러운 곳이 나타나기를 기대하며 삼각대와 카메라 장비를 메고 올라가는 길이다. 벌레 물림 방지를 위해 긴 바지, 팔 토시, 모자, 이놈의 마스크를 쓰고 산길을 오르려니 땀은 범벅이고 숨도 차다. 한참을 올라왔을 것으로 생각하고 계곡으로 내려가니 한 무리의 진사님들이 촬영 중이다. 장화에 줌렌즈로 무장한 것을 보니 진사가 맞다. 먼저 인사를 건넨다. 두 분은 반응이 없고 한 분이 반갑게 맞이해 준다. 아마도 부근 지역 사람 같다. "시기적으로 지났고, 물도

상동 이끼 계곡의 장노출 놀이

적고 이끼가 펴서 색깔도 안 이쁘고, 계곡에 빛이 들어와 찍기가 어렵다."
고 하신다. 참 친절하시다. 다니다 보면 이렇게 친절하신 분은 꼭 계신다.
감사함을 표하고 상류 쪽으로 올라가니 몇 군데의 포인트를 발견하였고 빛
을 피해 앵글을 조정해 본다. ND 1,000 필터를 이용하여 1분 정도의 장노
출로 작품을 만들어 본다. 집사람에게는 1시간 정도 걸린다고 얘기를 하고
왔으나, 내심 대작을 만들겠다는 욕심으로 시간에 구애 없이 놀다 가려 하
였다. 그러나 이곳은 불통 지역으로 늦으면 걱정할 것 같아 적당히 촬영하
고 내려왔다. 이곳 상동 이끼 계곡에서의 촬영은 이렇게 항상 아쉬움을 남
기고 떠나는 것 같다.

나의 캠핑카는 1톤 화물트럭을 기반으로 제작한 형태로 자체무게가 3.5톤이 넘는다. 여기에 청수와 캠핑용품들을 싣다 보면 아마도 3.8톤은 나갈 것이다. 이런 무게로 함백산 만항재를 오르니 시속 20km 전후로 헉헉거린다. 겨우 만항재에 도착하니 주차장은 만차이다. 할 수 없이 운탄고도길 입구에 주차하고 쉼터에서 간식이라도 하려 두리번거린다. 쉼터 냉장고 안에는 다양한 종류의 막걸리가 자리 잡고 있다. 그중에서 국순당 생막걸리와 메밀전병으로 목을 축여 본다. 여기서 차박하기에 이런 호사를 누려 본다. 달고 시원한 액체가 온몸을 부르르 떨게 만든다. 메밀전병의 잘 익은 김치 맛이 식욕을 자극한다. 이제야 만항재 온도가 궁금하다. 22도란다. 도시와 10도 차이다. 시원하다 못해 서늘한 것이 초가을 느낌이다. 만항재 도로변은 야생화밭이다. 이름을 아는 꽃이 없다. 평소에 보던 식생과 지형이 아니라 낯선 꽃들이 자생한다. 무식의 소산이다. 집사람이 다리가 불편하여 주변만 배회하다 다시 캠핑카로 돌아왔다.

차박이 대세인 시대다. 만항재 주차장에도 다양한 유목민의 면모가 펼쳐진다. 차량 옆에 텐트를 친 모형, 차량 뒷문을 열고 덧대어 텐트를 연결한 RV 차량 모형, RV 차량에서 숙식을 해결하는 모형, 그리고 전용 캠핑카를 운영하는 모형 등 좋은 집을 놔두고 이 먼 곳의 맨땅에 노숙하는 모습이지만 행복감은 넘쳐흐른다. 중요한 사실은 대부분 나이대가 50세 정도이다. 아마도 다양한 사연이 있겠지만, 휴가 차원에서 이곳을 찾은 것 같다. 평일은 이 정도이고 주말에는 꽉 찬단다. 캠퍼들 모두 긴팔 옷의 모습에 어느 분은 패딩을 입었다. 비상식의 현실이 이곳에서는 실체다. 나는 팔이 서늘해 소름이 돋아도 끝내 긴팔 옷을 입지 않고 버텼다. 이 또한 즐겁지 아니한가!

시원하게 잘 잤다. 아침 기온이 16도란다.

새벽녘 함백산 철탑 주변을 감쌌던 구름이 벗어나고 새파란 하늘이 온 누리에 펼쳐져 있었다. 산 아래 정암사로 내려갈 무렵에는 구름이 한 송이 두 송이 생겨나기 시작하여 오늘도 무더운 날씨를 예고하고 있었다.

정암사로 향하는 내리막길은 상당히 가파르다. 5km에 이르는 길을 저단 기어의 엔진브레이크를 사용하며 내려왔지만, 정암사 주차장에 도착하니 고무 타는 냄새가 심하게 올라온다. 문을 여니 앞바퀴에서 흰 연기가 나고 주변의 열기가 대단하다. 때마침 이 모습을 보고 달려온 아리아 640S 캠퍼가 조언하신다. 자기도 한라산에서 내려올 때 같은 현상을 겪었다며 이때는 물을 뿌리지 말고 그냥 식히며, 330mm 브레이크로 튜닝을 하니 이후에는 괜찮아졌다는 말씀이다. 감사한 마음으로 경청하고 서행만이 살길임을 다짐한다.

신라시대 자장율사가 당나라에 가서 진신사리를 모셔 와 정암사를 창건하고 수마노탑을 건립하였다는 안내문을 읽고 일주문을 들어선다. '태백산 정암사'라고 쓰인 현판을 보면서 함백산에 위치하면서 태백산을 인용한 내막이 궁금하기까지 하였다. 경건한 경내에 들어서며 보였던 앞산 중턱의 수마노탑이 나무에 가려 보이지 않아 탑의 행방을 찾는 마음으로 절 구경은 시작되었다. 탑에 이르는 산길 주변에는 탑 모양으로 생긴 등이 여행객을 안내하고 갈지자 형태의 오르막길을 여러 번 거쳐 이마에 땀이 맺힐 때 시선 위로 탑이 나타났다.

안내판에는 "신라의 승려인 자장이 당나라에서 귀국할 때 서해 용왕이 마노석 조각을 주며 탑을 세울 것을 부탁한 것이 유래로 전해진다. 마노란 석영에 속하는 보석을 가리키며, 건립의 출처가 용궁이라는 물에서 나왔다고 해서 수마노라는 명칭이 붙었다. 즉 수마노탑은 용궁에서 나온 푸른 마노석의 불탑이라는 의미다. 그러나 탑의 암석은 실제로는 마노가 아닌 칼슘과 마그네슘의 탄산염인 돌로마이트이다." 모전석탑은 석탑에 비해 견고성이 떨어져 수차례 보수를 거쳐 현재의 탑은 고려시대에 건립이 되었다는 친절한 안내문이다.

한국의 탑은 주로 석탑이지만 신라 문화권인 안동, 의성 지역에는 여러 모전석탑이 남아 있고, 정암사 탑도 신라 문화의 영향으로 이 같은 특징을 보여 주고 있는 것 같다. 우리나라 탑의 형태는 석탑이 주류이지만 우리에게 불교를 전해 준 중국은 전탑, 일본은 목탑이고, 백제는 목탑에서 석탑으로 변화하면서 그 명맥이 지금까지 유지되고 있다. 그러나 고구려는 남아 있는 탑은 전혀 없고 다만 평양의 청암사지에서 팔각탑지가 발견되어 그 명맥을 유추할 수 있을 정도다.

정암사 탑과 함께 인물을 촬영하기가 무척 어려운 각도다. 급경사 위에 자리한 탓으로 화각이 나오질 않는다. 모두 가까스로 탑에 붙어서 기념 촬영에 열심히들이다. 좁은 공간에서도 자식을 앞세우고 탑돌이를 하는 젊은

엄마의 모습도 아름답고, 눈 아래로 펼쳐진 정암사 경내도 뭉게구름과 어울려 참으로 아름답다.

다시 경내로 내려오니 수마노탑 아랫부분에 법당을 수리하는 공사가 한창이다. 열목어가 서식한다는 개천 다리를 건너 임시 법당에 가 보았다. 임시 법당에는 불상도 탑도 보이질 않는다. 혹시 수리하는 법당은 지붕을 투명하게 하여 탑을 올려 보는 구조로 건축하지 않나 살펴보았지만 이는 나의 상상력일 뿐 그러한 조짐은 보이질 않았다.

햇볕이 따가울 정도로 더운 날씨다. 벌써 간밤의 서늘함이 그립다. 일주문을 지나 공양을 접수하는 곳에 들러 동종을 샀다. 소리가 경쾌하고 시문도 추사의 세한도 모양이라 마음에 들었다. 이는 딸내미를 위해 선물로 챙겼다. 얼른 취업이 되었으면 좋겠다. IT의 강국답게 삼성페이로 계산하면서 일하시는 보살님께 말을 건넨다.

"수리하는 법당에서 탑이 안 보일 것 같은데요?"
"보이지 않아도 보이는 겁니다."

나오면서 뒤를 돌아본다. 아들 피트 시험 합격을 기원하는 소망의 등을 올렸기 때문이다.

자동차 앞바퀴 열기가 식어, 안심하며 미인폭포로 향하였다. 행정구역상 삼척 도계에 있지만 태백시와 붙어 있는 접경지이다. 미인폭포는 신리 너와집을 보기 위해 2번 지나갔지만 마음먹고 찾아가는 것은 처음이다. 통리 협곡에 있으며 석회암 지대를 거친 계곡물이 옥 색깔을 띤다는 기본 상식을 가지고 태백 시내를 통과하여 폭포 주변에 주차하였다. 어느새 점심때가 되었고 열기가 후끈 달아올랐다. 서늘한 태백이라지만 기온이 30도를 넘는다. 얼른 미인을 보고 싶어 길을 나섰지만, 마스크 착용을 잊어 다시 캠핑카로 돌아와야만 했다. 벌써 몸 전체가 끈끈하다. 운동화를 신지 않으면 출입을 금지한다는 팻말을 본 듯하지만, 샌들은 괜찮겠지 생각하며 얼음물도 챙겨 본다. 아니나 다를까 입장료 천 원을 받은 후 샌들로는 출입이 어렵단다. 길이 험해 사고가 난 적이 있다는 설명이다. 이를 어쩌나 하는 순간 관리인이 자기 운동화를 벗어서 나에게 건넨다. 참 고마울 따름이다. 세상에 이런 일이 나에게도 벌어지는구나!

폭포수가 떨어지는 계곡은 한참을 내려가야 한다. 중간에 절을 지나야 하고, 이후로도 갈지자 급경사 길을 더 내려가야만 한다. 이래서 슬리퍼 착용을 금지하는구나. 한편으로 이해도 갔다. 빌린 신발은 생각보다 편안하다. 발 사이즈가 비슷하다. 나뭇가지 사이로 옥빛이 보인다. 수량이 많지 않아 진한 옥빛으로 보인다. 뉴질랜드에서 처음 보았던 옥색은 석회암 지대의 칼슘 성분이란다. 가방에 넣은 카메라를 꺼내 다양한 앵글로 촬영하였다. 퇴적암이다. 사암에 자갈이 박혀 있고 바다가 아닌 육지에 단층이 융기한 곳으로 안내문이 설명한다. 항상 배우는 자세로 익히는 즐거움도 있다. 이젠 왔던 길로 올라가야 한다. 경사도를 알기에 천천히 올라왔다. 통리협곡의 가파른 비경과 태백산맥의 강인한 덩어리 물결을 보면서 운동화를 반납하였다.

미인폭포의 옥색 물빛

나를 찾아가는 문화 여행

"신발값 내서야겠네요?"

"스님! 자기 신발을 기꺼이 내어주신 관리인의 선행을 불교 잡지에 알려주세요!"라는 호기를 남기면서 미인을 카메라에 담았다는 뿌듯함을 안고 집사람에게로 돌아왔다.

태백에서 삼척으로 넘어가는 도로는 신리와 도계 두 방향이다. 너와집으로 유명한 신리 방향은 태백산을 관통하는 지형으로 산세는 멋이 있지만 캠핑카로 이동하기엔 무리가 있어 상대적으로 내리막길인 도계 방향으로 접어들었다. 도계까지는 계속 이어지는 내리막길로 덩치가 크다. 내리막길의 연속이다. 이곳을 지날 때면 20년 전 이곳으로 여행 왔던 또래 선생님들과의 스위치백에 대한 논쟁이 생각이 난다.

통리역과 도계역 사이는 험준한 산악지형으로 고도 차이가 435m나 된다. 이를 극복하고자 선로를 지그재그로 설치하고, 기관차 한 량을 덧붙여 전진과 후퇴를 반복하면서 올라가는 과정을 스위치백이라 부르는데 이와 혼동된 해프닝이었다.

나는 고갯길 열차 시스템으로 열차가 뒤로 밀리는 것을 방지하기 위해 철로 가운데 톱니 모양의 설치물을 운영하는 곳이 여기인 줄 알고 주장을 굽히지 않았으니, 결국 무지의 소산이 밝혀져 겸손의 중요성을 깨닫게 되었다. 지금은 철도 현대화 사업으로 연화산 속에 둥그런 모양의 터널을 뚫어서 다니고 있으며, 옛날 철길은 레일바이크 시설로 활용하고 있다.

차후에 스위스 융프라우 여행을 하였고 서너 번의 기차를 갈아타며 정상으로 올라갈 때 레일 가운데 톱니바퀴를 보고서야 부끄러움이 찬란해지는 것이다. 그때 함께했던 동료들에게 미안한 마음뿐이다.

고갯길을 무사히 내려와 도계읍으로 접어드니 감개무량하다. 삼척 바닷가로 이어진 도로 주변에는 다양한 추억이 서려 있기 때문이다. 환선굴의 여행 추억도 있지만 어린 자식들을 데리고 산 중턱에 있는 준경묘를 찾아간 사건은 지금 생각해도 웃음만 나온다. 이성계 할아버지 묘지로 알고 갔지만 사실은 소나무가 멋지다는 소문을 듣고 산책 정도로 나선 길이었다. 2km 이정표를 우습게 보고 손 붙잡고 가던 산책길이 급기야 업고, 어르며 올라갔는데, 산속에 펼쳐진 쭉쭉 뻗은 금강송의 압권에 감탄했던 기억이 지금도 남아 있다. 울진 소광리 금강송보다 훨씬 우람하였다.

그러나 최고의 추억은 이끼 폭포 사건이다. 계속 진행하다 보니 우측의 무건리로 들어가는 길이 보인다. 마을 입구 부분에는 대형 트럭이 산속 터널로 들어가는 모습이 아마도 광산 같은데 무엇인지는 모르겠다. 하여튼 작년 이맘때 무건리 이끼 폭포 사진 촬영을 위해 캠핑카를 몰고 왔을 때다. 저녁 무렵에 도착하여 무건리 간이 주차장에 당도하니 어두컴컴한데 주변에는 차량은 없고 온통 시커먼 정적이 위압적으로 다가온다. 저 멀리 보이는 외딴집에는 불빛조차 보이질 않고, 주변 분위기에 가위가 눌려 도저히 차박 할 용기가 없어 도계 공설운동장으로 다시 내려와 하룻밤을 보내고 새벽에 다시 올라간 기억이 생생하다.

무건리 이끼 폭포는 주차장에서 3시간 이상 올라가고, 임도를 걷고 다시 계곡으로 내려가야 만날 수 있는 곳인데 작년엔 수량이 적은 탓으로 환상적인 피사체는 아니었었다. 그래도 버킷리스트를 수행했다는 감흥을 지금껏 되새기고 있으며 지금 그곳을 지나고 있다.

잠시 후 환선굴, 대금굴을 알리는 표지판이 보인다. 환선굴은 식구들과 다녀왔던 곳으로 중국의 대형 동굴과 비교해도 손색이 없는 곳이다. 넓은 광장, 폭포, 구름다리들이 동굴 내에 위치할 만큼 규모적인 면이나 생성물들의 가치로도 대단한 곳이다. 그 아래쪽에는 대금굴이 개발되어 모노레일을 타고 이동할 만큼 인기가 있는 곳을 오늘 날짜에 어렵게 예약하였는데, 집사람의 다리 연골판에 문제가 생겨 걸을 수 없으니, 해약하고 지나가고만 있는 것이다. 여행은 시간과 돈, 건강 그리고 여유 있는 마음이라고 했는데 오늘은 건강상의 문제로 발목이 잡힌 것이다. 행복은 항상 우리를 기다려 주지 않는다. "있을 때 잘해. 후회하지 말고." 오승근 씨의 노래가 생각난다.

덕봉산에 도착했다. 눈앞에 볼록하게 솟은 바가지 모양이 경이롭다. 해변의 섬이 하천 퇴적물로 인해 육지와 연결되어 산이 되었다. 평평한 해안가에 혼자만 솟은 독특한 지형이 작은 규모의 산구 같다. 1968년 울진, 삼척 무장 공비 침투 사건 이후로 군사시설로 사용되다 폐쇄되었고, 최근에 전망대로 바뀐 이후 언론 매체에서 산에 오르는 길을 천국의 계단이라 하여 전국적으로 알려지게 되었다.

맹방해변에서 덕봉산과 연결된 다리가 이색적이다. 나무판으로 다리를 만들어 백사장을 가로지른 형국이다. 곡선적인 처리가 어디서 많이 본 모습이다. 아마도 말뚝으로 박은 기둥 위에 반으로 켠 부분을 발판으로 삼아 걷게 만든 설치물이다. 영주 무섬마을에서 그 원형을 찾을 수 있다. 냇물이나 강을 건너기 위해 징검다리로는 어림없는 곳에는 다리를 놓아야 한다. 영구적인 건설이 어려운 곳은 한시적인 다리를 놓아 개보수의 과정을 통해 공동체의 역량을 이어 나간다.

영주 무섬마을 외나무다리는 낙동강 지류를 가로질러 탄산리를 연결하는 S자 모양이다. 길이가 200m로 스릴 있는 코스이다. 20여cm 폭의 나무판을 걷는 것은 처음에는 흥미로운 일이겠으나 강 중반으로 갈수록 다리에는 긴장감이 들어간다. 중간중간에 마주치는 사람을 배려하는 간이역이 설치되었는데, 간이역은 나무판자 한 장 정도를 덧댄 것이지만 한결 안정감 있는 교량 설치 기술이다.

이러한 나무판으로 해결이 어려운 곳이라면 예천 회룡포의 뿅뿅 다리를 살펴보자. 회룡포 마을에서 대은리로 연결되는 내성천에 말뚝을 박고 건축 자재인 일명 '아나방'을 깐 것이다. 철판에 구멍을 뚫은 형태에서 이러한 이름이 붙은 것이지만 정작 쓰인 곳은 건축 현장이다. 과거에는 건물 외벽 공사를 위해 낙엽송으로 가설을 세우고 중간에 이것을 깔아 공사에 임했고, 지면이 물러 차량이 빠질 때는 이것을 깔아 지나가는 것은 1980년대에도 흔한 일이었다.

문화재로 남아 있는 돌다리는 교통의 요지나 재력이 있는 곳이다. 이렇지 못한 곳에서는 임시적인 섶다리를 가설하는 곳이 전통으로 남아 유지되고 있는 곳이 있다. 대표적인 곳이 영월 주천면의 섶다리이다. 강바닥에 통나무로 기둥을 세우고, 기다란 나무로 기둥과 기둥을 연결하는 상판을 설치하고, 그 위에 소나무 가지를 깔고, 흙을 덮어 만든 다리이다. 지날 때마다 흔들리는 느낌이 좋아 여러 번 건너 보는 재미도 있고 생소한 광경에 너나없이 사진으로 추억을 담아 둔다. 안개 낀 새벽녘에 이곳을 지나는 다양한 광경을 연상하며 아련한 추억에 빠져 본다.

덕봉산 주변의 차박지는 강 건너편 하맹방해변 주변이다. 강변의 대형 주차장에는 캠핑카, 트레일러 등 20여 대가 장사진을 치고 있다. 평소에는 마을 사람들이 그물을 말리는 곳으로 사용될 만큼 한가한 곳이 여름철에는 차박지의 성지로 바뀌는 것이다. 얼른 그곳으로 이동해서 한자리 차지해 본다.

콘크리트로 포장된 주차장 바닥은 한낮의 열기를 품고 있어 해가 져도 뜨끈하다. 바람은 훈훈하고 사방이 조용하다. 이따금 하맹방해변 피서객들이 외나무다리를 건너 덕봉산 둘레길을 다니는 모습이 500mm 렌즈에 명확히 들어온다. 태백산맥에서 내려오는 냇물이 바닷가에 다다랐으나 파도와 퇴적물에 막혀 넓은 저수지를 만드는 형국을 우리는 석호라고 배웠다. 이곳은 수량이 적어 화진포, 송지호, 영랑호, 청초호처럼 넓지는 않지만, 이곳 중학생들의 카누 연습장으로는 손색이 없어 보인다. 하루 훈련을 마치고 기다란 카누를 메고 현장의 컨테이너 시설로 들어오는 선수들이 보인다. 검게 그을린 육체 속에는 성공의 기원이 스며 있으리라. 오늘도 수고하였다.

이곳 주차장도 전망이 좋은 바닷가 쪽은 캠핑카가 밀집되어 있고 늦게 온 피서객은 주차장 가운데 자리를 차지한다. 바닷가가 조금 보이는 곳에 주차 후 다리 아픈 집사람의 몫까지 합하여 진전정찰을 다녀왔다.

주차장 주변의 화장실, 슈퍼, 식수대 등의 편의 시설은 우수하다. 하맹방 해변의 백사장은 고운 모래로 걷기에 무척 힘이 들고 덕봉산과 연결된 외나무다리는 바람이 불 때는 매우 조심을 해야 한다. 덕봉산을 동그랗게 도는 둘레길은 잘 조성되어 있어 집사람이 걷는 데에는 양호한 편이나 바닷가의 기암괴석 코스는 오르막, 내리막이 있어 가급적 생략하기로 하였다. 대나무 숲이 일품인 정상으로 올라가는 탐방로는 짧은 거리지만 많은 땀을 요구한다. 그렇게 집사람의 상황을 고려하여 주마간산식 정찰을 마치고 돌아왔다.

그동안 덕봉산은 해안 경계를 위해 민간인들의 접근을 통제했다고 한다. 최근 들어 동해안 지역에서는 군사시설을 관광객을 위해 개방하고 편의 시설들이 연일 방송을 통해 알려지면서 철조망이 있는 해수욕장은 거의 보이질 않는다. 동해안 경계를 책임지고 있는 8군단의 경계 만전을 바랄 뿐이다.

정찰을 마치고 돌아오는 길에 지역사회 발전을 위한 마음으로 슈퍼에서

생삼겹살을 구입하였다. 역시 피서철 물가는 변함이 없다. 한우 가격 수준
이다. 오늘 저녁 삼겹살에서 한우 맛이 날 것 같다.

주차장에 들어온 차들이 우리 차 주변에 왔다가 다들 다른 곳으로 이동
한다. 전방에 덕봉산이 위치하여 바다가 보이질 않기 때문일 것이다. 오늘
아침 정암사에서 배운 "보이지 않아도 보이는 것과 마찬가지."라는 명언을
생각하며, 이동 주차 없이 시원한 바람만이 불기를 기다린다.

해변 쪽에는 하루를 정리하는 시간이 보인다. 코로나19 방지를 위해 열
체크하는 봉사자들도 퇴근하고 해변의 파라솔도 철수하며, 하나둘씩 가로
등에 불도 들어온다. 캠핑카 실내등을 켜도 벌레가 달려들지 않는다. 올해
는 장마가 짧고 무더위가 이어져 날벌레들이 매우 적은 편이다. 캠핑하는
입장에서는 반가운 일이다.

캠핑카 옆으로 레이 승용차 2대가 오더니 서로 뒤로 붙어 주차한다. 반갑
다. 이윽고 캠핑 장비가 세팅되고 알전구도 달고 가림막도 쳐 가며 그들만
의 보금자리를 연출한다. 몇몇 젊은이들의 도란거리는 소리가 들리는 그때
그들을 향해 소리치는 방향을 쳐다보았다. 아마도 차박을 체험하는 관광객
을 위해 차량과 캠핑용품 일체를 대여하고 현장 지도를 나온 업체의 관계
자들 같다. 다양한 이벤트들이다.

끈적끈적한 새벽이다. 청량감이 없는 공기다. 동쪽에서 붉은 기운이 올라오고 있다. 점차로 영역이 확대되면서 구름도 붉은색으로 변한다. 어제 주차한 이 자리는 기득권 세력에 밀려 어쩔 수 없는 선택지였으나 여명이 퍼지는 이 순간은 명당으로 변하고 있다. 서해안처럼 큰 폭은 아니지만, 지금 창문 밖은 냇물이 넓게 펼쳐져 있어 어제의 하천이 아니다. 만조가 되어 바닷가로 흘러가지 못한 민물이 정체가 된 현상이다. 하늘의 붉은 기운이 냇물에 그대로 투영되고 바람마저 무풍이니 그야말로 거울 같은 마법이 펼쳐졌다. 덕봉산으로 연결되는 외나무다리를 포인트로 삼아 반영 사진 한 장을 건졌다. 횡재다.

덕봉산의 여명

새들의 먹이 활동은 시작되고, 새벽의 붉은 기운은 사라지면서 뜨겁게 쏟아져 내리는 햇빛이 주차장을 휘감기 시작한다. 어제도 수고했던 카누 학생들이 코치와 함께 준비운동을 시작할 때 집사람이 일어났다. 새벽녘에 당신이 나가는 인기척만 느끼고 간밤에는 잘 잤단다. 아침을 먹고 더 더워지기 전에 덕봉산 둘레길을 손잡고 걸었다.

집으로 가는 도중에 동해 추암해수욕장을 들렀다. 현재는 해수욕장으로 들어가는 입구가 확장되어 대형 차량 왕래도 가능하고 해수욕장 안에 주차장도 조성되어 있으나 이미 만석이라 하는 수 없이 바깥쪽에 있는 무료 주차장에 주차하고 걸어서 해변을 찾았다.

30년 전 고향 친구들하고 해수욕을 왔을 때는 해변이 한가롭고 주민들이 살던 어촌마을이었다. 촛대바위의 해변은 군 경계시설로 일몰 후에는 출입이 금지되었던 곳이었다. 그때 허름한 민박집을 구해 마냥 즐겁게 지냈던 곳이 세월의 변화에 따라 지금은 옛 모습이 사라져 버렸다. 마을이었던 자리는 집사람이 좋아하는 그림 같은 오토캠핑장으로 바뀌었고, 해변에 들어선 병풍 같은 대형 상가는 백사장을 반이나 잡아먹었다. 추암을 지키는 해암정과 촛대바위는 이 모든 변화를 알고 있으리라. 2년 전 이곳 오토캠핑장에서 1박을 하며 바닷가에서 밀려오는 해무를 몸소 맞이했던 추억의 사이트에는 또 다른 트레일러가 자리 잡고 행복한 시간을 보내고 있었다.

해변을 바라보며 횟집에서 먹는 점심은 부부에게 보내는 보상이다. 에어컨이 필요 없을 정도로 시원한 바닷바람이 활짝 열린 출입문으로 들어와 자꾸만 식탁 깔개용 비닐을 뒤집어 놓는다.

추암의 파도는 오늘도 포말을 일으켜 내며 웃고 있었다.

19. 대관령 휴게소와 주변 여행기

2021.8.4.(수)

휴게소로 여행 가는 것은 처음이다. 일주일 전 함백산 만항재의 시원함을 잊지 못해 이에 비견되는 대관령으로 떠나게 된 것이다. 하계 별장을 마련하기 위함이다.

영동고속도로 대관령 IC를 나와 옛날 영동고속도로 대관령 휴게소를 찾는 일은 어렵지 않았다. 풍력발전기 2기가 돌아가는 현장은 캠퍼들이 주차장을 점령하고 있었다. 그늘은 없지만 상대적인 기온이 낮은 곳이라 말 그대로 피서지의 1번지이다. 평일인데 마을이 형성되어 있었고 주말에는 그야말로 시장터로 변한단다. 오후 4시경에 도착한 하행선 주차장은 시원한 바람에 풍력발전기는 돌아가지만 주차장 바닥은 지열로 넘쳐나고, 적당한 주차 공간이 없어, 우선 그늘이 있는 양떼목장 입구 빈터로 이동하여 자리를 잡고 해가 넘어가기를 기다렸다.

이곳의 풍경은 좋게 말하면 캠퍼들의 피서지이지만 색안경을 끼고 보면 돈 많은 노숙자들의 하계 별장이다. 지금은 영동고속도로가 대관령 아래로 터널로 통행하는 바람에 옛 고속도로 휴게소가 차박의 장소로 용도가 변경된 것이다. 여기에 상·하행선 휴게소를 연결하는 다리가 있어 차박의 편리성을 더해 주고 있다.

상행선은 식당과 카페로 운영되며 아스팔트 포장도 깔끔하게 잘되어 있고, 양떼목장과 선자령 등의 접근성이 좋아 승용차와 버스들이 들고 난다. 하지만 캠핑족은 보이질 않는다. 이곳의 휴게소는 밤에는 화장실 문을 잠근다는 사실을 나중에 알게 되었다. 상행선 휴게소에서 선자령으로 올라가는 등산로 주변은 그늘진 곳마다 차량이 이미 점령하고 있었다. 자기만의 피서지를 개척하여 영토를 사수하듯 세간살이가 만만치 않아 보인다.

어느덧 시간은 흘러 일몰이 다가와 하행선 주차장으로 이동하였다. 2시간 전과 진영은 별반 차이가 없었고, 대한민국에서 생산되는 캠핑카들은 다 모여 있어 캠핑카 박람회를 보는 것 같다. 주차장 가운데에 비집고 들어가 자리를 잡아 본다.

양쪽의 풍력발전기 돌아가는 소리가 약간 거슬린다. 그러고 보니 회전하는 프로펠러가 우리 차 방향이다. 혹시 돌아가다 날개가 떨어지는 날이면 이야말로 날벼락이다. 그러나 그럴 확률은 매우 낮기에 설마 하는데 요놈의 날개 방향이 바람의 방향에 따라 수시로 바뀌기에 안심하며 지내 보련다.

산 아래 대관령면 방향에서 바람이 불어 풍력발전기는 더욱 열심히 돌아가고 체감되는 시원함도 피부로 느껴져 무덥고 끈끈한 아랫동네와는 먼 나라 이야기다.

간밤에 바람도 불고 구름도 없어 잠자는 간간이 하늘을 살펴보았다. 한 밤중에는 제법 쾌청하고 맑은 날씨로 별들은 나와 있었다. 그러면서 은하수 물결이 보일까 소망했으나 주차장 가로등과 차량 불빛으로 사진 촬영까지는 이어지지 못하고 하품만 나왔던 하룻밤이었다.

새벽이 되니 어르신들이 바쁘다. 화장실 주변에는 물을 긷는 사람, 운동 나가는 사람, 용변을 보는 사람, 차량을 정비하는 사람들이 보이는데 한결같이 남자들이다. 생태 리듬이 남녀 간의 차이가 분명히 있고, 새벽형의 인간들이 활동하는 모습이 바로 이곳이다.

오전까지 있으면서 이곳 모습을 살펴보니 삶의 현장이다. 마음이 맞는 캠퍼끼리 무리를 지어 식사나 산중 활동을 같이하고, 산 아래 볼일이 있으면 상호 간에 편의를 봐준다는 것이다. 그늘은 없지만 워낙에 시원한 곳이라 산 방향이나, 고속도로 준공비가 서 있는 계단 쪽은 강남인 듯 인구밀도가 높다. 또한 신기한 점은 한번 주차하면 거의 이동이 없다는 사실과, 50대 이상의 캠퍼들이 모여 생활하지만 화장실 사용 매너나, 무단 쓰레기 버리기 등 마찰 없이 깨끗함이 유지된다는 것이다.

청수도 화장실 옆에서 구할 수 있고 야영하기에 천혜의 혜택을 받고 있기에 출입금지 구역이 늘어나는 타 지역의 현실을 감안할 때 상호 간에 노력하는 모습이 역력하였다. 트레일러는 거의 없이 캠핑카, 캠퍼, RV 차량들이 쉬었다 가는 암묵적인 곳이다. 현장서 만난 같은 기종의 캠퍼가 다가와 몇 마디 말을 보내온다. 벌써 한 달 반이 지나가고 있으며 말복이 지나면 내려간다고 한다. 어떻게 한 달 넘게 지낼 수 있는지 궁금하다고 하니, 간간이 강릉에 내려가 바람을 쐬고 온다지만 더위가 싫어 바로 이곳으로 올라온다고 한다. 다 살기 마련이다.

구 영동고속도로 대관령 휴게소 하행선 주차장
- 지금은 신재생에너지전시관이 들어서 있다

대관령 피서는 하루만 지내고 평창 부근의 여행지로 떠나 본다. 한국자생식물원은 오대산 고개 방향으로 들어선 다음 월정사 입구 오른쪽 마을 안쪽에 있다. 시골집 사잇길을 지나면서 식물원이 있을까 하는 순간 주차장이 나타났다. 한동안 관람객을 받지 않다가 개인 식물원을 산림청에 기부한 이후, 재개원을 하는 모양이다. 그 기념으로 무료입장이다. 한여름 한

낮 땡볕 속에서 식물원을 구경한다는 것은 열성 마니아가 아닌 다음에야 무리다. 집사람도 더위를 직감한 듯 야외 구경은 포기하고 갤러리로 간다고 한다. 그래도 간간이 피어 있는 꽃밭을 누비며 사진기에 담아 보았다. 야생 식물이야 연륜이 있으니 대략 그 이름을 알고 식생도 읊어 보지만 식물원의 전문적인 이름은 푯말을 보고서야 눈길이 간다. 하여간 정말 더운 날씨로 온몸에 땀이 흐르고 턱에서는 땀이 떨어져 옷을 적실 지경으로 대관령이 그리워진다.

이곳 수목원은 입구에는 도자기 공방이 함께 있어 한결 고급스러운 분위기를 연출한다. 꽃과 나무에 관련된 그림들이 곳곳에 전시되어 있고, 도자기 공방에서는 제작 과정을 볼 수 있고 창작품도 구입할 수 있는 갤러리도 겸하고 있다. 앙증맞은 집 모양의 도자기와 컵 등이 부담 없는 가격으로 판매된다. 대학에서 도자기를 전공한 사장님의 감각적인 집 모양 시리즈 작품은 집사람의 취향을 저격하기에 충분했다. 밤톨만 한 크기의 고령토로 전원주택 같은 이미지로 형태를 잡고, 코발트 안료로 농담을 살려 붓으로 일일이 칠한 섬세함에 나도 이끌려 집사람보다 많이 충동구매를 하였다. 덤으로 한 채를 더 받은 다주택자 탄생 기쁨에 매점에서 사 먹은 팥빙수가 더욱 시원하였다.

발왕산 관광 케이블카로 이동한다. 평창동계올림픽을 거치면서 길도 넓어지고 그림 같은 집들이 골짜기마다 넘쳐나고, 레저의 천국으로 변하여 옛날의 횡계가 아니다. 이제는 대관령면으로 개칭하여 한국의 스위스로 자리 잡았다. 이곳 고원지대를 대표했던 배추, 감자, 목장 구경에서, 사계절

관광객이 찾는 여행 메카로 탄생하였다. 오삼불고기는 잘 있는지, 황태 덕장도 명맥을 이어가는지 궁금하지만, 캠핑카의 접근 한계로 스쳐만 지나간다.

발왕산 케이블카 운행 거리는 참으로 길다. 지자체마다 케이블카 건설 붐이다. 설악산 삭도 건설은 환경단체와의 갈등으로 사업이 중단된 것으로 알고 있지만, 찬성 여론도 만만치 않은 실정이다. 통영 미륵산 케이블카의 대박 이후 송도, 여수, 삼척, 목포, 청풍명월 지역에서도 건설되었지만, 이곳의 구간이 제일 길고 캐빈과 지상 사이의 높이도 적당하여 사람들이 이용하는 것 같다. 마주치는 캐빈에는 거의 마스크를 착용하는 모습에서 참으로 착한 국민성을 확인해 본다. 여덟 명의 왕이 나타난다는 팔왕산에서 발왕산으로 개칭된 정상은 서늘한 바람이 쌩쌩 분다. 정말로 시원하다. 사방팔방 시계가 양호하여 동쪽의 안반데기 풍차, 대관령 풍차, 삼양목장 주변의 풍차들이 선명히 들어온다. 스카이워크의 투명한 바닥에 질려 얼른 내려가자는 남편을 핀잔으로 응수하며 절뚝거리는 다리로 끝까지 갔다 온 집사람은 의기양양하다.

부디 평창의 기운으로 아픈 다리가 얼른 회복되기를 바란다.

위에서부터 황금조팝나무, 자주꽃방망이, 구릿대,
일월비비추, 참나리꽃, 도라지, 마편초, 해바라기

20. 철원, 포천, 연천에서의 가을 나들이

2021.9.10.(금)

억새 모가지가 나와 가을이 시작됨을 알리는 이즈음에는 가을꽃 구경이 한창이다. 코스모스, 황화 코스모스, 맨드라미, 해바라기, 댑싸리가 그 주인공들이다. 얼마 전 철원 고석정 근처에 맨드라미 꽃밭 뉴스가 나와 반가운 마음으로 가을을 찾아 나선다.

퇴근 후 경부고속도로, 판교 · 구리우회도로, 세종 · 포천고속도로는 차 산차해이다. 금요일 퇴근이라고 하지만 너무나도 밀린다. 다들 어디로 가는 것인지 한강을 건널 무렵엔 이미 해는 넘어가고 구리시 일대 도로는 빨간 등으로 연결된 주차장이다. 포천고속도로와 신평 IC를 거쳐 43번 도로로 접근한다. 어둠 속에 보이는 풍경은 크게 변함없이 고만고만한 가게와 건물들이 스쳐 지나가고, 과거에 있었던 돌 장애물, 조명용 나무, 단애들의 모습은 사라지고 접경지대의 풍경이 아닌 그저 시골 모습으로 변하였다. 200km를 5시간 달려 고석정 국민관광지 주차장에 도착하여 하루를 마무리하였다.

철원의 아침이다. 습기가 느껴지는 날씨로 옅은 안개 기운이 대지에 서렸다. 새벽 5시 30분에 어제 지나온 승일교 부근 주차장으로 이동하였다. 주차장엔 벌써 꽃을 보려 도착하는 차량이 있었고, 길 건너편 꽃밭에는 진사들의 모습이 아른거렸다.

잠자는 집사람을 깨우지 않으려 조용히 촬영 장비를 챙겨 꽃밭으로 향하였다. 주차장 옆의 논에는 추수를 마친 벼들이 논바닥에 줄을 지어 누워 있었다. 이곳에는 가을이 한창이다. 코로나19 시국이지만 꽃밭을 공개한다는 지자체의 결심으로 동화 속의 왕자가 된 기분이다. 촛불 맨드라미가 고랑별로 빨간색, 노란색, 다홍색으로 줄을 지어 식재되어 카펫을 펼친 듯 연속적으로 이어진다.

삼각대가 펼쳐져 있고 사람들이 무리를 지어 있는 곳이 촬영 포인트이다. 누구나 찍고 싶은 자리에 영락없이 그들은 먼저 와 있었다. 분명히 일출을 기다리는 중일 것이다. 오늘 일출은 6시 10분이다. 문혜리 방향에서 해가 떠오르는 시각에 그들 자리에 합류하였다. 흐린 날씨에 장황한 일출은 아니었지만, 아침을 같이하는 꽃들의 모습까지 담는 데에는 무리가 없었다.

숙근버베나, 해바라기, 촛불 맨드라미, 백일홍, 댑싸리들이 각자의 영역에서 손님들이 찾아 주기를 기다리고 있다. 엊그제 개방하였으니 더욱 청초하게 보인다. 아침 산책 겸해서 꽃밭을 24~70mm 렌즈와 함께 거닌 후에 캠핑카로 돌아왔다.

조식 후 집사람과 같이 꽃밭에 갈 무렵에는 일반 관광객들이 찾기 시작하였다. 예쁜 옷을 차려입은 사람, 부모님을 모시고 온 가족, 그중에서 눈에 확연히 들어오는 대상이 있으니, 그것은 우월한 신체 조건으로 모자와 양산, 꽃다발, 풍선 등으로 코디한 모델이다.

햇살이 퍼진 꽃밭에서는 코로나19 시국도 무색하게 여기저기서 행복한 시간을 보내고 있었다. 촛불 맨드라미를 300mm 반사 렌즈를 이용하여 실험적인 작품을 만들어 본다. 이 렌즈는 수동으로 작동하여 초점 맞추기가

고석정 꽃밭의 촛불 맨드라미 행렬

상당히 어렵다. 도넛 모양의 원형이 생기도록 애를 써도 조건이 충족하지 않아 동화 같은 형상을 만드는 데에는 실패하였으나, 색감을 살린 현대적인 이미지는 건질 수 있었다. 역시 꽃밭에서는 70~200mm 렌즈가 주역이다. 아웃포커스 기법으로 앞의 꽃송이만 살리고 뒤를 날리는 데에는 F2.8 조리개가 최적으로 컴퓨터 바탕화면으로 쓰거나, 지인들에게 선물로 보내기도 한다.

꽃밭 주변에는 관광지가 산재한다. 고석정은 임꺽정의 전설이 깃든 곳으로 여름에는 래프팅, 한겨울에는 얼음 축제가 열리는 곳으로 알고 있지만 사실은 현무암의 속살을 볼 수 있는 곳이다. 마그마가 폭발하여 강물처럼 흐른 현무암이 기반암인 화강암 위를 덮었다가, 억겁의 세월 동안 빗물이 스며들고, 하천이 흐르면서 양쪽 벽이 깎여 나가 형성된 지형으로, 주변의 들판에서는 강이 전혀 보이질 않는 특이한 모습이다. 강물의 깨끗함을 먹고 자란 오대쌀은 최고의 품질을 자랑하여, 이곳을 잃은 김일성이 한탄하였다고 하여 한탄강이라는 소문도 있다.

한탄강 물 윗길 트레킹 코스는 주상절리를 가까이서 볼 수 있으며, 출렁다리가 연결되어 사계절 힐링의 길로 거듭나고 있다. 직탕폭포는 일명 한국의 나이아가라 폭포로 칭하며, 규모가 크지 않아 실망하겠지만, 겨울철에는 물살이 꽝꽝 얼어 북극의 모습을 연출하는 곳이다. 지척의 승일교는 1948년 북한에서 시작한 것이 6.25로 인해 중단되었다가 1958년 한국이 완공하였다고 한다. 이것은 이승만의 승 자와 김일성의 일 자가 합쳐진 이름으로 알려져 있으나, 이 다리를 완공한 군부대 공병대대장의 이름이 승일이라는 이야기도 전해진다. 지금이야 거대한 태봉대교의 위세에 눌려져 있지만 상판을 지탱하는 아치형의 교각 모습은 제법 예뻐, 북이 사용한 공법과 비교되어 오늘날까지 관광 상품으로 남았다. 여기에 상판에 조명을 설치하여 밤에는 제법 운치가 돈다. 역사의 한 장면이다. 널리 알려진 노동당사는 6.25 전에 지어진 것으로 철원 지역을 관할하는 노동당이 기거했던 건물이다. 콘크리트로 잘 지어진 건물이지만 동란을 통해 수많은 총탄의 흔적이 남아 있고 부분적으로 무너진 기둥들을 보자면 민족의 아픔을 느끼게 한다.

노동당사 동편으로는 양지 마을이 있는데 겨울철에는 두루미가 토교저수지 일원에 날아와 월동하는 곳이다. 지역 주민들이 먹이를 주고 하여 집단으로 서식하는데 이런 모습이 진사들에게 소문이 나는 바람에 지금은 아예 지역 주민들이 입장료를 받고 실내에서 편하게 작품 사진에 매진하도록 시설을 마련해 놓았다. 추운 겨울 장갑을 끼어도 손이 시린 속에서도 두루미 일가가 앞산 방향으로 비행하거나, 백조 무리가 한탄강을 이륙, 착지할 시에는 카메라 연사 셔터 소리가 사격장을 방불케 한다.

도피안사는 고려시대 비로자나 철불을 모신 금당이 있는 곳이다. 일설에는 땅에 묻혀 있던 불상을 불심이 가득한 부대 지휘관의 꿈에 나타나 발굴하였다는 전설 같은 이야기가 있다. 민통선 안에 위치하여 답사의 어려움이 있었으나 지금은 누구나 찾을 수 있는 관광지이다. 절 뒤편에는 교통호와 지휘소 벙커가 남아 있고, 절 마당 요사채에는 지하 시설이 있어 전쟁의 상흔과 겨울철 추위를 실감하는 시설물들이라 하겠다.

이번 여행은 꽃이 주제로 연천 호로고루성 해바라기를 향해 나아간다. 철원 고석정에서 포천 비둘기낭 폭포는 지근거리다. 가는 길에 부분부분 수확한 논들이 보이고 누렇게 익은 벼를 보며 열흘 뒤로 다가온 추석에는 햅쌀을 먹을 수 있겠다는 생각을 해 본다. 지천이 황금물결이다.

비둘기낭 폭포와 하늘다리는 같은 공간에 있다. 하늘다리 주차장에는 푸드 트럭들이 줄지어 있고, 장사를 준비하는 모습만 보이고 관광객은 보이질 않는다. 어떻게 먹고사나 남 걱정을 해 본다. 반면에 하늘다리에는 사람들이 사진 촬영을 하는지 대화 소리가 울려 퍼지고 있었다. 나는 하늘다리에 올라가면 폭포가 보일 줄 알았다. 그러나 어림없는 일이었다. 다시 차를 타고 2분 정도 내려가야 비둘기낭 폭포 주차장에 도착한다. 주변에는 잘 정리된 캠핑장도 있어 차후 기회를 기대해 본다.

폭포 입구에는 지질 생태를 탐험하는 학생들이 인솔 교사의 설명을 열심히 듣고 있다. 참으로 보기 좋은 광경이다. 살짝 지나가며 귀동냥을 해 본다. 화산 폭발로 현무암이 화강암 위로 쌓이고, 이후 다양한 침식 작용으로 한탄강 지형이 변동하였다는 내용이다. 나도 현장에서 찾아보니, 수십만 년 전에 평강군 오리산에서 화산 폭발로 분출한 마그마가 한탄강을 따라 철원, 포천, 연천을 거쳐 흐르면서 주상절리를 형성하였고, 긴 세월 동안 조금씩 깎여 나가며, 우리가 보고 있는 현무암 협곡 절벽이 만들어진 것이다. 지상이나 해변에서 급속히 식은 마그마는 육각형을 형성하여 자연의 신비를 제공하고 있는데, 제주도 대포 주상절리에서는 수직의 형태를, 경주 양남 바닷가에서는 부채 모양 형태의 주상절리를 볼 수 있다.

비둘기낭 폭포를 가기 위해선 평지에서 계곡으로 내려가는 데크를 이용해야 한다. 몇 계단을 내려가니 폭포의 전체 모습이 보이고, 폭포 아래에서는 사람들이 사진을 찍고 있었다. 주상절리 절벽 사이로 쏟아지는 두 줄기의 물줄기가 벽면을 오목하게 침식시켜 마치 새집처럼 만들어 놓았다. 폭포수에 손이라도 씻을 요량이지만 울타리가 쳐져 있어 아쉬움으로 남는다. 유네스코 세계지질공원이라 하니 어쩔 도리가 없다.

폭포의 명칭은 폭포 뒤 동굴에서 수백 마리의 백비둘기가 둥지를 틀고 서식한 것을 둥지의 한자어인 '낭'을 붙여서 비둘기낭 폭포라 전해진다. 다시 올라오면서 내려갈 때는 보지 못한 비둘기 두 쌍의 모형이 안내판 위에 설치된 것을 볼 수 있었다. 비둘기는 다정함의 상징이다.

연천 비둘기낭 폭포 모습

다음 여행지는 연천 재인폭포이다. 지도상으로는 지근거리나, 종자산을 돌아가는 길이라 40분 걸린다. 가는 도중 길가에 봉긋한 무덤이 언뜻 보여 고분임을 직감하고 급히 주차하고 뛰어가 보았다. 예상은 적중하여 연천군 전곡읍 신답리 고구려 고분이란다. 형식은 석실봉토분으로 고분 주변에 많은 무덤이 있었으나 경지 정리 과정에서 없어지고 현재는 2개의 고분만 남아 있다는 친절한 안내판 설명이다. 우연하게 발견한 고구려 고분이 반갑기도 하여 몇 가지 언급하고자 한다.

고구려 고분은 집안 국내성과 환도산성 일대와 평양 대동강 주변에서 시대별로 형식이 변해 가는 과정을 익혀 왔다. 적석묘는 돌무더기로 봉분을 만든 방대형, 기단으로 만든 계단식 돌무지무덤형이 있다. 이후 묘실이 있는 석실묘로 발전해 나간다. 남한에서 고구려 고분을 본다니 조상 묘를 보듯 반가운 마음이 든다.

5세기경 장수왕의 평양 천도 이후 고구려의 남진으로 한탄강, 임진강 일대의 고구려 지배 양상을 증명하는 중요한 자료로 여겨진다. 석실의 벽화 유무 언급이 없는 것은 무척이나 아쉬웠다.

다른 안내판을 보니 6세기경 한강 지역을 확보한 신라와의 국경선 역할을 하면서 이곳에는 신라 유적지가 고구려 유적지와 혼재되어 있고, 지금은 남북한 DMZ의 군사 대치 지역으로 세월은 흘렀어도, 변하지 않는 한반도의 지리적 아픔을 다시 한번 되새기게 한다.

신답리 고분에 대한 현장 안내판을 옮겨 본다.

"연천 신답리 고분(경기도 기념물 제210호)은 고구려의 석실봉토분
이다. 석실봉토분은 매장시설로 석실을 사용하면서 외부를 흙으로
덮어 봉분을 만든 묘제 양식을 말한다. 고구려계 석실봉토분은 지상
에 석실(무덤방)을 두고 석실의 지붕을 삼각고임 형태로 마감한 것
이 특징으로, 연천 신답리 고분은 지상식 석실에 삼각고임 천장 구조
를 가진 전형적인 고구려계 무덤으로 알려져 있다. 특히, 연천 한탄
강 주변에서 쉽게 구할 수 있는 현무암을 다듬어 무덤방을 만든 것
이 특징이다. 이곳 주민들은 이 고분을 말무덤으로 부르며 신성시해
왔는데, 전하는 말에 따르면 고분 주변에 더 많은 무덤이 있었지만
경지 정리 과정에서 없어지고 현재는 2개의 고분만 남았다고 한다.
고구려 지배층의 무덤은 평양 천도(427)를 기점으로 적석총에서 석
실봉토분으로 변화하면서 보편화되기 시작한다. 연천 신답리 고분
은 5세기경에 만들어진 것으로 고구려의 남진 경영과 임진~한탄강
일대의 고구려 지배 양상을 증명하는 중요한 고고자료이다."

또한 연천의 고구려 유적 안내판은 다음과 같다.

"고구려의 광개토대왕(재위 391~412)과 장수왕(재위 412~491)
은 남쪽의 백제와 신라를 압박하여 남진 경영을 시작하였는데, 연천
의 고구려 유적은 이 시점부터 등장하기 시작하였다. 오늘날 연천이
위치한 임진~한탄강 지역은 삼국시대 평양과 서울(당시 한성)을 연

결하는 가장 빠른 육상 교통로가 지나는 전략적 요충지로 고구려의 남진 경영 시기에 교통로의 주요 거점 지역을 중심으로 성곽이 축조되었다. 이 시기 고구려는 연천 지역에 행정구역인 공목달현을 설치하고 실제적인 지배를 시작하였다. 그러나, 6세기 중반부터 시작된 백제와 신라의 반격으로 고구려는 서울의 한강 지역을 빼앗기고 연천의 임진강까지 후퇴하여 북쪽으로 세력을 확장하는 신라에 맞서 남쪽의 국경 방어선을 재정비하였다. 임진강 하류부터 덕진산성, 두루봉보루, 호로고루, 당포성, 무등리 보루군, 강서리 보루로 이어지는 고구려의 임진강 방어선이 완성되자 남쪽에서 북상하는 신라는 임진강을 넘지 못하고 임진강을 사이에 두고 북쪽의 고구려와 국경을 마주하게 되었다. 이런 군사적 대치 상황은 고구려가 멸망하는 668년까지 지속되었으며 임진강은 삼국시대 북쪽의 고구려와 남쪽의 신라가 군사적 대치 상태를 이어가는 DMZ 역할을 하게 되었다."

고구려와 백제의 고분의 전형은 석실묘이다. 적석총과 달리 석실묘에는 내부 공간이 있어 여기에 벽화를 그려 오늘날까지 내려오고 있다.

고구려 유적 중에 집안 근방 것은 중국이, 평양 근방 것은 북한이 세계문화유산에 등재한 상태이다. 주된 벽화 내용은 인물, 생활상, 전쟁, 불교, 사신도 등으로 4세기에서 7세기에 이르는 동안 그려져 왔다. 본인은 집안에 있는 5회분 5호묘 내부를 관람하였고 잘 마무리된 돌판에 자연 안료로 채색된 그림들이 관광객의 일산화탄소로 인해 검게 변해 가는 색감을 살펴보았다. 이러한 고구려의 벽화 전통이 백제로 이어져 공주 무령왕릉과 왕릉원 5호분에는 사신도가 각 방향에 남아 있고, 바로 옆의 6호분 무령왕릉 벽면에도 동편의 좌청룡이 진흙으로 묘사된 흔적을 볼 수 있다. 부여로 천도후에도 능산리 고분 동쪽 아래 고분의 횡혈식 석실묘에는 좌청룡, 우백호, 남주작, 북현무와 천장에 구름무늬와 연꽃무늬가 남아 있어 고구려, 백제가 서로 싸웠으나 이러한 묘제의 흐름으로 볼 때 한 핏줄임을 증명하게 되는 것이다. 특히 능산리 천장화는 평양 진파리 1호, 3호분 벽화와 매우 흡사하여 이러한 역사를 뒷받침한다. 아무튼 삼국이 충돌한 연천 지역에서 편린을 찾는 것은 나만의 즐거움이다.

재인폭포 주차장에서 폭포로 이어지는 나무 그늘 데크길은 코로나19가 무색할 정도로 인파가 넘친다. 주변에는 백일홍이 만발하여 젊은이들의 놀이터가 되고, 몽우리를 키워 나가는 국화도 지천에 식재되어 있다. 폭포 소리로 멀리 있는 재인폭포를 발견하였다. 전면에 하늘다리가 놓여 있어 연신 사람들이 오간다. 수량이 적당하여 하얀 물줄기가 선명하다. 폭포 밑까지 데크가 설치되어 있으나 인적이 보이질 않는 것을 보니 분명히 통제 중이리라.

출렁다리 중간에서 보는 재인폭포는 참으로 절경이다. 드론 시각이다. 협곡을 형성하는 주상절리가 명확하게 한눈에 들어온다. 폭포수를 아래에서 올려볼 수 있는 시각이 매우 아쉬웠다. 안내소에서 자료를 얻기 위해 들어가니 인솔자로 보이는 교사와 해설사 간의 협조 사항이 옥신각신 수준이다. 현무암의 생성 모습을 계곡 아래에서 보여 주고 싶어 내려가고자 하는 심정과, 상부의 허락이 있어야 한다는 원칙론적인 이야기가 뱅뱅 돈다. 코

연천 재인폭포의 모습

로나19가 유네스코 세계지질공원의 취지를 이기고 있었다.

  임진강 댑싸리 공원으로 이동하련다. 최근 연천군 중면 삼곶리 명물로
등장하여 여행 밴드에도 자주 올라오는 곳이다. 언뜻 살펴보니 백제시대
고분 언급이 있어, 얼른 가고 있었다.

  댑싸리는 단풍철에 붉게 물들어 최근 들어 사랑을 받는 아이템이다. 전
국 곳곳에 둥근 항아리 모양의 댑싸리가 식재되어 동심을 자극한다.

  이곳에 가기 위해선 연천 읍내를 거쳐야 한다. 얼마 전 70세를 바라보는
큰형님이 군 생활을 하였던 곳을 찾아가고 싶다는 말씀에 이곳 연천읍 골
짜기를 헤매던 일이 생각이 난다. 45년이 지난 추억을 아직도 어제 일처럼

말씀하시는 무용담의 목소리는 높아져만 갔다. 양평에서 연천으로 부대가 이동한 것부터 GP에서 생활한 내용까지 큰형님은 20대 기억에 고정되어 있었다. 1970년대 군대는 왜 그렇게 군기를 잡고, 배가 고팠는지 연천 읍내를 지나며 눈물을 글썽거리셨다.

여자들이 제일 싫어하는 이야기가 군대에서 축구하는 이야기란다. 본인도 대학교 2학년 때 전방 체험을 이곳 연천 열쇠부대에서 보낸 경험이 있다. 프로그램에 GP 체험이 있는데 한정된 인원에 뽑히기 위해 무던히 애를 썼다. 아마도 연병장에서 선착순으로 선발하였던 기억이 남는데, 여기에 뽑혀 GOP 통문을 지나 GP에 이르는 접근로에서 군인들 뒤에서 긴장하며 이동한 상황과, 대남·대북 방송 소리는 지금도 생생하게 들리는 듯하다.

ROTC 1년 차 사병 체험은 포천 8사단 돌파강습부대로 실습을 나가 2주간 맨발로 활동하였던 기억이 생생하고, 2년 차 소대장 실습은 양구 21사단 백두산부대에서 실시하였다. 평화의 댐 부근 전술도로 작업을 위해 왕복 6시간 행군 후 작업 2시간이라는 비효율적인 현장을 함께하면서 병사들의 어려움을 체득하는 기간이었다. 그중 내 인생의 하이라이트는 군 생활을 철원 3사단 백골부대에서 근무하였다는 것이다. 지금도 이놈의 철원을 2년에 한 번 정도씩 방문하는 이유를 나도 모르겠다.

댑싸리 공원은 임진강에 있었다. 주상절리의 모습은 보이질 않고 수풀로 우거진 강변 안쪽에 댑싸리와 황화 코스모스, 백일홍, 천일홍들이 윤기 있게 자라고 있었다. 주차장엔 차량이 제법 있었고, 공원 입구부터 인파들로 북적이는 모습을 보고, 이곳 접경지역을 어떻게 알고 찾아오는지 그저 신기할 따름이었다. 공원 고랑 고랑마다 추억 남기기에 열심이다. 모두 행복한 순간이다.

이곳의 주인공은 단연 댑싸리 군락이다. 줄을 맞추어 심은 공력에 보답하듯 무럭무럭 자라고, 물 빠짐이 좋고 영양분을 함유한 사질토의 환경에서 나무처럼 자란다. 댑싸리 고랑 끄트머리 언덕에는 사람들이 올라가 있어 돌무지무덤인 것을 직감하였다. 얼른 그곳으로 달려갔다. 사람들은 고분을 의식하지 않고 다닐 만큼 보호하고는 거리가 먼 상황이었다. 우선 안내판을 읽어 본다.

"연천 삼곶리 돌무지무덤(경기도 기념물 146호)은 임진강 강변에 있는 백제의 무덤이다. 돌무지무덤은 시신을 안치한 무덤방(석곽) 위에 돌을 쌓은 형태로, 임진강에서 쉽게 구할 수 있는 규암제 강자갈로 만들었다. 발굴 조사 결과 무덤이 위치한 곳은 모래 성분으로 되어 있어 무덤을 만들 때 상당한 노력을 기울였을 것으로 확인되었다. 먼저 땅을 평탄하게 정리한 후 큰 강자갈을 2~3단 정도 쌓았는데, 이 돌들이 흘러내리지 않도록 경사면의 아래에서부터 차곡차곡 돌을 쌓아 보강하였다. 무덤방은 중심부에서 약 1m 간격으로 두 칸이 배치되었다. 인접한 연천 학곡리 적석총에서도 한 무덤 안에 무덤방 네 칸이 확인되어 가족묘 형태의 추가장이 이루어진 것으로 보인다. 또한 무덤의 북쪽에 돌을 평평하게 깔아 놓은 곳은 제사를 지내기 위한 시설로 추정된다."

임진강 변에는 약 7km 간격으로 백제 돌무지무덤이 분포하고 있으며, 주거 유적과 함께 이 일대에 대한 삼국시대 백제 초기의 지배 양상을 보여 준다.

연천 삼곶리 돌무지무덤

즉, 임진강에는 이곳 연천군 중면 삼곶리에 돌무지무덤과 황산리, 우정리, 동이리, 학곡리에 적석총이 분포하고, 삼곶리, 강내리, 남계리, 동이리, 초성리, 장탄리 등에서 백제 주거 유적을 찾을 수 있는 것으로 보아 4세기 백제 융성기에 세워진 것으로 판단된다. 학창 시절 배운 삼국시대 역사 중에서 4세기는 백제, 5세기는 고구려, 6세기는 신라가 강성했던 내용을 기억하고 있을 것이다. 백제의 근초고왕이 평양성에 쳐들어가 고구려 고국원왕을 살해한 사실이 이를 뒷받침하고, 그의 아들과 손자인 광개토대왕과 장수왕이 왕위를 계승하면서 이곳 임진강의 형세가 무쌍하게 펼쳐졌을 것이다. 오늘 오전에 이곳에 오면서 살펴본 신답리 유적의 고구려, 신라 유적의 혼전이 삼국의 치열한 영토분쟁의 현장이라 사료되며, 1,500년이 지난 지금도 남북이 대치하는 형국은 이 땅의 운명인지 먹먹하기만 하다.

올해 첫 손님을 받은 이곳은 사실 작년에 개장하려 하였으나 장마로 인한 수몰로 이 주변이 물에 잠기었단다. 물난리 난 자리에 다시 심고, 가꾸어 오늘 같은 아름다운 모습으로 키웠다는 주인님의 말씀이다. 수고하셨습니다. 덕분에 멀리서 찾아와 잘 보고 갑니다.

호로고루성으로 이동할 시간이다. 일몰 전에 도착할 요량으로 여유 있게 출발하였으나 목표 지점 1km를 앞두고 돌아 나와야만 하였다. 주차장 구경은 고사하고 진입도로는 정차된 수많은 차량의 물결로 넘실거리고 있었다. 지금껏 수많은 유적지를 다녀 보았지만 이렇게 붐비는 모습은 처음이었다. 이유가 고구려 유적인지, 해바라기인지 궁금하다.

캠핑카 연료도 채울 겸 면 소재지 공터에서 휴식을 취하고 재진입을 시도하였다. 예상이 적중하였다. 그 많던 도로상의 차들은 간데없어 여유롭게 해바라기가 보이는 곳에 주차하였다. 찬란한 일몰은 아니지만 가을바람에 흘러가는 구름과 흔들리는 해바라기를 호로고루성을 배경 삼아 촬영하였다. 몇몇 진사들은 빛의 확산을 기대하며 자리를 지키고 있었지만, 하늘에는 먹구름만 밀려오고 있었다.

일몰의 호로고루성과 해바라기 풍경

주위가 어두워지니 주차장이 텅 비었다. 이제 캠핑카와 차박 차량을 중심으로 재편성이 시작된다. 나름 마음에 드는 곳으로 이동 주차하였다. 해바라기와 성이 보이는 곳으로 차량을 배치하고 구름이 벗어지기를 기다린다. 초승달 월몰 시간이 21시 40분이기에 여유를 가져 본다.

저녁 무렵 사진 촬영이 한창일 때 집사람은 아픈 다리를 이끌며 지역 주민들이 운영하는 로컬 푸드 직매장에서 사과 한 봉지를 사 왔다. 크기는 작지만 어찌나 단단한지 돌덩이 같다. 신맛은 없고 단맛이 강해 일교 차이가 심한 지역의 특성이 고스란히 남아 있었다. 옆으로 승합차 한 대가 주차한다. 같이 밤을 지낼 동무이다. 먼저 다가가서 사과를 건네며 이웃으로 청한다. 늦게 퇴근한 집사람을 모시고 지금 들어오는 길이란다. 캠핑카는 부담

스러워 기동성이 좋은 승합차를 개조하였단다. 모두 사정에 맞게 차박의
유행 속에 살아가고 있었다.

별 사진 촬영은 삼양 11~24mm 초광각렌즈를 사용하였다. 너른 해바라
기밭과 무한히 넓은 창공을 담기 위해서다. 인터벌 기능으로 30초 간격으
로 2시간 촬영할 심산이다. 시계가 양호한 편은 아니지만 무월광에 구름과
가로등이 없기에 기대를 해 보았다.

이윽고 초승달이 서편으로 지고 별들이 밝아지는 시점에 셔터를 눌렀다.
이렇게 세팅된 값으로 기다리면 카메라가 자동으로 촬영한다. 그러나 이것
은 나의 바람이었다. 야간에 이곳을 방문하는 차량이 이렇게 많은 줄 미처
몰랐다. 삼삼오오 찾아오는 젊은이들부터 아이들을 동반한 젊은 부부, 그

호로고루성 별 일주 사진, 11~24mm, 120장 사진을 연결

리고 사진을 찍으러 오는 진사들의 차량 불빛, 개인이 소지한 전등 불빛 등으로 내 마음은 검게 타고, 성에 이르는 길목과 성 능선에는 다양한 불빛이 춤추고 있었다. 가을밤을 즐기는 다양한 방식이 펼쳐지고 있다.

2시간 가까이 될 무렵, 구름이 다시 생기고, 줄기차게 방문하는 차량 불빛으로 인해 촬영을 접었다. 캠핑카로 들려오는 즐거운 목소리들은 밤늦게까지 이어졌다.

2021.9.12.(일)

일출 이전에 창문으로 성을 바라보니 성 위를 거니는 사람들이 보인다. 참 부지런하다. 날씨는 습기가 많아 차분하다. 장비를 챙겨 호로고루성으로 발걸음을 옮긴다. 해바라기 전성기는 지나 씨앗이 알알이 익어 가고 있고, 길가의 큰 해바라기들은 시든 암술 꽃을 사람들이 장난삼아 떼어 사람의 형상같이 눈, 코, 잎이 생겨났다. 모두 웃는 모습이다.

성 위에는 각양각색의 사람들이 일출을 보러 계속해서 올라온다. 햇볕은 짙은 구름 사이로 한 줄기 보여 주고 이내 숨어 버린다. 낮게 깔려 있던 안개도 순식간에 사라진다. 이렇게 일출은 끝이 났다.

뒤로 돌아 성안의 모습을 살펴본다. 삼각형 모양의 성내에는 건물지가 잔디밭으로 잘 정리되어 있고, 성 밖 서편의 임진강 변에는 주상절리가 쭉 펼쳐져 자연적인 해자 역할을 하였을 것이다. 안내문을 인용하여 배우는 시간을 가져 보았다.

"호로고루(사적 제467호)는 임진강 북안의 현무암 절벽 위에 있는 고구려성이다. 호로고루라는 명칭은 일대의 임진강을 삼국시대부터 호로하라 불렀던 데서 유래되었다. 성의 둘레는 401m로 크지 않지만 특이하게도 남쪽과 북쪽은 현무암 절벽을 성벽으로 이용하고 평야로 이어지는 동쪽에만 너비 40m, 높이 10m, 길이 90m 정도의 성벽을 쌓아 삼각형 모양의 성을 만들었다. 한강 유역에서 후퇴한 고구려는 6세기 중엽 이후 7세기 후반까지 120여 년 동안 임진강을 남쪽 국경으로 삼았는데, 임진강 하류에서부터 상류 쪽으로 덕진 산성, 호로고루, 당포성, 무등리 보루 등 10여 개의 고구려성을 일정한 간격으로 배치하였다. 그중 호로고루는 고구려 평양성과 백제 한성을 연결하는 간선 도로상에 있을 뿐 아니라, 말을 타고 직접 임진강을 건널 수 있는 길목을 지킬 수 있었으므로 고구려의 남쪽 국경 방어성 중에서도 가장 중요한 기능을 수행하였을 것으로 추정된다. 지금까지 수차에 걸친 발굴조사 결과 성 내부에서 건물지와 수혈유구, 대규모 석축 집수지, 우물, 목책 등 다양한 유구와 연화문와당, 치미, 호자(호랑이 모양의 남성 소변기), 벼루 외에도 많은 양의 고구려 토기와 기와가 출토되었다. 이것은 화려한 기와 건물과 상당히 높은 신분의 지휘관이 호로고루에 상주하고 있었음을 짐작하게 해 준다."

어제 먹은 사과가 맛이 있어서 한 봉지 더 사려고 로컬 푸드 직매장에 가니 장사하는 차량들로 분주하다. 분명 *끄트머리* 가게라 하였는데 사과 파는 가게가 여럿 있어 헷갈린다. 이왕이면 예쁜 아주머니가 파는 가게에서 샀다. 이 근방의 조생종 사과는 호로고루성으로 다 모인 모양이다.

IV.
실크로드 장정을 마치다

카자흐스탄 차른 캐니언 가는 길 - 2023.10.16.

21. 그림 속에 숨었던 중앙아시아 실크로드를 찾아서

2023.10.9.(월)

중앙아시아 3국으로 여행을 떠난다. 금번 여행의 테마는 '혼자 떠나는 실크로드'로 정하면서 중앙아시아에서 한반도와 연결된 교섭의 흔적을 찾겠노라 다짐한다. 2023년 2월 28일 중등교사 32년 6개월을 끝으로 명예퇴직을 하였다. 남들은 제2의 인생으로 꽃길만 걸으라고 격려하지만, 내심으론 오래 살고 싶은 마음으로 3년 6개월을 서두른 것이다.

군대 제대 후 부여로 첫 발령을 받은 것은 이제 와 생각하니 축복이었다. 부여문화원 '교사 백제문화 답사회'를 기반으로 탄생한 백제 연화문 관련 석사 논문도, 사실적인 풍경화에서 문화재, 문양이 중심이 된 추상 작품세계도, 전국의 국보, 박물관 답사를 지속적으로 추진할 수 있었던 것도, 결국은 부여의 백제 문화가 시발점이었다.

부여에서 시작한 지역 문화가 백제사 전체로 확장하니 고구려, 신라가 보이고, 자연스럽게 삼국시대가 해결되었다. 삼국시대를 기반으로 하여 선사와 고려, 조선을 더하니 한국 미술사가 보이기 시작하였다. 여기에 또 하나의 축복은 2015년 학습연구년에 선정되어 한국전통문화대학교에서 청강이었지만 고고학을 맛보았다는 사실이다. 나에게는 지평을 넓히는 일대 사건이었다. 1년간 18학점 수업을 한 번도 빠짐없이 출석하였고, 동 대학에서 이루어지는 미술사, 고고학과 관련된 직무연수도 3년간 참석하였다. 이를 바탕으로 학교에서 이루어지는 동아리나 미술 수업 중심에는 미술사가 자리 잡게 되었고, 급기야 지역사회 자치센터에 미술사 강사로 출강하는 행운도 맛보았다.

한국 미술사의 백미는 삼국시대라 여겨진다. 실크로드를 통해 들어오는 문화재, 불교, 다양한 문양들이 우리 문화의 근간이 되었고, 이것이 나의 회화 작품에 변화를 일으켜 삼국시대 이야기에서 실크로드, 스키타이 이야기로 작품화한 것이 벌써 30년이 되어 간다.

2015년 학습연구년 때 다녀온 신장 위구르 여행에 이어, 금번 중앙아시아 3국 여행으로 이란을 뺀 로마까지 연결점이 선으로 완성되는 순간이다. 이미 일본의 교토, 나라와 중국의 시안, 돈황, 신장과 튀르키예, 그리스, 로마 등은 다녀왔으니 말이다.

우선 중앙아시아 여행에 대해 자세히 살펴보니 전문가가 아닌 이상 패키지 방법이 그나마 수월하겠고, 관심이 집중되었던 우즈베키스탄 서쪽을 중심으로 하는 패키지 상품은 부정기적이라 우즈베키스탄, 키르기스스탄, 카자흐스탄 3국으로 떠나게 되는 것이다.

단풍이 물들기 시작하는 좋은 시절에 우즈베키스탄의 수도 타슈켄트에 도착한 것은 10월 9일 21시 30분이었다. 가이드 앞에 모인 일행은 모두 13명으로 12명은 부부이고, 나만 혼자였다. 연배는 모두 윗분들로 60대에서 70대 초반까지로 서울과 마산, 논산, 안성에서 오셨단다. 면면을 보니 유럽, 미국, 남미, 호주, 인도 등은 모두 다니셨고 마지막으로 나선 곳이 중앙아시아란다. 베테랑들이다.

도상으로 보는 실크로드, 60×40cm, 장지에 채색,
2023년 9월 작으로 중앙아시아 여행 전에 그려 보았음

새벽 2시부터 뒤척이다 7시 30분에 호텔을 나선다. 실크로드의 중심지 사마르칸트행 완행 기차를 타기 위해서다. 2시간 30분을 달려 도착하였다. 기찻길 옆 풍경은 메말랐다. 추수가 끝난 황량한 벌판과 목화를 수확하는 농부들, 간간이 보이는 양과 말들, 먼지를 내며 달리는 차량, 그리고 무덤들의 모습이 수없이 반복된다. 인상 깊은 광경은 나무로 된 전봇대 행렬로 깊은 향수를 불러일으켰다.

첫 현지식은 '만티'라는 전통 만두이다. 양고기가 들어간 것으로 시큼한 요구르트와 같이 먹었지만 벌써 고추장 생각이 난다.

사마르칸트 시내 도로에는 전차가 운행된다. 전차 속의 시민들을 보니 살아가는 모습은 어디나 똑같다. 정겨운 모습들이다. 아파트 벽면은 타일로 식물 문양을 장식하였고, 베란다의 난간도 기하학적인 문양으로 멋을 내어 이슬람 문화의 느낌이 물씬 풍긴다.

지금부터 이슬람 사원과 묘지 순례가 시작된다. 처음으로 찾은 유적지는 샤히진다 영묘이다. 이곳은 아프라시압 언덕에 있는 이슬람교도들과 티무르 왕조의 묘지이다. 14~15세기 사마르칸트의 발전된 건축술을 고스란히 간직하고 있는 이곳은 다양한 건축양식을 시도했던 티무르 왕가의 성향을 짐작할 수 있었다. 푸른색의 아름다운 타일 작품이 인상적이며, 아라베스크 문양을 촬영하고자 무던히 애를 썼던 곳이었다.

샤히진다 영묘 입구의 파란색의 아름다운 타일의 모습

울르그벡 천문대는 티무르의 손자 울르그벡왕의 명령으로 지어진 천문
대로 당시 가장 선진화된 시설이었으며, 현재에는 지하에 천체를 관측하는
거대한 육분의가 남아 있다.

비비하눔 모스크는 중앙아시아 최대의 모스크로 1400년도에 지어졌으
며, 왕이 가장 총애하는 부인인 비비하눔을 위해 건설한 엄청난 규모의 사
원이다.

레기스탄 광장은 사마르칸트를 대표하는 광장으로 고대 도시 사마르칸
트의 심장이라 할 수 있는 곳이다. 광장의 양옆과 위쪽에 웅장한 3개의 건
물이 있는데, 광장 맨 앞을 차지하고 있는 푸른 돔과 아치형 입구가 인상적

인 건물은 중세 시대에 대학과 같은 역할을 했던 최고 종교 교육기관이었다. 그리고 두 개의 건물도 엄청난 규모와 호화로운 장식으로 보는 나를 압도하였다. 현재 신학교로도 사용되는 사원은 고딕풍의 뾰족한 아치로 매력적으로 다가오고 선명한 색상의 타일은 종교적인 신심과 만나 예술품 이상을 보여 주고 있었다.

이날 저녁 야경으로 다시 만난 레기스탄 광장은 토속적인 음악과 은은한 조명 속에서 민트색의 돔이 더욱 신성하게 보였고, 무엇보다 젊은이들이 광장에 나와 활기차게 즐기는 모습이 밝은 미래를 보는 듯하였다. 갑자기 가족 생각이 난다.

레기스탄 광장의 야간 모습

　새벽 3시에 기상하여 집사람과 보이스톡으로 통화하였다. 그동안의 여행 소식을 보고하는 형식으로 시작된 통화는 수다로 이어졌고, 30분 가까이 지나서야 끝이 났다. 이렇게 부부 사이가 알콩달콩한지 나도 놀랐다. 그래도 시간이 남아 호텔 주변의 티무르 동상까지 산책을 나섰다. 우즈베키스탄에서 영웅시하는 티무르는 지금의 튀르키예, 이란, 파키스탄, 아프가니스탄 일대를 정복한 제국의 왕이었다. 오른손을 높이 흔들며 당당한 포스로 말을 달리는 조각상에서 유목민의 영광이 느껴진다.

　다시 타슈켄트로 돌아가는 완행 기차는 1시간을 연착하였다. 심심함을

쁠롭을 만드는 거대한 가마솥의 위용

달래고자 차창 밖의 풍경을 계속해서 촬영하였다. 28~300mm 줌렌즈의 역량을 발휘하는 순간이다.

점심은 '쁠롭'이라는 기름 볶음밥이다. 가이드의 자랑이 대단하다. 잔칫날에나 먹는다는 특별식으로 찾아가는 식당은 한 번에 수백 명의 음식을 만든단다. 과연 거대한 가마솥이 걸린 주방은 운동장 같은 규모로 관광객의 구경도 가능하였다. 쌀과 기름과 고기, 야채 등을 찌고, 볶아내는 음식인데 삽으로 조리하고 있었다. 장작불의 매캐한 연기 속에서도 연신 식당으로 음식을 퍼 나르는 종업원은 모두 남자였다.

쁠롭의 맛은 예상과 다르지 않았다. 말 그대로 기름에 볶아진 쌀이 한 알한 알 살아 있는 맛이었다. 그뿐만이 아니었다. 2층으로 마련된 식당은 체육관 같은 규모로 엄청난 규모를 자랑하고 와자지껄한 분위기 속에 식당을 찾은 사람은 대부분 건강한 남자들이었다. 2층에서 식사를 마치고 1층에 있는 화장실로 내려가는 통로는 연화문과 아라베스크 문양들로 장식되어 있었다.

이제 오후 일정이 시작되었다. 광장과 지하철역 구경이다. 하지티 이맘 광장은 타슈켄트 종교의 중심지이다. 구시가지에 위치하며 3개의 사원이 모여 있는 곳으로, 유네스코 문화유산으로 등재된 세계에서 가장 오래된 코란을 보관하고 있다고 한다. 사원 실내까지는 들어가지 않았고 지하철역으로 계속 걸어갔다.

지하철 알리세르 나보이역은 우즈베키스탄의 대문호 '알리세르 나보이'

의 이름을 딴 것이란다. 실용성을 추구하는 우리나라의 역과는 차원이 다른 실내의 모습을 보여 준다. 벽면에는 청록색의 부조로 된 인물 작품들이 걸려 있는데 이것은 15세기 우즈베키스탄의 화려한 예술 문화의 시기를 이끈 인물이라고 한다. 기둥과 기둥은 아치와 늑골로 만들어져 기능성과 심미성이 돋보였고, 돔 모양의 천장은 기하학적인 선과 식물 문양으로 화려하게 색칠하여 흡사 모스크 안에 들어온 느낌이 들었다.

코스모나틀라르역은 타슈켄트에서 가장 아름다운 지하철역으로 우주 프로그램을 테마로 하여, 벽면에는 소련 시절 세계 최초 우주 비행에 성공한 인물들을 목판에 새겨 놓았다. 역 내부는 주로 우주적 느낌을 주기 위해 짙은 파란색부터 하얀색으로 서서히 옅어지는 모습을 보여 주며 밝은 색상의 산화된 알루미늄으로 꾸며져 있었다. 또한 천장의 유리 장식은 은하수를 연상케 하였다.

지하철 구경이 여행 상품에 포함되어 있어 생소하지만, 국가의 정체성이 녹아 있는 디자인에 부러움을 느끼며, 함께하는 한국인 여행객에게 자리를 양보한 젊은이에게 감사함을 전한다.

2023.10.12.(목)

타슈켄트에서 하얀 사원으로 유명한 미노르 모스크를 방문하였다. 2014년에 문을 연 곳으로 후면의 두 개의 첨탑과 푸른색 지붕이 조화롭다. 아치

입구를 지나 중정에 들어오니, 좌우 양측에 회랑이 나타난다. 회랑 기둥은 나무를 사용하였는데 보상화문 같은 식물을 음각으로 조각하였다. 사원 내부는 개방되어 있어 들어가 보았다. 반팔 상의, 치마, 반바지는 금지한다는 그림으로 그려진 안내문이 출입문 옆에 붙어 있었다. 실내도 온통 하얀색이다. 바닥의 양탄자부터 벽면, 천장까지 밝은 색상이 현대적인 분위기를 대변하고 있었다. 종교 시설도 세월의 흐름을 반영하는가 싶다. 천장 한가운데 자리한 돔에는 어김없이 연꽃과 식물 줄기 문양이 그려져 있는데 극도로 정형화된 패턴은 예술 발전의 정점을 보는 듯하였다.

밖으로 나오니 마침 현장학습을 나온 어린 학생들과 선생님이 첨탑 기단 부분을 양팔로 에워싸는 퍼포먼스를 펼치고 있었다. 큰 눈에 기다란 속눈썹을 지닌 어린이들의 얼굴은 발랄과 생기로 충만되어 있었다.

네 개의 물길이 만난다는 의미를 지닌 초르수 바자르를 찾았다. 민트색 돔 지붕이 돋보이는 시장이다. 싱싱한 포도, 배, 사과, 수박, 가지, 석류 등과 다양한 견과류, 호박들이 넘쳐나고, 특히, 구운 빵인 '난'이 가장 많이 눈에 띄는 이곳은 인파로 활기차다. 2층으로 올라가 돔 아래에 펼쳐진 방사형의 매대들을 보면서 마트에서 물건을 담아 가는 쇼핑이 아니라 상인들과 일대일 대면으로 이루어지는 삶의 현장이 나에게는 친근하게 다가왔다. 가장 인상 깊은 장면은 다양한 견과류를 질서 있게 펼쳐 놓은 솜씨라 하겠다. 예술품이 따로 없다. 또한 석류를 짜는 착즙기에서 흘러나오는 붉은 액체가 참으로 생동감 있게 보였다. 끝내 맛보지는 못했다.

이제 우즈베키스탄을 떠나면서 중간 점검을 해 본다. 사마르칸트, 타슈켄트에서 가장 주안점을 두었던 것은 실크로드의 흔적과 아라베스크 문양 찾기였다. 이집트의 연꽃과 튀르키예의 아라베스크 문양이 극동아시아로 이동하며 이곳에 남아 있는 흔적들을 카메라에 담았으니, 일단은 성공한 셈이다.

사마르칸트 샤히진다 영묘 타일들(부분) - 연화문과 식물 문양이 세련되었다

우즈베키스탄 타슈켄트 공항에서 키르기스스탄 비슈케크행 비행기를 기다린다. 13시 출발에서 계속 연착이다. 안내 방송도 없는 비좁은 대합실엔 바닥까지 승객들이 앉아 있다. 공항 규모가 작은 것은 이해하나 환기 시설, 화장실 등의 기본적인 인프라가 부족하여 시장 바닥을 연상케 한다. 와이

파이는 기대도 안 한다.

예정에서 2시간이 지나서야 출발하였다. 하늘에 올라와 20분이 지나니 창문 밖에 설산이 보이기 시작한다. 만년설이다. 신비로운 세계로 들어가는 느낌이다.

1시간 만에 두 번째 나라 키르기스스탄에 도착하였다. 새로운 가이드를 만나 연착 사유를 들어 보니 러시아 푸틴 대통령의 방문 시간과 겹쳤다고 한다. 옛 소련의 위성 국가 대통령들의 회의가 여기서 열린다고 한다. 수도인 비슈케크로 향하는 도로변에는 단풍 든 미루나무가 멋지게 도열하고 있었다.

저녁은 한식집에서 된장찌개 백반을 먹었다. 며칠 만에 먹는 발효 음식은 기분을 좋게 만든다. 1병에 1만 원 하는 한국 소주는 여기서는 양주 대접이다.

2023.10.13.(금)

안개 끼고 비 내리는 새벽 날씨이다. 회색빛이 감도는 시내는 고층 건물 없이 고만고만한 집들이 평지에 들어찼고, 오가는 차량도 별로 없는 한가한 수도 풍경이다. 패키지여행은 짝수로 신청해야 잠자리가 외롭지 않다. 벌써 며칠째 혼자 살며 1인용 사용료를 더 내고 있으니 말이다. 조식을 위해 호텔 1층으로 내려갔다. 함께 여행하고 있는 부부들은 식사를 하고 계셨다. 오늘의 메뉴는 계란 프라이, 우유, 소시지, 밥, 식빵, 샐러드, 커피 등으로 매우 간단하였다.

동남아시아의 대형 호텔 조식은 그야말로 동서양의 만남으로 풍성하다. 그래도 이곳은 어두운 조명에 시골스러운 분위기나 레스토랑 벽면에는 그림과 민속품들이 진열되어 있어 문화의 자존심을 지킨다. 그림은 각배, 동심원, 넝쿨식물 문양이 배치되어 있고, 진열품으로는 절구, 다리미, 은제 그릇, 도자기 등이 나열되어 우리 것과 모양이 매우 비슷하였다. 동질감이랄까? 친근하게 다가온다.

나의 전공인 문양 측면에서 보면 넝쿨식물이 한국에는 당나라를 거쳐 들어왔기에 당초문이라는 이름으로 삼국시대부터 사용되었고, 나의 그림에도 자주 등장하는 소재이기에 원형질을 찾았다는 반가운 마음이 앞선다.

오전 일정은 알라아르차 국립공원 하이킹이다. 마침 비는 그치고 만년설이 녹아 흐르는 계곡에서는 한기가 느껴진다. 거대한 바위산이지만 군데군데 전나무, 가문비나무가 자리 잡고, 피오르드처럼 산은 매우 높고 가파르다.

안성에서 오셨다는 분과 주어진 2시간을 최대한 활용하고자 빠른 걸음으로 계곡으로 들어섰다. 계곡 중간에 미루나무가 참 정감 있게 다가오고 덩치가 있는 다람쥐들이 길옆 나무에서 숨바꼭질을 한다. 서늘한 날씨에 깊은 계곡을 걷는 경험은 기분을 좋게 한다. 신선한 공기, 이국적인 산세를 즐기고자 갈 수 있는 범위까지 최대한 빨리 걸었다. 마주쳐 내려오는 전문 산악인들은 3,000m가 넘는 설산에서 하룻밤을 지내고 오는 길이라고 한다. 다양한 삶을 여기서도 볼 수 있었다. 잠시 쉬면서 가방에서 과자를 꺼내니 포장지가 빵빵하게 부풀어 있었다. 더 높은 곳까지 가고 싶으나, 주어진 시간상 아쉬움만 남기고 돌아서니 V자 계곡이 펼쳐져 있었다.

알라아르차 국립공원 계곡 모습

점심은 가이드가 자랑하는 양꼬치, 양갈비이다. 실내 인테리어가 깔끔한 식당에서 맛을 보았다. 약간 짜고 조미료가 전혀 첨가되지 않았기에 감칠맛은 없었다. 조미료에 단련된 입맛은 이렇게 무서운 모양이다. 숙소는 이식쿨 호수를 품고 있는 촐폰아타나 리조트이다. 2시간 30분 이동하는 내내 비가 내린다. 길옆에는 수평선이 보이는 농토들이 무한정 펼쳐지고 이따금 말이나 양 목장들이 다가왔다 사라진다.

중간 경유지인 부라나 타워에 도착하였다. 비는 계속 내리고 있었고 가이드는 타워가 저기에 있다는 정도로만 안내하고, 화장실에 다녀오라고 한다. 나만 내렸다. 들판 한가운데에는 벽돌로 쌓아 올린 타워가 있었고, 꼭대기에 오르기 위해선 철 난간을 통해 안으로 들어가는 구조였다. 다가서니 우산을 쓴 현지인들이 들어가고 있어 함께 오르려 하는 순간, 저 앞의 큰 언덕이 봉분처럼 보여 타워를 뒤로하고 뛰어갔다.

힘겹게 언덕을 올랐다. 비가 내려 오르막이 미끄럽고, 쫀쫀한 진흙이 신발에 달라붙어 신발의 크기를 더해 갔다. 진흙을 떼어 가며 겨우 정상부에 오르니 세상에나! 이것은 분명 무덤의 흔적이다. 언덕 정상부에는 1곳의 파헤쳐진 구덩이가 있었는데 이는 도굴당한 흔적이 역력해 보였다. 무덤방으로 보이는 곳은 여러 격실로 나누어 매장하는 집단 묘지 같은 구조로 판단되었고, 아마도 도굴 후 방치되었는지 벽면의 흙이 무너지고 있었다. 좀 더 넓은 주변을 살펴보니 작은 봉분이 눈에 띄는데 아뿔싸, 4곳의 봉분 꼭대기가 함몰되어 있었다. 대단한 발견을 한 것이다. 찐빵 가운데가 쏙 들어간 모양으로 거기에 있었다. 순간적으로 많은 화면이 스쳐 지나간다. 김모 교수가 주장하는 카자흐스탄 이씩의 스키타이족 무덤 정상부의 모습과, 최근 국립중앙박물관에서 개최된 스키타이 문명 특별전에서 보았던 적석목곽분의 외형 모습이 지금 앞에 있는 것이다. 자세한 내용은 이렇다.

적석목곽분은 스키타이 무덤을 대표하는 구조로, 나무로 만든 목곽 안에 시신과 부장품을 안치하고 목곽 밖에는 돌을 쌓고 그 위를 흙으로 덮는 형태를 말한다. 또한 추운 겨울을 대비하여 사전에 만들어 놓고 유사시 입구를 헐어 장례를 치른다는 기록도 생각이 난다. 여기에서의 관건은 목곽이 세월이 흐르면 썩게 되고 목곽의 공간만큼 돌이나 흙이 무너져 내려 자연스럽게 봉분 정상 부분이 함몰되는 현상이다. 스키타이 문명전에서 항공 영상물을 통해 시청한 무덤들은 한결같이 정상부가 함몰된 모습이었다. 흑해 주변에서 발원한 스키타이 문명은 동쪽으로 이동하면서 이곳을 거쳤고, 고비 사막 알타이 지역까지 흔적을 남겼다. 그리고 끈질긴 생명력으로 신라 경주에도 발자국을 남기었다. 그 예로 천마총, 황남대총 무덤이 적석목곽분이고 여기에서 출토된 금관, 보검은 숨길 수 없는 스키타이 영향이었다.

너무나 신이 났다. 거추장스런 우산도 접고 정신을 차려 보니 전체 조망이 눈에 들어온다. 수평선만 보이는 망망대토를 넘나드는 실크로드의 대상 소그드인들은 하루 동안 걸을 수 있는 지점마다 이러한 타워나 숙소를 마련하였다고 한다. 이곳의 부라나 타워도 중요한 길목에 위치한 것이고, 아마도 권력가나 귀족이 이러한 요지에 집단 무덤을 구축한 것으로 상상을 해 본다. 언덕 아래 타워 옆에 건물이 보이는데 연구동으로 생각된다. 마당에는 석조물들이 흩어져 있었다.

참으로 행복한 시간이었다. 언덕에서 내려와 좀 더 높은 곳에서 주변의 경계를 살피고자 타워를 오른다. 어둠 속에서 가파른 계단 속을 더듬거리고 기다시피 하며 올랐고, 꼭대기에서 바라보는 전망은 최고의 선물을 선사하였다. 방금 다녀온 봉분이 눈 아래 조망되면서 그 실체가 더욱 적나라하게 보였다. 볼록볼록한 오름처럼 생긴 언덕에 파헤쳐진 구덩이와 작은 봉분 4개가 비를 맞고 있었다. 부디 영생하시길 빈다.

부라나 타워 꼭대기에서 내려다본 적석목곽분으로 추정되는 무덤의 모습.
오른쪽 윗부분 공터에 여러 석상들이 보인다

머리에서 흐르는 빗물이 눈가를 타고 들어와 앞이 잘 보이질 않는다. 화장실만 다녀올 시간보다 한참이 지나서야 비 맞고 들어오는 몰골에 일행들이 한마디씩 물어온다. 물기를 닦고 심호흡을 한 다음에 마이크를 잡았다.

"한마디 해도 될까요?"로 시작하여 스키타이 문화와 연관된 알타이, 소그드인 대상, 금관, 보검, 로만 글라스, 천마총, 황남대총 등을 설명하고 여기에 방금 보고 왔던 언덕이 적석목곽분이라고 확신하면서 신라와의 연관성을 제시하였다. 박수도 받았다. 그러나 이는 집사람이 그토록 싫어하는 행위를 저지른 것이다. 제발 어디 가서 아는 척하지 말라고.

빗속에서도 버스는 이식쿨 호수를 향해 달리고 있다. 나중에 알았는데 여기 동행하는 13명 중에는 초·중등교사 출신이 6명이나 포함되어 있었다. 알량한 지식으로 혼돈이나 주지 않았나 걱정도 된다. 또한 귀국 후 부라나 타워 출입문 현판 사진 파일을 확대하여 해석해 보니 '부라나 타워 공화당 고고학 및 건축 박물관 단지'로 나타난다. 그래도 현장에서의 나의 촉은 제대로였다. 그냥 지나가는 헛소리는 아닐 것이다.

저녁이 되어서야 이식쿨 호수가 보이는 리조트에 도착하였다. 이동해 오

도로를 가로질러 퇴근하는 소 무리

면서 단풍이 들고 있는 미루나무는 천지에 자라고 있었고, 퇴근하는 양과 소의 무리들을 보면서 이 나라는 목축이 기간산업이라는 사실도 알게 되었다. 리조트 주변의 설산에 환호를 보내며 배정된 숙소로 들어왔다.

오늘 오전 일정이 여행의 하이라이트이다. 꿈에 그리던 암각화를 만나는 날이다. 다시 한번 핸드폰과 카메라의 배터리를 확인해 본다.

이식쿨 촐폰아타 암각화는 숙소에서 불과 10분 거리에 있었다. 설산과 이식쿨 호수 사이에 분포하고 있는데 바위들의 집합체 같은 첫인상이었다. 노천 암각화 박물관 안내소는 문이 닫혀 있었고, 안내판에는 주요 암각화의 위치와 소로 등을 간략하게 제시하고 있었다. 가이드가 자유 관람 시간은 1시간이라고 재차 강조한다. 그러나 이곳의 중요 암각화만 찾더라도 1시간은 어림도 없어 보인다. 패키지여행의 단점이 드러나는 순간이다.

이곳의 바위들은 설산의 지각 변동으로 인해 산 아래로 밀려 내려온 것으로 추정된다. 내려온 화강암류의 바위 표면은 원인 미상으로 검게 변하여 있었다. 여기에 청동기인들은 염원을 담아 다양한 모양으로 바위 표면을 쪼아대니 검은 돌 표면이 깨지면서 속살이 나타난다. 그러한 흔적들은 산양, 문양이 담긴 사슴, 말, 표범, 활을 든 사람 등으로 환생하고, 이러한 행위는 기원전 2천 년부터 기원후 800년까지 줄기차게 이어져 내려왔다.

입구의 큰 바위에는 뿔이 멋지게 말린 산양 무리를 향해 다가오는 표범들과 활을 든 사람들을 배치하여 앞으로 다가올 사냥터의 상황을 제시하고 있었다. 산양 표현도 면으로 처리한 것과 동심원을 사용하여 선으로 표현한 것은 미술의 발전 과정을 보여 주는 것이다.

지금부터는 주어진 1시간 안에 찾아내고, 찍어야 한다. 그러나 범위가 워낙 넓고 수천 개의 바위를 모두 살핀다는 것은 불가능한 일이다. 처음에는 무작정 뛰어다니며 암각화가 새겨져 있을 만한 바위를 관측하였으나 '뛰는 놈 위에 나는 놈'이 있는 것처럼 이미 중요 암각화를 찾아갔던 발자국들은 소로로 변해 있었다.

이제는 시시한 암각화는 눈길도 주지 않고 선명하고, 가치 있는 암각화를 찾아 뛰어다닌다. 잠시 일행들을 찾아보니 언덕 아래에서 줄을 지어 다니는

이식쿨 촐폰아타 암각화를 영접하다

모양새다. 암각화를 배경으로 인물사진을 촬영하고 싶었으나 주위에 도와줄 사람이 없었다. 하는 수 없이 바위에다 카메라를 올려놓고 자동 기능으로 찍고, 핸드폰으로도 무수히 남겨 보았다. 고고학자가 된 기분이었다.

이제 돌아갈 시간이 지났는지 일행들이 보이질 않는다. 버스에서 기다리고 있을 것을 생각하니 죄송스럽다. 급히 내려오는 순간에도 보이지 않았던 석인상들이 눈에 띄었다. 얼굴과 몸통이 2등분 형식으로 간결한 얼굴과 손동작이지만 각기 다른 모습들이었다. 우리네 마을을 지켰던 석수 인상이 여기에 들어 있었다. 어제 보았던 부라나 타워 마당에 흩어졌던 돌들이 대부분 석인상이었다는 것을 귀국 후 사진 파일을 확대해 보고서 뒤늦게나마 알게 되었다. 여행하다 보면 놓치는 것이 얼마나 많은지 알수록 모르는 것

그리움이 사무치다, 70×90cm, 장지에 채색, 2024년 작

이 이 세계다.

귀국 후 키르기스스탄 촐폰아타 암각화, 몽골 알타이 암각화, 한국의 울진 반구대 암각화에서 공통적으로 나타나는 뿔 달린 사슴, 늑대, 활 쏘는 사람을 재구성하여 암각화가 아닌 한국화로 실크로드의 흔적을 그려 보았다.

암각화의 아쉬움을 뒤로하고 르흐르종교관으로 이동하였다. 이곳은 이식쿨 호수와 접해 있는 일종의 종교박물관으로, 다양한 종교 시설을 모형으로 만들었지만, 핵심은 유목 문화가 주류를 이룬다. 제일 관심이 가는 전시물은 양털을 염색하여 카펫을 만드는 과정인데, 이곳은 실로 한땀 한땀 직조하는 방식이 아니라 판에다 양털 뭉치를 원하는 문양 모양으로 펼친 다음에 둥글게 말아 가면서 서로 밀착하도록 문질러 완성한다. 여기에 사용하는 문양은 신이나 인간의 염원을 담은 상징이다. 또한 전시된 회화 작품들도 설산과 자작나무, 사슴을 원색으로 표현하여 유목의 기질을 잘 대변하고 있었다.

점심 먹으러 산속으로 들어간다. 버스 지붕이 나뭇가지에 걸리면서도 1시간 가까이 비포장길을 달리고 있다. 어느 순간 계곡을 벗어나니 유목지가 펼쳐진다. 스묘나스코에 계곡이란다. 설산이 바로 주변까지 내려와 있었다. 언덕 중턱에 지어진 유르트 내부엔 양꼬치, 튀긴 빵, 오이, 토마토, 치즈가 차려진 식탁이 준비되어 있었다.

유르트 내부 풍경은 바닥, 식탁보, 벽면은 물론 천장까지 꽃 모양, 넝쿨 모양, 식물 잎사귀 문양으로 도배되었고, 색상도 빨강, 파랑, 연지, 하양, 노란색으로 들어차 엄청 강인한 이미지로 다가온다. 긴장감 넘치는 분위기에 기가 죽어서인지 간단하게 먹고 밖으로 나오니 아랫길까지 마중 나왔던 개들이 살랑거린다. 여기 개들도 사람이 그리웠나 보다.

늦은 점심을 마치고 이식쿨 호수로 나오면서 키르기스스탄의 속살을 보았다. 단풍이 든 미루나무가 햇볕을 받아 샛노랗게 변하고, 다른 수목들도 노란색 물결이다. 이곳은 가을을 지나 초겨울로 가는 중이다. 소소한 시골 마을을 지나면서 한국산 자동차를 간혹 보게 되었다. 이미 단종된 현대 아반떼, 기아 프라이드가 아직도 돌아다니고 있었다. 30년이 지난 골동품들이 여기서는 현역이다.

이식쿨 호수에 인접한 노천온천에서 목욕하였다. 다양한 종류의 탕에서 헤엄도 치고 열탕에서 몸도 지져 본다. 바람이 불어 온천수가 일렁이고, 날아온 잎사귀가 파도를 탄다. 울타리 너머로 보이는 설산이 왠지 차갑게 느껴지면서 몸살기가 엄습해 온다. 눈병과 감기의 전조 증세가 느껴진다.

2023.10.15.(일)

2일 동안 머물렀던 리조트를 떠나는 날이며, 카자흐스탄 입국일이다. 이곳 숙소 생활이 이젠 추억으로 남는다. 새벽마다 이식쿨 호수까지 산책을 다녀왔고, 식당으로 가는 길목마다 식재된 자작나무를 보는 즐거움으로 지냈었다. 추운 지방에서 자라는 자작나무를 한국에서는 고급 인테리어, 가로수로 만날 수 있고 인제 원대리나 영양 죽파리에서는 사람들의 큰 사랑을 받고 있다.

그러나 이곳의 자작나무는 줄기에 생긴 기하학적인 모양이 다양하여 살펴보는 즐거움이 좋았다. 특히 새하얀 껍질과 검은 생채기의 강렬한 대비나 단풍 든 노란 잎사귀 등이 새파란 하늘과 어우러지는 풍광은 한국의 그것과는 차원이 달랐다.

4시간을 달려 키르기스스탄 수도인 비슈케크에 도착하였다. 꺼지지 않는 불로 유명한 붉은 광장, 알라투 광장과 승리의 광장 관람을 끝으로 이제는 카자흐스탄으로 이동한다.

국경을 통과해야 한다. 키르기스스탄 출국장이나 카자흐스탄 입국장에서는 차례를 지키는 것 자체가 사치다. 장사하는 현지인들과 외국 관광객은 처음부터 게임이 되질 않는다. 저 멀리 세관 창구는 보이는데 내가 선 줄은 30분째 움직이지 않았고, 겨우 세관 창구 가까이 도달하면 새치기로 밀고 들어오는 세력들에 말도 못 하고 속만 끓여야 했다.

여권에 도장 받는 것으로 국경을 통과한 카자흐스탄의 첫인상은 우리의 70년대 시골 역전 모습이다. 공용화장실을 찾지 못해 여성분들이 고생하셨고, 택시 호객의 전투적인 모습은 이곳의 삶을 가늠케 하였다. 키르기스스탄에서 사용하였던 버스도 세관을 통과하여 반갑게 승차하였다. 3시간 30

알마티로 가는 도중에 만난 목가적인 목동의 모습

분을 달려 카자흐스탄의 이전 수도 알마티에 도착하니 야경만이 일행을 반겨 주고 있었다.

오늘 일정의 대부분은 차른 캐니언 관람이다. 왕복 6시간을 투자하였다. 카자흐스탄의 풍경은 광활한 목초지의 연속이다. 눈이 시원하다. 키르기스스탄은 나무와 강물, 설산으로 정겹다면, 우즈베키스탄은 무수한 이슬람 사원과 황량한 농토라 평하고 싶다.

차른 캐니언은 1,200만 년 전에 생긴 협곡으로 깊고 폭이 넓다. 검은 암석층 위에 쌓인 퇴적층이 부분적인 침식 작용을 받아 생성된 계곡이다. 주차장에서 200여m의 급경사를 내려가면 계곡이 시작되는데 길바닥은 콩알만한 자갈돌로 아주 미끄럽다. 계곡에서 위를 올려다보면 자연이 빚은 물상들로 가득하다. 불상, 사자, 다양한 얼굴 같은 피조물이 새파란 하늘과 어울려 환호하기에 충분하고, 무른 퇴적암층으로 인해 무너지는 자연 조각품이 세월의 유한함을 느끼게 만든다. 2.5km를 40분 정도 걸어 내려오면 붉은색 암석이 검은색으로 바뀌면서 차른강에 도착한다. 준비된 도시락으로 배를 채우고 태초의 파란색 같은 하늘을 거듭거듭 올려다보며 의자가 설치된 트럭 짐칸에 실려 원점으로 올라왔다.

미세먼지가 전혀 없는 차른 캐니언의 파란 하늘과
현무암 위의 퇴적층이 부분 침식되며 만들어진 만물상의 모습

아라베스크 문양은 산을 넘다, 40×60cm, 장지에 채색, 2024년 작

    알마티로 돌아와 시내를 조망하는 콕토베 전망대는 케이블카를 이용하여 올랐다. 정상에서 매연이 가득 찬 시내를 내려보자니 차른 캐니언의 하늘이 생각이 난다. 미니 동물원 구경 후에 동심원과 식물 문양이 새겨진 양털 모자를 구입하고 시내로 내려왔다.

    오늘 저녁 장소는 번화가에 위치한 양고기찜 식당이다. 고급스러운 내부는 아라베스크 문양과 연화문으로 장식하였는데, 천장 구석이나 소소한 곳까지 섬세하게 꾸며 놓았다. 실크로드의 대상 민족인 소그드인의 문화가 레스토랑 안에 펼쳐져 있었다. 양고기찜이나 양고기는 한결같이 짜다. 양고기에다 갈비 양념을 하면 맛이 있을까 궁금하다.

식사를 마치면서 일행들은 벽면에 장식된 전통 카펫을 배경으로 사진 촬영이 한창이다. 나도 가방 속에 있던 양털 모자를 꺼내 머리에 쓰고 사진을 찍으니, 유목민의 분위기가 난다면서 너도나도 양털 모자를 빌려 사진을 찍는다. 함께하는 일행들 몸속에도 유목의 피가 흐르는 듯하다.

2023.10.17.(화)

오늘은 귀국하는 날이다. 일정에 따라 메데우 스포츠장이 위치한 1,700m에 올라왔다. 그늘에는 잔설이 남아 있었다. 여기에서 다시 침볼락 스키장으로 15인승 승합차를 이용하여 올라가는 과정은 진정한 곡예 운전의 체험이다. 오늘은 케이블카가 운행 정지란다. 침엽수로 둘러싼 스키장은 눈이 녹고 있었고, 리프트는 서 있었다. 주변 계곡의 설경을 촬영하고 내려왔다. 스키 리프트와 리조트에는 한국의 대기업 광고판이 우뚝 서 있었다.

점심때 먹은 소고기 육개장은 한국보다 더 진하고 얼큰했다. 양고기에 질린 입맛이 살아나는 모양이다.

알마티 시내 투어로 판필로프 28용사 공원과 젠코바 성당, 질뇨늬 바자르, 아르바트 거리를 다녔으나 감기 증세와 눈의 가려움으로 흥미를 잃어 버렸다. 몸이 아프니 세상의 즐거움도 남의 것이었다.

23시 10분 인천행 아시아나항공 편으로 귀국길에 올랐다.

젠코바 성당의 외부 모습 - 벽면, 창틀 몰딩과 지붕의 장식이 화려한 바로크풍의 건물이다

2023.10.18.(수)

7시 40분 인천공항에 도착하였고, 공항버스를 이용하여 천안으로 내려 오면서 몇 가지 아쉬움을 정리해 본다.

첫째로 현지 가이드에 관한 사항이다. 중앙아시아 3국을 여행하면서 현 지 가이드 3명을 만났다. 객관성, 사실성에 입각한 가이드 소개 내용을 위 해 여행사 차원에서 단체 연수를 하였으면 좋겠다. 그것은 각각의 가이드 가 담당하는 나라의 자랑거리가 다른 나라 가이드 내용과는 충돌이 발생하 기 때문이다. 또한 역사와 문화재에 관련된 설명이 매우 적다는 것이다. 중앙아시아를 찾은 이유가 유럽과 아시아를 연결하는 실크로드의 현장성과 한반도와의 관계성을 모색하는 여행인데 그러한 맥락에서는 좀 부족했다는 생각이 든다.

둘째는 우즈베키스탄 사마르칸트 아프라시압 벽화에 대한 언급 부재이다. 한반도는 실크로드의 출발점이자 도착점이라는 개념이 도입되면서 나라와 도시 간에 대규모 문화행사를 연다. 대륙의 신문물을 받기만 했던 수동적인 사관에서 벗어나 외교라는 진출로 정리하자는 것이다. 벽화의 핵심은 조우관을 쓰고 허리에 칼을 찬 두 남자가 고구려 사신이라는 해석이 있는 가운데 이것을 더욱 확실히 하는 증거가 허리에 찬 칼의 손잡이다. 둥근고리 형태의 손잡이가 고구려 칼의 특징인 환두대도와 같다는 사실이다. 현지에서 소개받았다면 보다 지식을 넓혔을 텐데 하는 아쉬움이 남는다.

셋째로 고선지 장군의 탈라스 전투 미언급이다. 지금의 카자흐스탄과 키르기스스탄 국경인 탈라스 평원 부근에서 일어났던 세계적인 전쟁으로 역사의 중요성이 매우 높은 사건을 현지에서 놓쳤다는 사실이다. 한국사적 입장에서는 고선지라는 사람이 안서도호부 도독으로 고구려 출신 장군인 고사계의 아들로 전해지면서 고구려 멸망 후 당나라로 진출한 우리 선조들의 생활을 알 수 있는 대목이다. 당나라의 서역 개척 정책에 따라 고구려 유민들이 유입되고 이러한 과정에서 무공을 세웠던 정점에 고선지 장군이 있었다. 세계사적 입장에서는 이슬람 아바스 왕조도 이후 탈라스 계곡 너머 동쪽으로 진격하지 않았고, 탈라스를 기점으로 두 문명의 경계선을 분명히 그은 것처럼 지내게 되었다. 이러한 과정에서 이곳의 토착 세력인 투르크계와 페르시아 계통의 소그드와의 역학 관계를 소개받았다면 아름답게만 보였던 산천이 다르게 보였을 것이고, 역사의 현장을 보았다는 자긍심도 생겨났을 것이다. 갔다 오니 아쉬움이 남는다.

이제부터는 아쉬움이 그리움으로 변할 것이다.